Amor Além das Tempestades

Editora Appris Ltda.
1.ª Edição - Copyright© 2025 do autor
Direitos de Edição Reservados à Editora Appris Ltda.

Nenhuma parte desta obra poderá ser utilizada indevidamente, sem estar de acordo com a Lei nº 9.610/98. Se incorreções forem encontradas, serão de exclusiva responsabilidade de seus organizadores. Foi realizado o Depósito Legal na Fundação Biblioteca Nacional, de acordo com as Leis nos 10.994, de 14/12/2004, e 12.192, de 14/01/2010.

Catalogação na Fonte
Elaborado por: Dayanne Leal Souza
Bibliotecária CRB 9/2162

M636a
2025

Miguel, Carlos
    Amor além das tempestades / Carlos Miguel. – 1. ed. – Curitiba: Appris, 2025.
    235 p. ; 23 cm.

    ISBN 978-65-250-7657-7

    1. Superação. 2. Amor. 3. Esperança. 4. Renovação. 5. Coragem. 6. Renovação. I. Miguel, Carlos. II. Título.

                                                    CDD – B869.93

Appris editorial

Editora e Livraria Appris Ltda.
Av. Manoel Ribas, 2265 – Mercês
Curitiba/PR – CEP: 80810-002
Tel. (41) 3156 - 4731
www.editoraappris.com.br

Printed in Brazil
Impresso no Brasil

Carlos Miguel

Amor Além das Tempestades

Curitiba, PR
2025

FICHA TÉCNICA

EDITORIAL	Augusto V. de A. Coelho
	Sara C. de Andrade Coelho
COMITÊ EDITORIAL	Ana El Achkar (Universo/RJ)
	Andréa Barbosa Gouveia (UFPR)
	Jacques de Lima Ferreira (UNOESC)
	Marília Andrade Torales Campos (UFPR)
	Patrícia L. Torres (PUCPR)
	Roberta Ecleide Kelly (NEPE)
	Toni Reis (UP)
CONSULTORES	Luiz Carlos Oliveira
	Maria Tereza R. Pahl
	Marli C. de Andrade
SUPERVISORA EDITORIAL	Renata C. Lopes
PRODUÇÃO EDITORIAL	Renata Miccelli
REVISÃO	Cristiana Leal
DIAGRAMAÇÃO	Amélia Lopes
CAPA	Carlos Pereira
REVISÃO DE PROVA	William Rodrigues

AGRADECIMENTOS

Ao iniciar esta jornada literária, sinto-me profundamente grato a todos que me acompanharam e apoiaram. Este livro não é apenas um conjunto de palavras, mas o reflexo de sonhos, desafios e momentos que moldaram minha vida.

Primeiramente, meu agradecimento vai a você, leitor. Obrigado por dedicar seu tempo a esta história! Sua atenção e seu envolvimento são o maior presente que um autor pode receber. Cada página que você vira é um novo encontro entre nós, e isso é, sem dúvida, o que torna esta experiência tão significativa.

À minha família, minha base e meu maior alicerce, que sempre me ofereceu amor incondicional e incentivo constante. Sem vocês, este livro não existiria. Aos amigos que sempre acreditaram em mim e me motivaram a continuar, mesmo nos momentos de incerteza, minha gratidão é eterna.

Também agradeço a todos que, de alguma forma, inspiraram os personagens e as tramas desta obra. Vocês estão presentes em cada linha.

Por fim, dedico este livro a todos os sonhadores. Que estas páginas sejam um lembrete de que, por mais difíceis que sejam os desafios, sempre haverá uma nova história esperando para ser escrita, sempre haverá uma luz no fim do caminho.

De coração, obrigado por me permitir compartilhar este mundo com você. Que esta história inspire tanto quanto ela me inspirou!

SUMÁRIO

Introdução 11

Capítulo 1
Infância de Sonhos e Promessas 12

Capítulo 2
O Florescer da Amizade 22

Capítulo 3
Caminhos na Escola 26

Capítulo 4
Os Pais de Aninha 30

Capítulo 5
Laços Inseparáveis 34

Capítulo 6
Planos e Segredos 41

Capítulo 7
A Decisão de Fugir 46

Capítulo 8
A Grande Fuga 50

Capítulo 9
O Passado Retorna 54

Capítulo 10
Novos Caminhos, Novos Desafios 61

Capítulo 11
A Jornada Acadêmica 67

Capítulo 12
Ventos de Mudança 72

Capítulo 13
Descobertas e Transformações 78

Capítulo 14
Superando Obstáculos 82

Capítulo 15
Novos Horizontes 85

Capítulo 16
Distâncias e Desafios 88

Capítulo 17
Reencontros e Escolhas 106

Capítulo 18
Entre o Amor e a Carreira 115

Capítulo 19
Buscando o Equilíbrio 123

Capítulo 20
O Peso das Decisões 126

Capítulo 21
Revelações e Conflitos 131

Capítulo 22
A Queda do Sr. Frederico 134

Capítulo 23
Confrontando as Cicatrizes do Passado 136

Capítulo 24
O Fardo do Perdão 139

Capítulo 25
Segredos e Esperança 142

Capítulo 26
Um Casamento Sonhado 144

Capítulo 27
Laços Fortalecidos 148

Capítulo 28
Construindo um Lar 152

Capítulo 29
A Reviravolta 155

Capítulo 30
Uma Mudança Inesperada 161

Introdução

A vida é como o mar, repleta de calmarias e tempestades, ondas que nos empurram para lugares que jamais imaginamos. E, em meio a esse oceano de incertezas, existem histórias que nos mostram que, mesmo nos momentos mais turbulentos, o amor é capaz de nos guiar e nos fortalecer.

Amor Além das Tempestades é uma história de superação, fé e, acima de tudo, de amor incondicional. Aninha e Paulinho, vindos de mundos diferentes, encontram nas adversidades não apenas desafios, mas oportunidades para crescerem juntos. Em cada sorriso, em cada lágrima, há uma lição de que o verdadeiro amor resiste aos ventos mais impetuosos e floresce nas situações mais inesperadas.

Este livro mergulha nas profundezas das emoções humanas, explorando a coragem de amar, a força de enfrentar dificuldades e a esperança que nos faz acreditar em um amanhã melhor, mesmo quando o presente parece sombrio. A jornada de Aninha e Paulinho é um convite para refletirmos sobre o poder transformador do amor — não apenas o amor romântico, mas também o amor pela família, pelos amigos e pela vida.

Prepare-se para navegar por águas emocionantes, em que cada página é um lembrete de que o amor é a âncora que nos mantém firmes, mesmo quando tudo à nossa volta parece desmoronar. Que, ao virar estas páginas, você sinta a força desse sentimento que ultrapassa as tempestades e transforma vidas!

Capítulo 1

Infância de Sonhos e Promessas

Paulinho nasceu em uma manhã ensolarada, em um pequeno vilarejo onde todos se conheciam. O sol brilhava intensamente, refletindo nas janelas das casas e criando uma atmosfera acolhedora e vibrante.

Seus pais, Antônio e Mirtes, eram conhecidos por sua dedicação e trabalho árduo. Eles trabalhavam para a família de dona Angelita e Sr. Frederico, donos da maior fortuna da cidade.

O vilarejo era pequeno, com ruas de terra e casas simples, mas a comunidade era unida, e todos se ajudavam mutuamente.

Quando os vizinhos souberam da chegada do bebê, organizaram uma festa para comemorar a ocasião. Eles compraram presentes e os entregaram a Mirtes, que não sabia da surpresa. A festa foi repleta de sorrisos, risadas e votos de felicidade para o pequeno Paulinho.

Desde cedo, Paulinho demonstrava um espírito alegre e curioso. Ele corria pelos campos, explorando cada canto com os olhos brilhando de entusiasmo. Os campos eram vastos, repletos de flores silvestres e árvores frutíferas, que enchiam o ar com um perfume doce e refrescante.

Seus pais, mesmo enfrentando dificuldades, sempre encontravam tempo para enchê-lo de amor. Antônio contava histórias sobre as estrelas, descrevendo constelações e lendas antigas que fascinavam Paulinho. Mirtes, com sua voz suave, cantava canções de ninar que acalmavam o filho antes de dormir. Essas noites eram mágicas, repletas de sonhos e promessas para o futuro.

O menino adormecia com um sorriso no rosto, seguro e amado, sonhando com as aventuras que o aguardavam.

Na grande casa da fazenda, nasceu Aninha, uma menina de cabelos dourados e sorriso encantador. A casa era majestosa, com grandes janelas que deixavam a luz do sol iluminar os amplos salões e corredores. O jardim ao redor, sempre bem cuidado, era um verdadeiro paraíso, repleto de flores de todas as cores e árvores frondosas, que ofereciam sombra nos dias mais quentes. Filha única de dona Angelita e Sr. Frederico, Aninha era a alegria da família, a pequena princesa que enchia os dias de todos com sua presença radiante.

Criada em meio a muito luxo e conforto, Aninha tinha uma babá exclusiva, Rute, que cuidava dela 24 horas por dia. Rute estava sempre ao seu lado, tão próxima que chegou a causar ciúmes em dona Angelita. Por onde passava, Aninha deixava marcas com sua beleza e alegria, cativando todos ao redor.

Os corredores da casa eram frequentemente preenchidos pelos risos dela e pelo som de seus pequenos passos, correndo de um lado para o outro. Ela tinha um espírito livre e curioso, sempre à procura de novas aventuras. Apesar de sua posição privilegiada, Aninha nunca se comportava com arrogância. Pelo contrário, possuía um coração bondoso e um olhar meigo, qualidades que encantavam todos. Era impossível não se apaixonar por sua doçura e simplicidade.

Aninha tinha um espírito tão humilde que, quando visitava o vilarejo, sempre procurava as coisas mais simples para brincar. Ela deixava de lado seus luxuosos brinquedos, preferindo os mais simples que as outras crianças usavam. Muitas vezes, trocava seus brinquedos novos e caros por brinquedos velhos e desgastados, o que causava indignação em seu pai. Ele não compreendia como sua filha podia preferir os brinquedos comuns às maravilhas que ele comprava para ela.

No entanto, para Aninha, o valor dos brinquedos não estava em sua aparência ou preço, mas nas histórias que carregavam e nas amizades que representavam. Ela adorava sentar-se na praça do vilarejo com suas novas amigas, compartilhando segredos e risadas. Os pais de Aninha tinham grandes expectativas para o futuro da filha.

Sr. Frederico e dona Angelita queriam que Aninha tivesse as melhores oportunidades, a melhor educação e, eventualmente, encontrasse um bom partido — alguém que estivesse à altura do status da família e pudesse garantir que o legado dos Mendes continuasse próspero. Sr. Frederico, em particular, era um homem ambicioso, sempre observando os filhos de outros fazendeiros da região, avaliando potenciais alianças que poderiam beneficiar os negócios da família. Sua preocupação constante com o status social e as riquezas futuras o tornava uma figura rígida e, muitas vezes, distante.

Para Aninha, porém, o mundo de riqueza e luxo ao seu redor nunca foi a fonte de sua verdadeira felicidade. Ela preferia passar suas tardes no jardim da fazenda, rodeada pelas flores que tanto amava. Com as mãos pequenas e ágeis, colhia flores coloridas e entrelaçava suas hastes, criando coroas e grinaldas que ela imaginava serem dignas de uma princesa. Em sua mente sonhadora, Aninha era a protagonista de suas próprias histórias encantadas, nas quais castelos e reinos mágicos eram mais importantes do que as fazendas e fortunas de sua família.

Ela passava horas assim, imersa em seu próprio mundo, enquanto ao seu redor os adultos discutiam acordos, terras e heranças. Para Aninha, a vida era simples e bela nas pequenas coisas — o cheiro das flores, o som do riacho que corria próximo à fazenda, e as risadas que compartilhava com as crianças do vilarejo.

Apesar das expectativas de seus pais, especialmente do controle quase sufocante do pai, Aninha mantinha seu coração puro e humilde. As riquezas materiais não tinham importância para ela. Em vez de festas luxuosas, ela sonhava com aventuras em lugares distantes, onde a verdadeira riqueza era a amizade, o amor e as experiências que carregava consigo.

Sr. Frederico não conseguia compreender como sua filha, cercada por tanto luxo, preferia coisas tão simples. Ele observava com preocupação o comportamento de Aninha, temendo que sua bondade e simplicidade não fossem adequadas para o futuro que ele havia imaginado para ela. Contudo, a natureza livre e sonhadora de Aninha permanecia inabalável, e, enquanto o pai arquitetava planos ambiciosos, ela continuava a seguir o chamado do seu coração, certa de que sua felicidade não se encontraria em alianças estratégicas, mas no amor genuíno e nas conexões verdadeiras que estabelecia ao longo de sua vida.

Seu sorriso iluminava qualquer ambiente, e todos na casa a adoravam. Dona Angelita, apesar de suas expectativas, não conseguia deixar de se sentir orgulhosa do coração generoso da filha. Além de brincar no jardim, Aninha gostava de explorar a fazenda. Ela conhecia cada cantinho, desde o estábulo, onde os cavalos eram cuidados, até o pequeno riacho que atravessava a propriedade. Muitas vezes, passava as tardes sentada à beira do riacho, jogando pedrinhas na água e observando os peixes nadarem. Perdia-se em seus pensamentos, sonhando com aventuras e lugares distantes.

Aninha também adorava ajudar na cozinha. Apesar dos protestos dos empregados, que insistiam que uma menina de sua posição não deveria se envolver em tarefas domésticas, ela gostava de aprender as receitas antigas de sua avó e de preparar doces para seus amigos do vilarejo. Havia algo mágico em misturar os ingredientes e criar algo delicioso para compartilhar com os outros.

Esses momentos simples eram os que Aninha mais valorizava. A riqueza material e o luxo nunca foram importantes para ela. O que realmente importava eram as conexões humanas, as amizades sinceras e o amor incondicional que sentia por sua família e amigos. Ela sabia que, no fundo, esses eram os verdadeiros tesouros da vida.

Aninha adorava passear de charrete até o vilarejo, eram os momentos que mais enchiam seu coração de alegria. Ela aguardava ansiosamente a chance de encontrar suas amigas, crianças simples que viviam ali e com quem ela formara laços profundos. Sempre que ia até lá, levava consigo pequenos docinhos que ajudava a preparar na cozinha da fazenda, e a felicidade que sentia ao ver as meninas saboreando suas guloseimas era incomparável. Seus olhos brilhavam, e seu sorriso ficava ainda mais radiante ao perceber que, com um gesto tão simples, conseguia trazer alegria para as pessoas ao seu redor.

O responsável por essas idas ao vilarejo era Joaquim, um dos empregados mais antigos e de confiança da fazenda. Ele cuidava dos cavalos com zelo e carinho, e sua função principal era guiar a charrete que levava Aninha para seus passeios. Durante o trajeto, Joaquim observava a menina com admiração. Para ele, era difícil acreditar que aquela menina, muito rica e herdeira de uma das famílias mais poderosas da região, pudesse ter um coração tão humilde e bondoso. Aninha nunca demonstrava qualquer traço de superioridade; ao contrário, era generosa e tratava todos com respeito e gentileza, seja os empregados da fazenda ou os moradores mais humildes do vilarejo.

Quando chegavam ao vilarejo, Joaquim ficava à distância, observando Aninha interagir com as outras crianças. Ele sabia que aquelas visitas eram o ponto alto do dia para a menina, que distribuía seus doces com um brilho nos olhos, feliz por poder fazer algo de bom para suas amigas. Ela brincava como se não houvesse qualquer diferença entre elas, rindo e correndo pelas ruas de terra batida, alheia ao fato de que sua vida, na fazenda luxuosa, era tão diferente da realidade daquelas crianças.

Joaquim, embora fosse um homem simples, entendia o valor da bondade e da generosidade que Aninha carregava no coração. Ele sabia que nem sempre as pessoas ricas mantinham essa pureza de espírito. Para ele, Aninha era uma luz que iluminava não apenas a vida daqueles que estavam ao seu redor, mas também o vilarejo como um todo. O que mais o impressionava era que, apesar de ser filha dos maiores fazendeiros da região, que empregavam quase todos os moradores do vilarejo, Aninha não se deixava levar pelo orgulho ou pela arrogância que muitas vezes acompanhava sua posição social.

A cada passeio ao vilarejo, Joaquim sentia uma profunda admiração pela menina. Ele via que, embora tivesse nascido em um berço de ouro, ela possuía algo que nem toda a riqueza do mundo podia comprar: um coração generoso, sempre disposto a fazer o bem. E, no fundo, ele sabia que aquele espírito bondoso faria dela uma pessoa especial, capaz de mudar o mundo ao seu redor com pequenos gestos de carinho e humanidade.

Paulinho e Aninha se conheceram ainda muito pequenos. Suas mães, dona Angelita e Mirtes, costumavam deixar as crianças brincarem juntas enquanto cuidavam das tarefas diárias. O jardim da casa de Aninha se transformava em um verdadeiro parque de diversões para os dois.

Com árvores frondosas, canteiros floridos e um balanço preso ao galho de uma árvore antiga, o jardim era um lugar mágico onde a imaginação dos dois podia correr solta. A amizade entre eles florescia de forma natural e intensa. Desde os primeiros passos, Paulinho e Aninha se tornaram inseparáveis.

Eles compartilhavam brinquedos, risadas e segredos infantis. Aninha adorava as histórias que Paulinho inventava, cheias de dragões, castelos e aventuras mágicas. Ele se encantava com a doçura e a generosidade dela, que sempre trazia um lanche extra.

Juntos, criaram um mundo próprio, cheio de aventuras e sonhos. Construíam castelos de areia na beira do rio, competiam para ver quem conseguia colher mais flores e sonhavam com viagens a terras distantes.

Durante as tardes ensolaradas, exploravam cada canto do jardim, transformando arbustos em esconderijos secretos e troncos de árvores em fortalezas impenetráveis. Aninha, com sua imaginação fértil, sugeria que o jardim era um reino encantado, onde ela era uma princesa e ele, o cavaleiro destemido que a protegia de todos os perigos.

Paulinho, sempre criativo, inventava histórias elaboradas, nas quais enfrentavam dragões ferozes, encontravam tesouros escondidos e navegavam por mares desconhecidos em busca de novas aventuras.

As risadas ecoavam pelo jardim, enquanto eles corriam descalços na grama macia. O tempo passava sem que percebessem, e as tardes se transformavam em noites estreladas.

Às vezes, dona Angelita e Mirtes permitiam que eles ficassem até mais tarde, observando as estrelas e tentando identificar as constelações que Antônio ensinara a Paulinho. Essas noites eram especiais, cheias de magia e cumplicidade.

Além do jardim, exploravam outros cantos da fazenda. Havia um velho celeiro, onde gostavam de se esconder e inventar novas brincadeiras. Aninha adorava fingir que era uma arqueóloga em busca de fósseis antigos, enquanto Paulinho se imaginava um inventor criando máquinas fantásticas.

As risadas eram constantes, e a alegria de estarem juntos era palpável.

Os dias de chuva não eram menos divertidos. Em vez de se aventurarem ao ar livre, ficavam na grande sala de estar, onde dona Angelita mantinha uma coleção de livros antigos e interessantes. Eles passavam horas folheando os livros, inventando histórias baseadas nas ilustrações e deixando a imaginação fluir. A lareira crepitava suavemente, criando um ambiente acolhedor e confortável.

Uma das atividades favoritas de Aninha e Paulinho era desenhar. Ela, com seu talento natural para a arte, ensinava o amigo a criar personagens e cenários com lápis de cor e papel. Eles passavam horas desenhando juntos, enchendo páginas e mais páginas com suas criações.

Aninha muitas vezes desenhava Paulinho como um herói destemido, enquanto ela a retratava como uma princesa corajosa e gentil.

As diferenças sociais nunca foram uma barreira. Aninha, mesmo sendo filha dos patrões, tratava Paulinho como um igual. Ela compartilhava tudo com ele, desde seus brinquedos mais caros até seus segredos mais íntimos. Paulinho, por sua vez, adorava Aninha por sua bondade e simplicidade. Ele se sentia confortável e amado na presença dela, e esse sentimento era recíproco.

Esses primeiros encontros e as aventuras que viviam juntos eram o alicerce de uma amizade que cresceria ao longo dos anos. Eles aprendiam juntos, riam juntos e, mais importante, sonhavam juntos. Cada dia era uma nova oportunidade de criar memórias inesquecíveis e fortalecer um laço que, com o tempo, se tornaria inquebrável.

À medida que os anos passavam, a amizade entre Paulinho e Aninha se fortalecia cada vez mais.

Eles passavam horas explorando os campos que se estendiam até onde a vista alcançava, colhendo flores silvestres que decoravam suas pequenas casas e construindo castelos de areia na beira do rio cristalino.

As diferenças sociais entre eles nunca importaram; o que realmente importava era estarem juntos e compartilharem esses momentos preciosos. Os pais de Paulinho observavam com carinho o vínculo especial que crescia entre os dois. Antônio e Mirtes desejavam, no fundo de seus corações, que essa amizade se transformasse em algo ainda mais bonito no futuro.

Eles sabiam que Paulinho e Aninha compartilhavam um sentimento puro e verdadeiro, algo que transcendia qualquer barreira social.

As risadas que ecoavam pelo campo, as confidências sussurradas sob as estrelas e os olhares de cumplicidades eram testemunhas desse laço inquebrável.

Em uma tarde ensolarada, deitados na grama macia do campo, Paulinho e Aninha fizeram uma promessa solene. Não importasse o que acontecesse, sempre estariam juntos. Paulinho segurava a mão de Aninha com firmeza enquanto ambos olhavam para o céu azul, traçando com os olhos as formas das nuvens. Eles sonhavam em crescer e construir uma vida na qual poderiam continuar lado a lado, apoiando-se mutuamente e enfrentando qualquer desafio.

Imaginavam um futuro cheio de aventuras, conquistas e momentos inesquecíveis.

Com essa promessa, os dois selaram um pacto de amizade e amor que os acompanharia por toda a vida. As palavras ditas naquele dia ficaram gravadas em seus corações, um compromisso inquebrável que os guiaria em suas jornadas individuais e compartilhadas.

Sentados na grama, planejavam suas futuras explorações, inventavam histórias de terras distantes e juravam nunca se afastar um do outro.

Além dos campos, adoravam visitar a pequena biblioteca local. Aninha, com seu amor pelos livros, introduziu Paulinho ao mundo das histórias escritas. Passavam horas folheando livros antigos, compartilhando suas descobertas e deixando a imaginação voar.

Ela lia em voz alta enquanto ele ouvia atentamente, encantado com cada narrativa.

Outro local favorito era a feira do vilarejo, onde se misturavam aos vendedores e compradores, sempre descobrindo algo novo.

Aninha adorava as cores vibrantes das barracas de frutas e vegetais, enquanto Paulinho se encantava com os artesanatos locais. Juntos, experimentavam os sabores das comidas típicas e conheciam pessoas interessantes que enriqueciam suas vivências.

Durante as festividades locais, como a Festa da Colheita, Paulinho e Aninha participavam ativamente. Dançavam nas celebrações, riam das brincadeiras e compartilhavam a alegria da comunidade.

A amizade de Paulinho e Aninha não só os unia, como também os conectava ainda mais ao vilarejo e às suas tradições. Durante as festas, o som da música ecoava pelas ruas, e os dois se deixavam levar pelos ritmos contagiantes. As danças, muitas vezes acompanhadas por risos e cantorias, eram momentos de pura felicidade.

As brincadeiras de infância, repletas de correria e imaginação, ficavam gravadas na memória de ambos, lembrando-os dos dias despreocupados e cheios de riso. Além das celebrações, havia as histórias contadas pelos mais velhos ao redor da fogueira, que enchiam seus corações de curiosidade e sabedoria.

Cada festa, cada evento, era uma nova oportunidade para aprender e crescer juntos. Com os corações cheios de esperança e sonhos, Paulinho e Aninha iniciaram sua jornada, sem saber que muitas aventuras em breve seriam brutalmente interrompidas. A inocência e a alegria daqueles anos foram fundamentais para moldar os valores e os laços que os uniriam para sempre. Os desafios futuros, embora difíceis, seriam enfrentados com a força e a resiliência que adquiriram durante esses anos formativos.

As memórias das brincadeiras e das histórias compartilhadas ao redor da fogueira permaneceriam com eles, lembrando-os constantemente das raízes que sempre os sustentariam. Os valores de amizade, solidariedade e esperança, cultivados nas celebrações do vilarejo, seriam a força motriz que os guiaria em suas futuras aventuras, mesmo quando a vida os levasse por caminhos inesperados e desafiadores.

Capítulo 2

O Florescer da Amizade

Nos anos que se seguiram, a amizade entre Paulinho e Aninha floresceu e se fortaleceu. As brincadeiras no quintal da fazenda eram o ponto alto de seus dias. Correndo descalços na grama, aventuravam-se em jogos de esconde-esconde, subiam nas árvores frondosas e faziam animadas corridas de saco.

Paulinho, com sua imaginação fértil, sempre inventava novas formas de se divertir, e Aninha, cheia de energia e entusiasmo, o acompanhava em todas as travessuras. As risadas dos dois ecoavam pelo quintal, levando alegria aos corações de quem os observava. Até mesmo dona Angelita, apesar de sua severidade, não podia deixar de sorrir ao ver a felicidade e harmonia que sua filha encontrava na companhia de Paulinho.

Para os dois, aqueles momentos juntos eram a prova do amor e da amizade que compartilhavam, algo tão forte que nada poderia separá-los.

Finalmente, chegou o dia de Paulinho e Aninha começarem o primeiro ano na escola. Ambos estavam animados e um pouco nervosos. Antônio e Mirtes fizeram questão de acompanhar Paulinho até a porta da escola, enquanto dona Angelita e Sr. Frederico enviaram o motorista para levar Aninha.

Na escola, as crianças logo se destacaram por estarem sempre juntas. Sentaram-se lado a lado, como haviam prometido. Paulinho se destacava em matemática, e Aninha brilhava nas aulas de leitura. Eles se ajudavam mutuamente, formando uma dupla inseparável.

Apesar das dificuldades e pressões externas, continuaram firmes em sua amizade. Sabiam que tinham algo especial, algo que ninguém poderia tirar deles. Suas conversas à beira do rio, as confidências trocadas sob a sombra das árvores e os olhares de cumplicidade fortaleciam cada vez mais esse vínculo único.

Com o passar do tempo, essa amizade inocente começou a se transformar em algo mais profundo. Paulinho e Aninha passaram a se olhar de maneira diferente, sentindo algo novo e especial que ainda não conseguiam entender.

As mãos, que antes se seguravam apenas nas brincadeiras, agora encontravam conforto e segurança no toque um do outro. Enquanto o mundo ao redor deles mudava, uma coisa permanecia constante e imutável: a promessa de que estariam sempre juntos, não importando o que acontecesse. Nos momentos de alegria, essa promessa era celebrada com risos e abraços; nos momentos de dificuldade, era reafirmada com palavras de conforto e gestos de carinho.

Assim, continuaram a navegar pelos desafios da vida lado a lado, prometendo sempre cuidar um do outro. A cada obstáculo superado e a cada sonho compartilhado, a promessa se fortalecia, tornando-se a base sólida sobre a qual construíam seu futuro.

Em meio às incertezas da vida, essa promessa era o farol que guiava seus corações, iluminando o caminho para um futuro repleto de amor e esperança. Quando enfrentavam as tempestades da vida, recordavam as palavras sussurradas em momentos tranquilos, renovando a fé um no outro e no vínculo que os unia.

Essa promessa era mais do que palavras: era uma aliança, uma força invisível que os mantinha unidos, independentemente das circunstâncias. Seja em momentos de celebração ou adversidade, a promessa de estarem juntos era o pilar de suas vidas. Eles se apoiavam mutuamente, encontrando força e consolo na certeza de que, não importa o que o futuro reservasse, enfrentariam tudo juntos.

Assim, os anos passavam, o mundo ao redor deles evoluía, e a promessa de estarem sempre juntos não apenas persistia, mas também florescia, tornando-se o coração pulsante de sua jornada. Era um farol que iluminava seus caminhos, guiando-os com amor e esperança a cada passo que davam juntos.

Quando as férias de final de ano chegaram, Aninha e Paulinho, como de costume, começaram a planejar para onde iriam. Cada um tinha ideias diferentes. Aninha decidiu passar as férias na casa de sua avó materna, uma mulher afetuosa que morava em uma tranquila cidade do interior. Já Paulinho, que nunca tinha passado um dia sequer longe do vilarejo, foi convidado para ficar na casa de sua tia, irmã de Mirtes, que o amava como a um filho. Ele estava animado, mas também um pouco nervoso com a ideia de passar tanto tempo longe de casa e, principalmente, longe de Aninha.

Já no terceiro dia, Paulinho começou a sentir uma saudade imensa de Aninha. O sentimento era recíproco. Ela, que acabara de chegar à casa da avó, também já sentia um vazio em seu peito, como se algo estivesse faltando. Ansiava por ouvir a voz dele e contar todas as pequenas aventuras que já tinha vivido na casa da avó. Sem perder tempo, pegou o telefone da avó e ligou para a casa da tia de Paulinho.

Rosalina atendeu com a simpatia de sempre e informou que o sobrinho tinha saído para pescar com o avô, uma tradição na família. Aninha ficou um pouco desapontada por não poder falar com ele imediatamente, mas deixou um recado, pedindo que ele ligasse de volta assim que chegasse.

Quando Paulinho retornou da pescaria, sua tia o avisou sobre o recado de Aninha. Sem pensar duas vezes, ele pegou o telefone e ligou para ela. A saudade que ambos sentiam parecia ser amenizada ao ouvir a voz um do outro. Ficaram horas ao telefone, contando como tinha sido o dia de cada um. Paulinho descreveu com entusiasmo a pescaria com o avô, as paisagens do lago e as histórias que o avô lhe contava. Aninha, por sua vez, falou sobre a casa da avó, com seu quintal cheio de flores, e como gostava de ouvir as histórias antigas da família, contadas pela avó enquanto tomavam chá.

Enquanto conversavam, o tempo parecia voar. Cada palavra trocada parecia fortalecer ainda mais o laço entre eles, mas, ao mesmo tempo, a saudade de estarem juntos fisicamente só aumentava. Mesmo distantes, sentiam-se conectados de uma maneira especial, como se a promessa feita fosse mais forte do que a distância que os separava.

Os dias passaram, e as férias continuaram, mas, em cada momento de diversão ou de tranquilidade, ambos ansiavam pelo reencontro. A distância, que inicialmente parecia um desafio, apenas serviu para reafirmar o quão importante eram um para o outro. Aninha e Paulinho mal podiam esperar pelo dia em que se veriam novamente, certos de que, quando se reencontrassem, tudo voltaria a ser como sempre foi: dois corações que, apesar do tempo e da distância, permaneciam inseparáveis.

Capítulo 3

Caminhos na Escola

Paulinho e Aninha estavam empolgados para iniciar o segundo ano escolar. Desde o primeiro dia, como sempre, os dois se sentaram juntos, compartilhando cadernos, lápis e borracha.

A proximidade os ajudava a se sentirem seguros e confiantes. Paulinho tinha uma facilidade natural com números e ajudava Aninha com problemas de matemática, explicando com paciência cada conceito. Em troca, ela lia histórias em voz alta, fazendo-o se apaixonar pelo mundo dos livros.

A cada página virada, suas risadas enchiam a sala de aula, contagiando até os professores. As histórias que Aninha lia transportavam Paulinho para mundos mágicos, cheios de aventuras e personagens fascinantes, alimentando sua imaginação e criatividade.

Na escola, não aprenderam apenas matemática e leitura. Também descobriram importantes lições de vida. A professora Berenice, uma mulher sábia e carinhosa, ensinou sobre a importância da honestidade, do respeito e da amizade. Uma vez, durante uma atividade de grupo, Paulinho viu um colega, João, sendo injustamente acusado de algo que não fez.

Com a coragem que aprendeu com seus pais, ele defendeu João, explicando à professora o que realmente havia acontecido. A professora Berenice o elogiou por sua honestidade e coragem, reforçando a importância de fazer o que é certo, mesmo quando é difícil. Esse evento não apenas fortaleceu a confiança de Paulinho, como também deixou uma marca duradoura em João, que passou a admirar e respeitar Paulinho profundamente.

Com o passar dos anos, os laços entre Paulinho e Aninha se tornaram ainda mais profundos. Eles não eram apenas companheiros de brincadeiras, eram confidentes, dividindo sonhos e esperanças para o futuro. Nos recreios, era comum vê-los juntos, rindo e discutindo suas ideias para o que gostariam de fazer quando crescessem.

Aninha, sempre encantada pelas aulas e pela paciência da professora Berenice, sonhava em seguir seus passos. Queria ser professora, assim como sua mentora, que não apenas ensinava com sabedoria, mas também espalhava bondade e compreensão para cada aluno. Aninha via na profissão uma oportunidade de inspirar outras crianças, assim como havia sido inspirada.

Paulinho, por outro lado, tinha um espírito mais aventureiro e prático. Ele sonhava em ser engenheiro, alguém que pudesse transformar o mundo ao seu redor. Fascinado pelas histórias que ouvia sobre grandes construções e invenções, desejava construir pontes e edifícios que melhorassem a vida das pessoas. Seu sonho ia além da estrutura física; ele queria conectar mundos, unir pessoas e criar soluções para os problemas do vilarejo e além.

A cada conversa, esses sonhos ganhavam forma e força. Eles compartilhavam suas visões de um futuro melhor, em que suas profissões poderiam, de alguma forma, impactar a vida dos outros. Para eles, o futuro era uma promessa de novas aventuras e realizações, e, embora seguissem caminhos diferentes, sabiam que sempre estariam lado a lado, apoiando um ao outro em cada passo da jornada.

Nos fins de semana, Paulinho ajudava seus pais no trabalho na fazenda. Mesmo em dias de trabalho duro, ele e Aninha encontravam tempo para explorar a fazenda, descobrindo novos lugares e criando memórias inesquecíveis. Eles construíram botes de galhos, navegaram pelo riacho em pequenas embarcações de madeira e passaram horas observando as estrelas, sonhando com o futuro.

Nem tudo foi fácil para Paulinho e Aninha. A diferença de classes sociais começava a se tornar mais evidente. Algumas crianças da escola, influenciadas por seus pais, começaram a fazer comentários maldosos sobre Paulinho, criticando sua simplicidade e suas roupas humildes.

Ele, porém, não se deixou abater, especialmente com Aninha ao seu lado, sempre pronta para defendê-lo com coragem e determinação. Ela, por sua vez, enfrentou desafios em casa. Seus pais tinham expectativas muito alta, queriam moldar o futuro da filha de acordo com os desejos deles, muitas vezes pressionando-a a seguir caminhos que ela não desejava.

Contudo, Aninha mantinha firme a promessa feita a Paulinho, acreditando que juntos poderiam superar qualquer obstáculo. Eles sonhavam com um futuro juntos. Sentados sob a grande árvore no quintal, conversavam sobre como seria quando crescessem.

Paulinho prometeu construir uma casa linda para Aninha, uma casa cheia de luz e amor, onde poderiam viver felizes e em harmonia.

Aninha falava com paixão sobre as aulas que daria para crianças, ensinando-as a ler e a escrever, inspirando-as a perseguirem seus sonhos. Esses sonhos os motivavam a estudar e a se esforçar cada vez mais. Sabiam que, para realizá-los, precisariam enfrentar muitos desafios, mas acreditavam que juntos poderiam conquistar tudo o que queriam.

Para tornar seus sonhos realidade, sabiam que a educação era a chave. Por isso, dedicaram-se aos estudos com afinco. Paulinho passava horas resolvendo problemas matemáticos, enquanto Aninha se perdia nas páginas dos livros, absorvendo cada palavra e aprendendo novas lições.

Eles também participaram de atividades extracurriculares, como o clube de leitura e o grupo de ciências, expandindo seus horizontes e desenvolvendo novas habilidades.

No final do dia, quando o sol começava a se pôr, Paulinho e Aninha se reuniam novamente sob a grande árvore, compartilhando o que aprenderam e sonhando com o futuro.

Aqueles momentos de tranquilidade e cumplicidade eram o alicerce de sua amizade e do amor que crescia entre eles. Assim, com determinação, coragem e o apoio mútuo, Paulinho e Aninha continuavam a jornada de suas vidas, firmes na promessa de que estariam sempre juntos, enfrentando qualquer adversidade e celebrando cada conquista. Cada desafio superado e cada sonho alcançado apenas fortalecia ainda mais o laço indestrutível que os unia.

Capítulo 4

Os Pais de Aninha

Dona Angelita e Sr. Frederico eram conhecidos por toda a cidade. Eles eram os donos da maior fazenda da região e, apesar de serem respeitados, não eram muito queridos. Dona Angelita era uma mulher elegante e vaidosa, sempre preocupada com a aparência e as opiniões alheias. Seus trajes eram sempre impecáveis, com vestidos de tecidos finos e joias que brilhavam à luz do sol.

Sua presença era imponente, ela fazia questão de participar de todos os eventos sociais, sendo sempre o centro das atenções. Sr. Frederico, por sua vez, era um homem sério e rígido, focado em manter e aumentar sua riqueza. Seus negócios eram sua prioridade, passava longas horas no escritório, planejando e tomando decisões que impactavam a economia da cidade.

Apesar da postura severa, dona Angelita tinha um carinho especial por Aninha. Ela queria que a filha tivesse o melhor de tudo e acreditava que, ao controlar suas amizades e escolhas, estava garantindo seu futuro. Dona Angelita se esforçava para ensinar a filha sobre etiqueta, boas maneiras e como se comportar em sociedade.

Sr. Frederico, embora não demonstrasse afeto abertamente, também desejava o melhor para Aninha, mas de uma forma mais prática e menos emocional. Ele esperava que ela aprendesse a ser forte e independente, capaz de tomar decisões que beneficiassem a família.

Com o tempo, a diferença de classes sociais entre Paulinho e Aninha tornava-se um obstáculo cada vez mais evidente. Enquanto ela vivia cercada de luxo em uma grande casa, ele morava em uma residência simples com seus pais, que trabalhavam arduamente para garantir que o filho pudesse estudar e ter um futuro promissor. A casa de Paulinho, embora modesta, era cheia de amor e união. Os móveis, embora antigos, eram bem cuidados, e as paredes exibiam fotografias de família e desenhos que Paulinho fizera quando era mais novo, reforçando o ambiente acolhedor e simples em que ele crescia.

Sr. Frederico desaprovava profundamente a proximidade da filha com Paulinho. Ele acreditava que Aninha deveria se relacionar com pessoas de sua classe social, preferencialmente filhos de outros fazendeiros ricos da região. Dona Angelita, embora um pouco mais tolerante, também tinha suas reservas.

Ela imaginava para a filha um futuro próspero ao lado de alguém rico e influente, que pudesse proporcionar uma vida de luxo e segurança. Os pais de Aninha tinham grandes planos para ela — planos que não incluíam Paulinho.

O relacionamento entre Aninha e Paulinho começou a enfrentar seus primeiros desafios. Frederico, percebendo a crescente ligação entre os dois, passou a impor uma série de restrições. Ele proibiu Aninha de passar tanto tempo com Paulinho e começou a arranjar encontros com filhos de outras famílias ricas da região, organizando jantares e festas na esperança de que ela se interessasse por algum desses jovens.

Embora obedecesse ao pai, o coração de Aninha continuava com Paulinho. Aproveitava todas as oportunidades que surgiam para vê-lo, nem que fosse apenas por alguns minutos. Eles se encontravam secretamente no campo, trocando conversas e pequenos presentes, que, apesar de simples, significavam muito para ambos.

Paulinho, compreendendo a difícil situação, tentava ser forte e sempre encorajava Aninha a seguir seus sonhos, independentemente das circunstâncias. Ela, determinada a manter a amizade e o afeto por ele, decidiu enfrentar os pais. Em uma noite, sentou-se com eles e explicou com firmeza que Paulinho era seu melhor amigo e que a diferença de classes sociais não deveria ser um obstáculo para o que sentiam um pelo outro. Falou com paixão sobre a bondade e integridade de Paulinho e como ele sempre a apoiava e a fazia feliz.

Apesar das palavras de Aninha, seus pais permaneceram inflexíveis. Sr. Frederico, cada vez mais preocupado, reforçou as restrições, enquanto dona Angelita, com uma abordagem mais diplomática, pediu a Aninha que pensasse no futuro. Explicou que Paulinho, sendo pobre, não poderia proporcionar o tipo de vida que desejavam para ela. Ressaltou os sacrifícios que fizeram para garantir a Aninha um futuro brilhante e a importância de tomar decisões sábias que assegurassem o bem-estar da família.

Com lágrimas nos olhos, Aninha reafirmou que o amor e a amizade eram mais importantes do que qualquer riqueza material. Ela prometeu a si mesma que, não importando as dificuldades, sempre estaria ao lado de Paulinho.

Apesar dos desafios, Paulinho e Aninha encontraram maneiras de manter a conexão viva. Começaram a se comunicar por cartas. Ele escrevia sobre suas aulas e os pequenos projetos na fazenda, e ela descrevia os eventos sociais a que era obrigada a comparecer e os livros que lia. A amizade deles, agora também marcada por um amor crescente, tornou-se ainda mais forte. Paulinho, determinado, prometeu a Aninha que um dia a situação seria diferente. Ele sonhava em conseguir uma bolsa de estudos para estudar engenharia, com o objetivo de construir um futuro melhor para ambos.

Aninha, por sua vez, prometeu esperar por ele, garantindo que sempre o apoiaria, independentemente das circunstâncias.

Os encontros secretos continuaram. Paulinho, engenhoso, construiu pequenos esconderijos nos campos onde podiam se encontrar sem serem descobertos. Aninha, sempre trazendo lanches e novas histórias, se deliciava com esses momentos furtivos, enquanto sonhavam juntos com o futuro. Cada carta trocada e cada encontro clandestino reafirmavam o compromisso que tinham um com o outro.

Mesmo com todas as restrições e dificuldades impostas por suas famílias, a conexão entre Paulinho e Aninha não enfraqueceu. Pelo contrário, o afeto que compartilhavam só crescia, provando que, independentemente das circunstâncias, o amor e a verdadeira amizade podem resistir a qualquer obstáculo. Eles sabiam que, com determinação, poderiam superar qualquer desafio e, no final, estariam juntos, como sempre sonharam.

Eram pacientes, conscientes de que o mundo ao redor poderia conspirar contra eles, mas acreditavam que o tempo, eventualmente, jogaria a seu favor, assim como havia acontecido até aquele momento. Seus corações batiam forte, e, embora o medo trouxesse preocupações, a coragem e a determinação os enchiam de esperança. Sabiam que, com o amor que compartilhavam, seriam capazes de atravessar riachos e fronteiras, certos de que o sentimento que os unia prevaleceria acima de qualquer adversidade.

Capítulo 5

Laços Inseparáveis

A adolescência chegou, trazendo consigo novos desafios para Aninha e Paulinho. Embora continuassem amigos inseparáveis, as pressões familiares e sociais começaram a pesar. Sr. Frederico, cada vez mais decidido a separar os dois, estava determinado a afastar Paulinho da vida de sua filha.

O grande dia da festa de 15 anos de Aninha finalmente chegou. Dona Angelita e Sr. Frederico estavam animados e se esforçaram ao máximo para garantir que a festa fosse um verdadeiro sucesso. Contrataram os melhores organizadores de eventos da região e mandaram confeccionar convites personalizados. O local escolhido foi o Club Park, o maior e mais luxuoso da cidade, que abrigaria uma festa digna da reputação da família.

A decoração estava deslumbrante, com luzes cintilantes, flores cuidadosamente dispostas em arranjos elegantes e mesas repletas de iguarias finas. Dois espaços foram preparados: um reservado para a elite — fazendeiros e seus familiares — e outro para o restante dos moradores do vilarejo e funcionários da fazenda. Para a elite, havia uma área VIP com acomodações exclusivas e um menu especial. O ambiente vibrava com música ao vivo, de cantores renomados que haviam sido contratados para animar a noite.

Os fazendeiros da região receberam convites especiais que lhes garantiam acesso à área VIP. Entretanto, Paulinho, mesmo sendo amigo de longa data de Aninha, foi informado de que não poderia participar da festa. Sr. Frederico proibiu sua entrada, temendo que sua presença prejudicasse os planos de afastar a filha do rapaz.

Quando Aninha soube da decisão do pai, seu coração se partiu. Ela sabia que a festa de 15 anos, um momento tão especial para qualquer jovem, não teria o mesmo brilho sem Paulinho ao seu lado. No entanto, compreendendo que não tinha poder para mudar a decisão naquele momento, decidiu manter-se firme e esperançosa de que, com o tempo, seu pai fosse mais flexível e permitisse que ela decidisse os rumos de sua própria vida.

Com o coração em pedaços, recebeu seus convidados com um sorriso gentil, como se nada estivesse errado. Sr. Frederico, determinado a encontrar um partido "adequado" para a filha, convidou fazendeiros de regiões vizinhas, acompanhados de seus filhos, esperando que algum deles despertasse o interesse da filha.

A festa era luxuosa, um verdadeiro espetáculo de poder e influência. Os jovens rapazes eram apresentados a Aninha um a um, e ela, sempre educada, tratava todos com sua habitual generosidade, mas nenhum deles despertava seu interesse. Seu sorriso era forçado, e seu olhar frequentemente se perdia na direção da janela, onde ela imaginava como Paulinho estaria naquele momento.

Enquanto dançava e cumprimentava os convidados, Aninha não conseguia afastar o pensamento de Paulinho. Mesmo com todas as luzes, músicas e conversas ao seu redor, seus pensamentos estavam longe, na simplicidade dos campos onde costumavam se encontrar. Paulinho era a única pessoa que importava para ela, e a ausência dele tornava aquela noite vazia.

Apesar de participar da festa por formalidade, Aninha manteve seu coração firme. Sabia que, independentemente das pressões familiares, o vínculo entre ela e Paulinho era mais forte do que qualquer obstáculo que seus pais pudessem colocar em seu caminho. Apenas esperava que, um dia, as circunstâncias mudassem e que pudessem viver seu amor sem medo.

Conforme a noite avançava, Aninha continuava cumprindo suas responsabilidades sociais, mas sempre com uma sensação de ausência. Ela sabia que, embora estivesse cercada por luxo e riqueza, o verdadeiro valor da vida estava nas pessoas que amamos. E, para ela, Paulinho era essa pessoa.

Ele, por sua vez, trabalhava duro ao lado dos pais, sonhando com o dia em que poderia mudar de vida e ficar ao lado de Aninha sem restrições. Cada gota de suor que escorria no seu rosto era uma promessa de um futuro melhor, uma prova de seu amor e dedicação.

Paulinho decidiu que precisava fazer algo para melhorar sua situação. Com o apoio dos pais, começou a procurar um emprego que pudesse ajudar financeiramente. Conseguiu um trabalho em uma pequena oficina na cidade, onde aprendia sobre mecânica e ganhava algum dinheiro extra.

A oficina era um lugar modesto, mas cheia de energia. O cheiro de óleo e metal misturado com o som das ferramentas em ação criou um ambiente de aprendizado e crescimento.

Os dias eram longos e cansativos. Ele trabalhava na oficina pela manhã, ajudava os pais na fazenda à tarde e estudava à noite. Mesmo com a rotina puxada, encontrava tempo para se comunicar com Aninha, trocando cartas e mensagens secretas. Às vezes, ele escapava para um canto tranquilo da oficina para ler as cartas de Aninha, e sua leitura silenciosa era acompanhada pelo zumbido das máquinas e pelo murmúrio distante da cidade.

Aninha, cada vez mais pressionada pelos pais, encontrava consolo nas cartas de Paulinho. Ela escrevia sobre seus dias, suas angústias e seus sonhos.

Suas palavras eram carregadas de emoção, descrevendo a luta diária para manter a esperança viva em meio às adversidades.

Paulinho, por sua vez, respondia com palavras de apoio e amor, reforçando a promessa de que um dia estariam juntos. Suas cartas eram cheias de encorajamento e planos para o futuro, criando um mundo onde os obstáculos eram superáveis e o amor prevalecia.

Essas cartas eram o combustível que os mantinha fortes. Cada palavra escrita carregava a esperança e o amor que os unia, mesmo diante das adversidades. As cartas eram escondidas em lugares secretos, longe dos olhos vigilantes de Sr. Frederico e dona Angelita.

Eles usavam um velho carvalho na fazenda como ponto de troca de cartas, cavando pequenos buracos na casca da árvore para esconder suas mensagens. Sr. Frederico, percebendo que suas tentativas de afastar Aninha e Paulinho não estavam funcionando, decidiu tomar medidas mais drásticas. Ele contratou um capanga chamado Florisvaldo para vigiar Paulinho e garantir que ele não se aproximasse de Aninha.

Florisvaldo era um homem sombrio, sempre vestido com roupas escuras e com um olhar frio. Sua presença constante era intimidante, e Paulinho sabia que precisava ser ainda mais cuidadoso. Ao perceber a presença do capanga, ficou alerta, sabia que precisava ser ainda mais cuidadoso. Qualquer passo em falso poderia colocar em risco sua vida e a segurança de seus pais.

Ele começou a tomar rotas diferentes para o trabalho e a fazenda, sempre olhando por cima do ombro para garantir que não estava sendo seguido. Ele e Aninha desenvolveram sinais secretos para se comunicar à distância, garantindo que pudessem continuar trocando mensagens sem serem pegos.

Aninha, ao descobrir o plano do pai, ficou revoltada. Ela tentou argumentar, explicando que Paulinho era uma pessoa boa e trabalhadora, que merecia uma chance, mas Sr. Frederico, com o coração endurecido pela ganância e pelo orgulho, se recusava a ouvir. Ele acreditava que estava protegendo o futuro de Aninha, mas não conseguia ver o dano que estava causando à sua felicidade. Apesar de tudo, Aninha manteve sua determinação.

Ela sabia que o amor que sentia por Paulinho era forte o suficiente para superar qualquer barreira. Assim, mesmo com o futuro incerto, continuava a sonhar com o dia em que poderiam viver esse amor livremente. Aninha começou a planejar seu próprio futuro com mais firmeza, decidida a encontrar uma maneira de ficar com Paulinho.

Ela pesquisou oportunidades de estudo fora da cidade, esperando que a distância pudesse amenizar a pressão de seus pais.

Enquanto Aninha e Paulinho enfrentavam as adversidades, a comunidade ao redor começou a perceber as injustiças que eles sofriam. Amigos e vizinhos, que sempre acompanharam a trajetória de Paulinho e sua família, passaram a oferecer apoio de maneiras simples, mas cheias de significado. Entre eles, Sebastião, o dono da oficina, homem conhecido por sua gentileza e por não tolerar injustiças. Ele admirava o talento e a dedicação de Paulinho, e, em sinal de reconhecimento, aumentou seu pagamento, além de oferecer palavras constantes de encorajamento. Sebastião, sempre sábio, reforçava a confiança de Paulinho em seu próprio valor, fazendo-o acreditar que poderia, sim, superar os desafios que a vida lhe impunha.

Em uma tarde de sábado, os amigos de Paulinho, com o apoio de Sebastião, organizaram uma surpresa especial: um churrasco em sua homenagem. Com a ajuda de Joaquim, o cuidador dos cavalos da fazenda de Sr. Frederico, conseguiram trazer Aninha até o evento sem que os pais dela soubessem. Joaquim, cúmplice fiel, a levou em uma charrete, fingindo que era para distribuir doces às amigas do vilarejo, como ela costumava fazer aos sábados. Quando Paulinho a viu entrando naquele local, rodeada de amigos que prepararam tudo com tanto carinho, seu coração se encheu de alegria. Ele não sabia como expressar toda a gratidão que sentia por seus colegas de trabalho e pelo gesto tão simples, mas profundamente significativo.

Aninha, ao perceber o crescente apoio da comunidade, sentiu uma nova força brotar em seu peito. A solidariedade de todos, unida ao amor que ela e Paulinho compartilhavam, renovou sua determinação. Ela sabia que era esse suporte coletivo que faltava para que as coisas começassem a mudar a favor deles. A cada dia, envolvia mais pessoas em seus planos, e aqueles que a conheciam se sentiam compelidos a ajudar. O amor que ela e Paulinho compartilhavam era raro, algo puro e profundo, e, mesmo sabendo do risco que corriam, especialmente se o severo Sr. Frederico descobrisse o apoio da comunidade, ninguém hesitava em oferecer ajuda. Afinal, todos sabiam do ódio que Sr. Frederico nutria por Paulinho.

Aninha, no entanto, tinha um plano maior em mente. Determinada a garantir um futuro melhor para o amado, ela procurava oportunidades de estudo e trabalho fora da cidade, onde ele pudesse escapar da sombra opressora de seu pai. Aos poucos, começaram a vislumbrar uma luz no fim do túnel. Sabiam que o caminho seria árduo, mas estavam dispostos a lutar por seu amor, custasse o que custasse.

Com a promessa de um futuro mais promissor, continuaram a apoiar um ao outro. A estrada era cheia de obstáculos, mas eles enfrentavam cada desafio com coragem e resiliência. Sabiam que, enquanto permanecessem unidos, poderiam superar qualquer adversidade. Cada encontro era uma oportunidade para discutir o futuro, compartilhar sonhos e traçar novos planos. Eles conversavam sobre suas aspirações e medos, mas sempre renovavam a esperança, sabendo que o apoio mútuo era a chave para superar as dificuldades.

Também buscaram maneiras de crescer, tanto individualmente quanto como casal. Entendiam que o desenvolvimento pessoal de cada um era essencial para o fortalecimento da relação. E, com o apoio inabalável dos amigos e da família de Paulinho, sentiam-se mais fortes e determinados. A visão de um amanhã cheio de liberdade e felicidade estava cada vez mais próxima, e a esperança que os guiava era cada vez mais forte.

Juntos, traçavam um caminho para um futuro em que poderiam viver seu amor sem medo, sem restrições e com a certeza de que, apesar de todas as adversidades, estavam destinados a alcançar o que tanto sonhavam.

Para Aninha e Paulinho, a liberdade era o maior desejo, o sonho que os mantinha unidos mesmo sob as restrições severas impostas por Frederico. Apesar da vigilância constante, eles continuavam a sonhar e a fazer planos, aproveitando cada oportunidade que tinham para ficarem juntos. As tardes eram preenchidas por longos passeios pelos campos, onde exploravam trilhas, cachoeiras e cavernas escondidas da região.

Conheciam cada pedaço daquela terra, como se estivessem traçando um mapa secreto de seu próprio mundo, longe dos olhos do fazendeiro.

Em uma das férias de fim de ano, decidiram ser ainda mais ousados. Fingindo que iam visitar parentes, aproveitaram para passar cinco dias explorando a mata nativa que circundava a fazenda. A floresta era conhecida por sua beleza, mas também por ser um local perigoso, com terrenos acidentados e animais selvagens. Para Aninha e Paulinho, porém, aquele risco apenas aumentava a sensação de aventura.

Durante a exploração, encontraram árvores gigantescas, cujas raízes grossas e entrelaçadas pareciam saídas de um conto de fadas. Cada descoberta era um momento mágico, e as histórias que surgiram desses dias se tornariam memórias preciosas para compartilhar com os amigos. Havia algo de encantador na sensação de liberdade que experimentaram naqueles dias, longe de qualquer controle, como se tivessem encontrado um pedaço do paraíso escondido no coração da mata.

Essas aventuras não só reforçavam o amor que compartilhavam, como também lhes davam forças para enfrentar os desafios que sabiam que viriam. Aninha e Paulinho sabiam que o mundo real, com suas dificuldades, esperava por eles fora daquela mata, mas por alguns dias puderam viver como sonhavam: livres, corajosos e unidos.

Cada minuto longe das imposições de Frederico era uma vitória, uma pequena conquista em meio a tantas adversidades. Mesmo sabendo que o futuro seria incerto, ambos mantinham a esperança de que, um dia, poderiam viver essa liberdade permanentemente. E assim, a cada nova aventura, a determinação deles crescia, junto ao desejo de lutar por um futuro em que o amor, e não as imposições, determinaria o rumo de suas vidas.

Capítulo 6

Planos e Segredos

Os dias de verão eram longos e quentes, e Paulinho e Aninha aproveitavam cada oportunidade para se encontrarem em segredo. Havia um lugar especial na fazenda, um velho celeiro abandonado, onde se sentiam seguros e longe dos olhos vigilantes do Sr. Frederico e de seu capanga. O celeiro, com suas tábuas de madeira desgastadas e o telhado coberto de musgo, era um refúgio silencioso que guardava seus segredos e esperanças.

Numa tarde de domingo, Aninha conseguiu escapar por algumas horas. Ela correu até o celeiro, onde Paulinho já a esperava. Sentaram-se no chão de terra, encostados nas velhas tábuas de madeira, e conversaram sobre seus planos para o futuro. O sol se filtrava pelas frestas das paredes, criando padrões de luz e sombra que dançavam ao redor deles, intensificando a mágica do momento.

Paulinho falou sobre seu emprego na oficina e como estava economizando cada centavo. Ele sonhava em estudar engenharia para um dia, construir casas e pontes que ligassem pessoas e lugares. Descrevia com entusiasmo os projetos que tinha em mente, os desenhos que fazia à noite e suas esperanças de um futuro melhor. Aninha o ouvia com os olhos brilhando, cheia de orgulho e esperança. Ela se via ao lado de Paulinho em cada um desses projetos, compartilhando cada conquista e vitória.

Aninha, por sua vez, contou sobre seu desejo de ser professora. Queria ensinar crianças a ler e escrever, a sonhar com um mundo melhor. Falava com paixão sobre as aulas que daria, os livros que leria com seus alunos e como esperava fazer a diferença na vida deles. Paulinho prometeu que a ajudaria a realizar esse sonho. Juntos, fizeram um pacto de nunca desistirem um do outro. Suas mãos se entrelaçaram, e a promessa foi selada com um olhar profundo e sincero.

Enquanto conversavam, Aninha percebeu um movimento na entrada do celeiro. Era o capanga de seu pai, que os havia seguido. Ele correu em direção ao casal, com uma expressão ameaçadora no rosto. Paulinho e Aninha sabiam que estavam em perigo. O coração de Aninha disparou, e Paulinho sentiu um frio na espinha. A presença do capanga era uma sombra ameaçadora que pairava sobre seus sonhos.

Sem pensar duas vezes, Paulinho pegou a mão de Aninha e a puxou, correndo pelo campo aberto. O capanga os seguia de perto, mas Paulinho conhecia bem o terreno e conseguiu encontrar um esconderijo seguro. Eles se esconderam até o capanga desistir e voltar para a fazenda. O esconderijo era uma pequena caverna entre as rochas, um lugar que Paulinho havia descoberto na infância, e ali, no silêncio, puderam recuperar o fôlego e pensar no que fariam a seguir.

No dia seguinte, Sr. Frederico chamou Aninha ao seu escritório. Estava furioso. Disse que, se ela continuasse a se encontrar com Paulinho, tomaria medidas severas. Ela tentou argumentar, mas o pai não quis ouvir. Proibiu-a de sair da fazenda sem sua permissão e aumentou a vigilância ao redor da casa. O escritório, com suas paredes cobertas de prêmios e certificados, parecia um tribunal, onde Aninha era julgada sem direito à defesa.

Ela ficou desolada, mas determinada. Sabia que seu pai não cederia facilmente. Precisava encontrar uma maneira de continuar vendo Paulinho sem ser descoberta. A tristeza em seus olhos era profunda, mas a determinação em seu coração era ainda maior. Começou a planejar maneiras de enganar a vigilância, usando sua inteligência e criatividade para encontrar brechas nas regras impostas.

Apesar das ameaças, Paulinho e Aninha não desistiram. Continuaram a trocar cartas e planejar encontros secretos. Cada carta, escrita com cuidado e escondida em lugares estratégicos, era uma prova da força do amor que os unia. As mensagens eram codificadas de forma que só eles entendiam, e seus encontros, embora breves, renovavam a esperança de ambos.

Paulinho, ao ver a tristeza nos olhos de Aninha, prometeu que encontraria uma solução. Começou a buscar oportunidades de estudo fora da cidade, pesquisando bolsas de estudo e empregos que pudessem ajudá-lo a sair daquela situação. Ela, por sua vez, jurou que nunca o abandonaria, não importando o que acontecesse. Preparava-se para enfrentar seus pais novamente, disposta a lutar pelo amor que sentia.

Formaram uma aliança secreta com amigos de confiança, que os ajudariam em suas fugas e trocas de cartas. Recrutaram colegas da escola e vizinhos que simpatizavam com sua causa. Esses amigos se tornaram cúmplices, ajudando a organizar encontros longe dos olhos vigilantes de Frederico e seu capanga.

Enquanto isso, Paulinho continuava a trabalhar duro na oficina, economizando e se preparando para o vestibular. Com a ajuda de Roberto, que lhe emprestava livros e lhe dava aulas de engenharia, Paulinho avançava em seus estudos. Aninha, por sua vez, intensificava sua preparação para o curso de pedagogia. Eles sonhavam com um futuro em que poderiam estar juntos sem as restrições impostas pela família e pela sociedade.

Certa noite, sob um céu estrelado, eles se encontraram novamente no celeiro. Renovaram seu pacto de amor e prometeram que, não importava o que acontecesse, nunca desistiriam um do outro. Selaram a promessa com um beijo, jurando enfrentar qualquer obstáculo que surgisse em seu caminho.

O amor deles florescia a cada dia, mais forte e resistente às adversidades. Mesmo enfrentando inúmeras dificuldades, estavam certos de que seu destino era ficar juntos. A cada encontro, a cada carta trocada, sabiam que estavam construindo, aos poucos, o futuro que sempre sonharam: um futuro de liberdade e amor, sem as barreiras impostas pelo mundo ao redor.

No entanto, Sr. Frederico estava determinado a atrapalhar a vida dos dois e disposto a usar todos os meios para atingir seus objetivos. Numa tarde, ele chamou Aninha ao seu escritório e, com um tom frio, anunciou seus planos. Disse que, logo após sua formatura, a mandaria para Nova York para morar com sua tia e continuar seus estudos lá. Frederico acreditava que, dessa forma, a filha se afastaria das amizades que ele considerava "inconvenientes" e, principalmente, ficaria longe de Paulinho.

Aninha tentou argumentar, mas, como de costume, o pai não permitiu que ela falasse, interrompendo-a sempre que mencionava o nome de Paulinho. Frederico sabia que, mesmo que Paulinho quisesse ir para o exterior, jamais conseguiria, pois era apenas um assalariado, sem recursos para bancar uma vida ou estudos em outro país. Parecia ser a solução perfeita para "livrar-se" do relacionamento indesejado de sua filha.

Mas o que Frederico subestimava era a profundidade do amor verdadeiro que Paulinho e Aninha haviam construído ao longo dos anos. Ele não sabia que, para eles, a distância ou as dificuldades não seriam suficientes para destruir o vínculo que os unia. Aninha estava disposta a enfrentar qualquer obstáculo para ficar com Paulinho. A ideia de ser separada dele a atormentava, mas fortalecia sua determinação.

Naquela noite, ela fez questão de enviar uma mensagem urgente para Paulinho, pedindo que se encontrassem no lugar de sempre — o velho celeiro abandonado. Ela precisava conversar com ele com urgência, pois as notícias que trazia não eram boas e não poderiam ser resumidas em uma carta. Seu coração estava acelerado, e o medo de perder Paulinho a consumia.

Assim que ele recebeu o recado, sentiu uma angústia profunda, sabia que algo sério estava acontecendo. Imediatamente, correu ao encontro de Aninha, preocupado com o que ela teria a dizer. Aninha, com os olhos cheios de lágrimas e a voz trêmula, contou tudo sobre o plano de seu pai de enviá-la para Nova York.

Paulinho ouviu em silêncio, sentindo o peso da notícia. A ideia de Aninha partir para um lugar tão distante o feriu profundamente, mas ele sabia que não poderia deixar que o desespero tomasse conta. Ele a abraçou com força e, enquanto ela chorava em seu peito, sussurrou palavras de conforto, prometendo que, de alguma forma, encontrariam uma solução. Eles tinham enfrentado tantas dificuldades juntos, aquela seria apenas mais uma batalha em seu caminho.

Aninha, ainda nervosa, encontrou em Paulinho a força de que precisava. Sentir os braços dele ao seu redor a acalmou, e ela soube, naquele momento, que estava pronta para lutar contra qualquer coisa, inclusive seu próprio pai, para não ser separada de Paulinho. Eles não sabiam como, mas fariam o impossível para não se deixarem vencer pelas circunstâncias.

Naquela noite, sob as estrelas, renovaram mais uma vez suas promessas de amor e união. Sabiam que o caminho à frente seria difícil, mas estavam decididos a lutar. Nada, nem mesmo a distância ou as tentativas de Frederico de afastá-los, seria capaz de quebrar o laço que os unia.

Capítulo 7

A Decisão de Fugir

As restrições impostas pelo Sr. Frederico se tornavam cada vez mais sufocantes para Aninha. Ela se sentia presa, vigiada a cada passo, e a única coisa que a mantinha forte era a esperança de encontrar Paulinho novamente.

As cartas trocadas eram agora seu único consolo. Cada mensagem de Paulinho era uma chama de esperança, um lembrete de que não estava sozinha nessa luta.

Aninha sabia que precisava agir. Ela não podia continuar vivendo daquela forma, com seu pai tentando controlar todos os aspectos de sua vida.

Determinada a encontrar uma solução, começou a traçar um plano. Em suas noites insones, deitada na cama olhando para o teto, ela pensava nas várias maneiras de escapar daquela prisão invisível que seu pai havia construído.

Paulinho também refletia sobre como resolver a situação. Ele sabia que não podiam continuar se encontrando em segredo para sempre. Precisavam de um plano mais sólido para ficarem juntos sem as constantes ameaças do Sr. Frederico.

Ele sentia a pressão aumentar a cada dia, mas sua determinação era inabalável. Sabia que Aninha merecia mais do que uma vida de vigilância e restrições. Numa manhã, enquanto trabalhava na oficina, teve uma ideia. Decidiu que a melhor forma de garantir a segurança deles seria fugir da cidade por um tempo.

Não seria fácil, mas era a única maneira de proteger Aninha e realizar seu sonho. Ele pensou nos lugares para onde poderiam ir, nos empregos que poderiam conseguir e nas formas de sobreviver até que as coisas melhorassem. Seu coração batia acelerado, mas a esperança de uma vida livre ao lado de Aninha o motivava.

Eles conseguiram marcar um encontro no celeiro abandonado, mesmo com todos os riscos. Estavam nervosos, mas precisavam discutir seus planos. Aninha chegou primeiro, escondendo-se na sombra das árvores até ter certeza de que não estava sendo seguida.

A espera foi angustiante, mas finalmente viu Paulinho se aproximar com um sorriso que lhe deu forças. Os dois se abraçaram com força, sentindo o alívio de estarem juntos novamente. Sentaram-se no chão, e Paulinho explicou seu plano.

Ele sugeriu que fugissem para outra cidade, onde poderiam recomeçar suas vidas longe da influência do Sr. Frederico. Paulinho detalhou cada aspecto, desde a rota que tomariam até como economizaria para garantir a viagem.

Aninha ouviu o plano com atenção. Sabia que seria perigoso, mas a ideia de finalmente estar livre das amarras de seu pai era tentadora. Após alguns minutos de reflexão, ela concordou, estava disposta a arriscar tudo para ficar ao lado de seu amor. A decisão não foi fácil, mas a convicção em seu coração a fez acreditar que era a melhor escolha.

Eles decidiram que Aninha fingiria aceitar as imposições do pai para despistar qualquer suspeita. Enquanto isso, Paulinho continuaria trabalhando e economizando o máximo possível para a fuga.

A data da partida seria em algumas semanas, tempo suficiente para se prepararem. Aninha prometeu que não daria motivos para que seu pai suspeitasse, e Paulinho garantiu que cuidaria de todos os detalhes.

Os dias seguintes foram de intenso planejamento. Paulinho começou a comprar provisões e guardar dinheiro. Ele adquiriu uma pequena mochila, alguns mantimentos não perecíveis e roupas adequadas para a viagem.

Aninha, por sua vez, organizava seus pertences de maneira discreta, para não levantar suspeitas. Cada passo era cuidadosamente pensado. As cartas entre eles tornaram-se ainda mais importantes, com detalhes sobre o plano sendo discutidos.

Ambos sabiam que a menor falha poderia significar o fim de seus sonhos. A tensão era alta, mas a esperança de um futuro juntos os mantinha firmes. Eles criaram códigos para se comunicarem sem levantar suspeitas, garantindo que mesmo se suas cartas fossem descobertas, ninguém entenderia seus planos.

Na noite anterior à fuga, Paulinho e Aninha se encontraram uma última vez no velho celeiro. O ar estava carregado de tensão, uma mistura de nervosismo e excitação. A possibilidade de uma nova vida juntos era tão palpável quanto assustadora. Paulinho segurou as mãos da amada com firmeza, olhando profundamente em seus olhos, e prometeu que cuidaria dela, não importasse o que acontecesse. Seus olhos encontraram os dela, transmitindo uma segurança que só o amor verdadeiro pode proporcionar.

Aninha, com lágrimas nos olhos, agradeceu a Paulinho pela coragem e determinação. Ela sabia o quanto ele estava arriscando e que juntos eram mais fortes do que qualquer obstáculo. Eles se abraçaram, sentindo o peso de tudo o que estava por vir, também a esperança de uma vida que sempre sonharam em construir, longe das garras do controle de seu pai.

Enquanto se mantinham abraçados, Aninha sussurrou sobre os momentos que os aguardavam: os sonhos que finalmente realizariam, a liberdade de viver sem medo, e a vida tranquila que pretendiam construir longe dali. Cada palavra era uma promessa do que o futuro poderia trazer; juntos, poderiam superar qualquer coisa.

Os dois revisaram o plano uma última vez, detalhadamente. Paulinho a buscaria no meio da noite, quando todos estivessem dormindo. Aninha, com o coração pesado, deixaria uma carta para seus pais, explicando que precisava seguir seu próprio caminho, ao lado de Paulinho. A decisão de partir assim, sem um adeus propriamente dito, era dolorosa, mas necessária. Ela sabia que seu pai nunca a deixaria sair voluntariamente.

Paulinho havia se preparado meticulosamente. Ele conseguiu um carro emprestado de um amigo da oficina, que depois o aguardaria discretamente no estacionamento da rodoviária. Sem contar a ninguém sobre o destino, o plano era pegar o primeiro ônibus disponível e partir para onde o destino os levasse, começando uma nova vida juntos, longe do vilarejo e da fazenda do Sr. Frederico.

Eles se olharam mais uma vez, absorvendo o momento, cientes de que aquela seria sua última noite antes da grande mudança. Os desafios do futuro eram muitos, mas, naquele instante, tudo o que importava era que estariam juntos. Quando se separaram, sabiam que seria o último encontro no celeiro. O próximo passo era a fuga que, com sorte, os levaria a uma vida de liberdade e amor, longe das amarras do passado.

Capítulo 8

A Grande Fuga

Na noite da fuga, Aninha estava ansiosa, mas determinada. Vestiu-se em silêncio e, com a mochila pronta, deixou uma carta sobre a mesa da cozinha antes de sair sem fazer barulho. Paulinho a esperava perto do celeiro com o carro que havia conseguido emprestado de um amigo da oficina. Ao vê-la, seu coração se encheu de alívio e felicidade. Após um rápido abraço, seguiram rumo ao destino que haviam planejado.

A noite estava escura, e a única luz que os guiava era a lua cheia no céu. Ele dirigia cuidadosamente, evitando qualquer som, além do motor do carro, que pudesse alertar os capangas ou o Sr. Frederico. Ao amanhecer, chegaram à estação de ônibus, compraram as passagens e embarcaram em um ônibus que os levaria para longe de tudo o que conheciam.

Enquanto o ônibus se afastava da cidade, Paulinho e Aninha se entreolharam, misturando medo e excitação. Estavam, finalmente, livres para construir a vida com a qual sempre sonharam. Sabiam que enfrentariam muitas dificuldades, mas estavam dispostos a superá-las juntos. A única certeza que tinham era de que estavam unidos. Com o coração cheio de esperança, iniciaram sua nova jornada, confiantes de que, com amor e determinação, poderiam conquistar o mundo.

Após várias horas de viagem, chegaram a uma pequena cidade, tranquila, com ruas arborizadas e casas acolhedoras. As primeiras impressões foram positivas; parecia o lugar ideal para recomeçar. Eles se hospedaram temporariamente em um hotel simples, precisavam descansar e planejar os próximos passos. Cansados da viagem, mas animados, abraçaram-se no quarto e decidiram que no dia seguinte começariam a procurar empregos e um lugar para morar.

Na manhã seguinte, Paulinho conseguiu um trabalho temporário em uma obra, enquanto Aninha encontrou uma vaga como assistente em uma pequena escola local. Embora não fosse o ideal, era um começo. O trabalho árduo representava um passo mais perto de seus sonhos. Com o dinheiro que ganhavam, logo conseguiram alugar uma casa modesta, mas confortável. Era o primeiro lar deles, e cada canto foi decorado com simplicidade e significado especial. Cada conquista, por menor que fosse, celebravam, reforçando os laços que os uniam.

Apesar de estarem felizes, sentiam saudades de suas famílias. Paulinho pensava frequentemente em Antônio e Mirtes, imaginando como estavam lidando com sua ausência. Aninha, embora ressentida com o pai, sentia falta da mãe. A distância era dolorosa, mas a esperança de um reencontro futuro os mantinha firmes. Decidiram que, quando estivessem mais estáveis, tentariam restabelecer contato. Paulinho escrevia cartas que nunca enviava, enquanto Aninha mantinha um diário, registrando cada pequena vitória e desafio.

Os dias se transformaram em semanas, e as semanas, em meses. O casal trabalhou arduamente, economizando cada centavo. A vida não era fácil, mas o amor que compartilhavam tornava cada desafio suportável. À noite, conversavam sobre o futuro, sonhando com as conquistas que almejavam. Ele ainda desejava ser engenheiro, e ela, professora. Para isso, participavam de cursos noturnos e buscavam oportunidades de aprendizado.

Numa manhã, enquanto tomavam café, Paulinho segurou a mão de Aninha e disse: — Conseguimos. Estamos construindo a vida que sempre sonhamos. Ainda há muito pela frente, mas estamos no caminho certo. — Ela sorriu, sentindo-se segura e amada, estavam prontos para enfrentar o que o futuro lhes reservava.

A vida na nova cidade não era isenta de dificuldades. Além dos obstáculos financeiros, o casal enfrentava o preconceito local e a saudade das famílias. A pequena casa que alugaram precisava de reparos, e cada conserto se tornava uma oportunidade de crescimento. Aos poucos, conquistaram a confiança da comunidade, que inicialmente os olhava com desconfiança.

Com o tempo, o esforço de Paulinho e Aninha começou a dar frutos. Ele foi promovido a supervisor na construção, o que trouxe um aumento no salário, permitindo-lhes economizar mais. Ela, por sua vez, foi convidada a dar aulas regulares na escola local, aproximando-se de seu sonho de ser professora.

Essa promoção foi uma vitória significativa, não apenas no aspecto financeiro, mas também emocional. Naquela noite, celebraram com um jantar simples, mas cheio de significado. Cada conquista reafirmava que estavam no caminho certo. O amor e a determinação de ambos continuavam a vencer todas as adversidades.

Com a estabilidade que haviam alcançado, decidiram que era o momento certo para tentar restabelecer contato com suas famílias. Sabiam que a decisão seria difícil, especialmente pelo histórico com o Sr. Frederico, mas o desejo de reconciliação era mais forte. Paulinho escreveu uma longa carta para seus pais, explicando tudo o que havia ocorrido desde a fuga. Descreveu os desafios enfrentados, as dificuldades superadas e as conquistas alcançadas, tanto pessoais quanto profissionais. Falou com carinho sobre Aninha, e como haviam construído uma vida baseada no amor e no respeito. Expressou também sua preocupação com o Sr. Frederico, temendo que ele tentasse interferir. Sabia que o fazendeiro não aceitaria a escolha da filha e poderia colocar suas vidas em risco. Na carta, pediu aos pais que guardassem segredo sobre seu paradeiro, enfatizando a importância de proteger tanto a si quanto a Aninha. Ele desejava profundamente reencontrá-los, mostrar o homem responsável que havia se tornado, mas sabia que precisava ser cauteloso. Ao final, Paulinho pediu compreensão. Sabia que sua fuga havia causado dor, mas acreditava que, com o tempo, eles entenderiam que essa era a única forma de lutar pelo amor que ele e Aninha construíram. Expressou ainda a esperança de, no futuro, poder reatar os laços com a família de Aninha, quando as circunstâncias permitissem. Com essa carta, Paulinho sentia que havia dado o primeiro passo para uma possível reconciliação, mantendo, ao mesmo tempo, a proteção necessária para preservar o amor que ele e Aninha tanto lutaram para construir.

Capítulo 9

O Passado Retorna

Os dias seguiam tranquilos na pequena cidade. Paulinho e Aninha estavam se adaptando bem à nova vida, trabalhando arduamente e fortalecendo cada vez mais o amor que os unia. Eles começavam a criar uma rotina confortável, com suas pequenas tradições diárias. Paulinho costumava preparar o café da manhã enquanto Aninha organizava a casa antes de irem para o trabalho. Durante as noites, gostavam de caminhar pelas ruas arborizadas da cidade, conversando sobre seus sonhos e desafios.

Uma tarde, enquanto Paulinho trabalhava na construção, um velho conhecido apareceu. Era Roberto, um amigo de infância, que havia se mudado para uma cidade vizinha havia anos. Roberto estava de passagem pela cidade a trabalho e reconheceu Paulinho imediatamente.

Os dois se abraçaram, felizes pelo reencontro. Conversaram animadamente sobre os velhos tempos, mas o semblante de Roberto mudou ao trazer notícias preocupantes: Sr. Frederico estava cada vez mais desesperado e havia espalhado a história de que Aninha tinha sido sequestrada. Roberto contou que a busca por ela tinha se intensificado, com Sr. Frederico oferecendo recompensas por informações sobre seu paradeiro.

Quando Paulinho contou a Aninha sobre a conversa com Roberto, ela ficou apavorada. O medo de ser descoberta e separada dele voltou com força total, fazendo-a tremer. Ela sabia que precisavam ser ainda mais cautelosos. O risco de serem encontrados era real e iminente. Aninha sentia seu coração apertado, a ideia de ser levada de volta para a fazenda e separada de Paulinho era insuportável.

Decidiram que precisavam mudar suas rotinas, evitar lugares frequentados e manter o mínimo contato possível com conhecidos da cidade. Paulinho reforçou as fechaduras da casa e passou a observar qualquer movimento suspeito nas redondezas.

Aninha começou a usar lenços e chapéus para disfarçar sua aparência sempre que saía de casa. Era uma medida temporária até encontrarem uma solução definitiva. Durante as noites, ela tinha dificuldade para dormir, imaginando se cada som que ouvia era um prenúncio de que haviam sido encontrados.

Alguns dias depois, uma carta chegou à casa deles. Era Mirtes, que soubera de suas dificuldades através de Roberto e decidira entrar em contato. A carta estava cheia de amor e saudade. Mirtes escreveu que eles tinham todo seu apoio e que poderiam contar com ela. A caligrafia de Mirtes era firme, cheia de emoção, e as palavras escolhidas cuidadosamente mostravam o quanto ela se importava.

Aninha ficou emocionada ao ler a carta. As lágrimas correram livremente por seu rosto, era um alívio saber que tinham alguém em quem confiar. Sabiam que, mesmo a distância, tinham um porto seguro. Decidiram que, se a situação piorasse, buscariam refúgio na casa de Mirtes e Antônio. A conexão com a família de seu amor era um raio de esperança em meio à tempestade. Paulinho respondeu à carta imediatamente, agradecendo o apoio da mãe e prometendo mantê-la informada sobre seus planos e segurança.

Paulinho e Aninha passaram noites discutindo o que fazer. Precisavam de um plano que garantisse sua segurança e, ao mesmo tempo, não comprometesse seus sonhos. Em uma noite, sentados na pequena mesa da cozinha, com um mapa aberto à frente, decidiram que seria melhor mudar para outra cidade, onde ninguém os conhecesse. Isso significava começar do zero novamente, mas estavam preparados. Paulinho propôs uma cidade maior, onde a densidade populacional e a diversidade os ajudariam a se esconder mais facilmente. Aninha pesquisou sobre oportunidades de emprego e educação na nova cidade, ansiosa por uma nova chance de seguir seus sonhos.

Ela concordou que procurassem uma cidade maior e sugeriu o nome de uma cidade, Paulinho concordou.

Embora fosse arriscado, era a melhor opção que tinham no momento. Eles haviam passado horas discutindo detalhes, escolhendo cuidadosamente o local para onde iriam. Optaram pela cidade que Aninha escolhera por ver boas oportunidades de trabalho e educação, longe o suficiente para evitar qualquer conexão com seu passado.

Com a decisão tomada, começaram a preparar a mudança em segredo. Não contaram a ninguém sobre seus planos, nem mesmo a Roberto. Empacotaram apenas o essencial e venderam o que podiam para arrecadar dinheiro. Cada detalhe foi pensado para que a partida fosse o mais discreta possível. Aninha escreveu uma carta de despedida para Roberto, agradecendo por sua amizade, apoio e explicando que era melhor ele não saber para onde estavam indo.

Na madrugada escolhida para a fuga, saíram da casa silenciosamente, deixando apenas uma nota para o senhorio, explicando que tinham que partir de repente por motivos pessoais. Paulinho e Aninha entraram no carro que havia comprado a prestação e, mais uma vez, estavam prontos para enfrentar a estrada em busca de um novo começo. O céu estava ainda escuro, e a cidade dormia tranquilamente, alheia à partida do jovem casal. Eles dirigiam em silêncio, cada um imerso em seus próprios pensamentos e esperanças para o futuro.

Após horas de viagem, chegaram a uma grande cidade. Era um lugar vibrante e movimentado, cheio de oportunidades e desafios. As luzes da cidade piscavam como estrelas artificiais, dando uma sensação de vida e possibilidades. Encontraram um pequeno apartamento para alugar, em um bairro tranquilo. Era modesto, mas acolhedor, com uma vista agradável de um parque próximo. Eles se sentiram seguros ao observar o novo ambiente, onde poderiam passar despercebidos. Paulinho logo conseguiu trabalho em uma nova construção, onde a demanda por trabalhadores era alta. Aninha encontrou emprego em uma livraria, um ambiente que a fazia se sentir em casa. Era temporário, mas ela via a possibilidade de se conectar com a educação e, quem sabe, encontrar um caminho para realizar seu sonho de ser professora. Começou a se envolver em atividades da comunidade local, oferecendo-se como voluntária para ensinar crianças a ler.

Apesar das dificuldades, Paulinho e Aninha estavam otimistas. Sabiam que o caminho seria árduo, mas estavam dispostos a lutar por sua felicidade. Apoiavam-se mutuamente, encontrando força no amor que compartilhavam. A cada dia, renovavam seus votos de nunca desistirem um do outro, de lutarem lado a lado contra qualquer adversidade. Os primeiros dias na nova cidade foram desafiadores, mas cheios de esperança. Eles estavam determinados a construir uma vida melhor, longe das ameaças do passado. Criaram novas rotinas, explorando o bairro, conhecendo vizinhos e adaptando-se ao ritmo da cidade. Paulinho começou a economizar dinheiro para retomar seus estudos de engenharia, enquanto Aninha procurava cursos de pedagogia.

A nova cidade tinha uma comunidade acolhedora, que aos poucos começou a conhecer e gostar dos dois. Eles participaram de eventos comunitários, festas de bairro e reuniões da igreja local. Aninha fez amizade com Maria, a proprietária da livraria, que se tornou uma mentora. Paulinho ganhou o respeito dos colegas de trabalho por sua dedicação e habilidades.

Essas conexões foram vitais para o casal, oferecendo-lhes uma rede de apoio e um senso de pertencimento. Maria convidou Aninha para ajudar em um projeto de alfabetização comunitária, o que não só a deixou empolgada, como também mais próxima de seu sonho. Paulinho, inspirado pela nova vida, começou a estudar para obter certificações que o ajudariam a crescer na carreira de construção civil.

Cada pequeno progresso era comemorado com entusiasmo. Eles adotaram o hábito de registrar suas conquistas diárias em um diário compartilhado, uma maneira de manterem-se motivados e recordarem suas vitórias. As pequenas vitórias, como economizar o suficiente para comprar móveis novos ou Aninha ser convidada para dar uma palestra sobre alfabetização, eram marcos importantes.

Paulinho conseguiu uma promoção na construção, o que trouxe uma estabilidade financeira maior. Ele trabalhava horas extras, mas sempre encontrava tempo para estar com Aninha e apoiar seus projetos. Ela, além do trabalho na livraria, começou a dar aulas particulares, ajudando crianças com dificuldades na leitura.

Seu sonho de ser professora parecia mais alcançável a cada dia. Nas noites tranquilas, sentados na varanda de seu pequeno apartamento, refletiam sobre tudo o que tinham passado. Falavam sobre os desafios superados e faziam planos para o futuro. Aninha sonhava em abrir sua própria escola um dia, e Paulinho visualizava-se como um engenheiro civil respeitado. Cada conversa, cada sonho compartilhado, reforçava a certeza de que estavam em direção ao caminho certo.

Paulinho era conhecido por seu espírito trabalhador e sua habilidade de se comunicar bem com todos ao seu redor. Aonde quer que ele fosse, rapidamente conquistava a admiração dos colegas e superiores. Sua dedicação e determinação o faziam se destacar, e, em pouco tempo, ele já era visto como um exemplo de competência e profissionalismo dentro da empresa.

No entanto, com o reconhecimento, vieram os problemas. Nem todos viam seu sucesso com bons olhos. Algumas pessoas, movidas pela inveja e pelo desejo de manter sua posição inalterada, começaram a se sentir ameaçadas pelo crescimento rápido de Paulinho. Em vez de reconhecerem seu esforço, preferiram sabotá-lo. A hostilidade cresceu, e ele passou a enfrentar uma série de obstáculos que pareciam ser colocados deliberadamente em seu caminho. Pequenos erros, que antes passavam despercebidos, começaram a ser exageradamente criticados, e boatos maldosos sobre seu trabalho circulavam pelos corredores da empresa.

Apesar da pressão, Paulinho tentava manter o foco em suas responsabilidades. Ele sabia que contava com o apoio de um dos diretores da empresa, um homem que reconhecia seu potencial e sempre o incentivava a continuar. Esse apoio era fundamental, pois dava-lhe a confiança de que ainda poderia avançar em sua carreira, mesmo em meio às dificuldades. Porém, com o tempo, a situação foi ficando insustentável. As perseguições tornaram-se constantes, e a pressão psicológica começou a afetar Paulinho de maneira mais profunda. O ambiente de trabalho, que antes era motivador, se tornara um campo minado de intrigas e armadilhas.

As noites mal dormidas, os constantes ataques de seus colegas e a tensão acumulada começaram a pesar sobre seus ombros. O apoio do diretor já não era suficiente para contrabalancear o desgaste diário que ele sentia. Paulinho, que sempre fora um jovem resiliente e otimista, começou a questionar se todo aquele sofrimento valia a pena. Após muitas reflexões, ele decidiu que não poderia mais continuar naquela empresa. Seu bem-estar e sua paz mental eram mais importantes do que qualquer oportunidade de crescimento que aquele emprego pudesse lhe proporcionar.

Quando chegou em casa e contou a Aninha sobre sua decisão de pedir demissão, ela ficou visivelmente triste, pois sabia o quanto aquele trabalho significava para ele. Ver o homem que amava sendo forçado a abrir mão de algo por causa de injustiças a entristecia profundamente. No entanto, ela também compreendia que a saúde e a felicidade de Paulinho vinham em primeiro lugar. Com todo o amor e compreensão que sempre demonstrou, ela o abraçou e ofereceu todo seu apoio. Disse a ele que, independentemente das circunstâncias, estaria ao seu lado, ajudando-o a superar qualquer obstáculo que a vida colocasse em seu caminho.

O gesto de Aninha foi um alívio para Paulinho. Embora estivesse magoado e frustrado com o que havia acontecido, o apoio incondicional de sua parceira o ajudou a enxergar além daquela situação difícil. Começaram a planejar os próximos passos. Paulinho sabia que novas oportunidades surgiriam e, com o incentivo de Aninha, sentiu-se mais confiante para recomeçar.

A saída da empresa, embora dolorosa, abriu novas portas. Paulinho passou a se dedicar mais aos estudos de engenharia, enquanto Aninha continuava incentivando seus sonhos e projetos. Eles sabiam que, com perseverança, conseguiriam superar mais aquele obstáculo e continuar construindo a vida que sempre imaginaram.

Capítulo 10

Novos Caminhos, Novos Desafios

A vida na cidade grande era diferente de tudo que Paulinho e Aninha já haviam experimentado. As ruas movimentadas, o trânsito intenso e a constante correria das pessoas contrastavam fortemente com a tranquilidade da pequena cidade onde cresceram. No entanto, estavam determinados a fazer desse novo começo um sucesso.

Poucos dias após sua saída da antiga empresa, Paulinho já havia encontrado uma nova oportunidade em outra construtora. A rapidez com que conseguiu esse novo emprego se deu graças aos conhecimentos que havia adquirido ao longo dos anos e à sua reputação de ser um trabalhador esforçado e habilidoso. Ele logo percebeu que essa nova fase representava mais do que apenas um recomeço; era uma chance de se redescobrir profissionalmente e aplicar tudo o que havia aprendido.

Na nova construtora, sentiu-se à vontade desde o primeiro dia. O ambiente era diferente do anterior: mais aberto, mais colaborativo e com uma equipe disposta a trabalhar em conjunto para alcançar objetivos comuns. Ele rapidamente se adaptou às novas demandas e rotinas do trabalho, demonstrando a mesma dedicação e competência que sempre o caracterizaram.

Os colegas de trabalho, logo nos primeiros dias, perceberam que Paulinho não era apenas mais um funcionário. Ele trazia consigo uma paixão evidente pelo que fazia, além de uma capacidade de resolver problemas e de se comunicar de maneira eficiente. Sua proatividade logo chamou a atenção de seu supervisor, que começou a lhe dar mais responsabilidades. Inicialmente, foi designado para coordenar pequenas equipes em tarefas específicas dentro das obras, um passo que já representava um avanço significativo em sua carreira.

Com o passar do tempo, Paulinho foi se envolvendo mais ativamente no planejamento das construções. Sua visão de projeto e seu desejo de aprender constantemente o tornavam uma peça fundamental nas reuniões da equipe. Ele não apenas executava as ordens, mas também contribuía com ideias inovadoras e soluções práticas para os desafios que surgiam no dia a dia do canteiro de obras. Essa postura chamou ainda mais a atenção de seus superiores, que passaram a confiar em seu julgamento e a delegar-lhe tarefas de maior responsabilidade.

Cada novo projeto representava para Paulinho uma oportunidade de crescimento, ele sentia uma satisfação imensa em acompanhar o progresso das obras, desde os primeiros esboços no papel até a conclusão. Ver os prédios ganharem forma, saber que cada tijolo colocado fazia parte de algo maior, algo que ele ajudava a construir, enchia seu coração de orgulho. Cada edifício terminado era um testemunho concreto de seu trabalho árduo, sua dedicação e sua perseverança.

Além disso, Paulinho começou a perceber que esse novo emprego estava lhe proporcionando um aprendizado contínuo. A cada obra, ele adquiria novas habilidades e aperfeiçoava as que já possuía. Passou a se interessar ainda mais pelos aspectos técnicos da construção, mergulhando em estudos de engenharia estrutural, gerenciamento de projetos e técnicas de construção sustentável. Essas áreas despertaram nele um desejo crescente de avançar na carreira, sempre buscando a excelência em tudo o que fazia.

O reconhecimento não demorou a vir. Em pouco tempo, Paulinho não era visto apenas como um funcionário competente, mas como um líder em potencial dentro da construtora. Seus supervisores notaram sua capacidade de lidar com prazos apertados, de motivar a equipe e de manter um padrão elevado de qualidade em todas suas entregas.

Como resultado, foi promovido a uma posição de maior destaque, na qual passou a liderar equipes maiores e a gerenciar projetos de maior envergadura.

A promoção foi um marco importante em sua trajetória, não só pelo aumento de responsabilidades, como também pelo reconhecimento de que havia encontrado seu verdadeiro lugar. Paulinho se sentia realizado, sabendo que seu trabalho estava sendo valorizado e que ele estava contribuindo para o crescimento da empresa. Também sabia que essa era apenas uma etapa de sua jornada; seus sonhos iam muito além, e ele estava determinado a continuar aprendendo e se aprimorando para alcançar voos ainda maiores.

Aninha, sempre ao seu lado, sentia um orgulho imenso ao ver o quanto Paulinho havia progredido. Sabia o quanto ele havia lutado para chegar até ali, superando desafios e adversidades. Celebravam cada conquista, cientes de que o caminho ainda era longo, mas certos de que, com amor, dedicação e esforço, poderiam alcançar todos seus sonhos.

Aninha, por sua vez, adorava trabalhar na livraria. O contato com os livros e os clientes a fazia sonhar com o dia em que seria professora. Ela organizava eventos de leitura e recomendava livros, criando uma conexão especial com os frequentadores da livraria, que se tornou um refúgio, onde ela podia se perder nas histórias e, ao mesmo tempo, inspirar outras pessoas a amar a leitura. Passou a escrever resenhas para o blog da livraria, o que aumentou sua visibilidade na comunidade literária local.

Com o tempo, Paulinho e Aninha começaram a fazer novas amizades. No trabalho, ele conheceu Miguel, um colega de equipe que logo se tornou um bom amigo. Miguel tinha uma família acolhedora que, ao conhecer o casal, o tratou como parte da sua própria família.

Aos finais de semana, Miguel frequentemente os convidava para jantares em sua casa, onde compartilhavam risadas, histórias e comida caseira deliciosa. Essas noites trouxeram um senso de pertencimento e aliviaram a saudade que sentiam de suas próprias famílias.

Aninha também fez amigos na livraria, especialmente Marta, uma jovem estudante de literatura que compartilhava muitos de seus sonhos e interesses. As duas passavam horas conversando sobre livros e educação. Marta se tornou uma confidente importante para Aninha.

Juntas, frequentavam eventos literários e clubes do livro, nos quais conheciam outras pessoas apaixonadas pela leitura. Marta também incentivava Aninha a escrever suas próprias histórias, reconhecendo o talento de sua amiga para a narrativa. Com o apoio dos novos amigos, Paulinho e Aninha começaram a traçar um plano mais sólido para o futuro. Ela decidiu retomar os estudos e, com a ajuda de Marta, matriculou-se em um curso noturno de preparação para o vestibular. Queria entrar na universidade e seguir o sonho de ser professora. Marta passou a estudar com Aninha, revisando matérias e oferecendo apoio emocional. As noites eram longas, mas o esforço conjunto tornava a jornada mais leve.

Paulinho também tinha ambições. Descobriu que a empresa de construção onde trabalhava oferecia programas de treinamento e bolsas de estudo para funcionários dedicados. Decidiu se inscrever, esperando poder estudar engenharia civil e, assim, realizar seu sonho de construir e transformar vidas. Ele passou a dedicar seu tempo livre ao estudo dos materiais de engenharia, muitas vezes discutindo conceitos com colegas mais experientes.

Cada novo conhecimento adquirido o aproximava de seu objetivo. Apesar do progresso, os desafios financeiros eram uma constante. O aluguel, as contas e as despesas do dia a dia exigiam um esforço contínuo. Paulinho e Aninha precisavam equilibrar o trabalho com os estudos, o que não era fácil. Muitos fins de semana eram dedicados a trabalhos extras ou a sessões de estudo intensivas, deixando pouco tempo para descanso ou lazer.

Muitas vezes, sacrificavam momentos de lazer e descanso para economizar e garantir que o orçamento doméstico permanecesse sob controle. Sabiam que cada concessão feita no presente os aproximava mais de seus maiores objetivos. O casal era movido por uma determinação inabalável e, em meio a cada dificuldade, mantinham a esperança viva, apoiando-se mutuamente. Os sonhos que compartilhavam eram o farol que os guiava, mesmo nos dias mais desafiadores.

Quando uma despesa inesperada surgia, como um reparo necessário no carro ou uma conta médica imprevista, eles se reuniam para reavaliar o orçamento. Ajustavam suas prioridades com cautela, sempre buscando a solução que garantisse a continuidade de sua jornada rumo a um futuro melhor. Por mais difícil que fosse o sacrifício, estavam comprometidos com seus sonhos e com o bem-estar de sua vida em comum.

Os estudos de Aninha eram uma prioridade central para o casal. Ela passava longas horas na livraria e na biblioteca, mergulhada nos livros e imersa em seu aprendizado. Determinada a se tornar professora, via em cada momento de estudo uma oportunidade para avançar em direção ao seu objetivo. Havia dias em que o cansaço parecia insuperável, mas o pensamento de realizar seu sonho de ensinar renovava suas forças.

Além de seus estudos presenciais, Aninha investiu em cursos online e se inscreveu em grupos de estudo virtuais. Participava ativamente de discussões acadêmicas e complementava seu aprendizado por meio de aulas virtuais que a ajudavam a assimilar melhor os conteúdos. As provas simuladas se tornaram verdadeiros desafios, mas cada pequeno progresso, seja um acerto a mais ou uma melhoria no desempenho, era celebrado com grande alegria. A jornada era árdua, mas ela sabia que estava trilhando o caminho certo.

Paulinho, sempre atento e dedicado, não deixava de apoiá-la. Ele compreendia o valor da educação e sabia que, com o esforço conjunto, o futuro de ambos seria muito mais promissor. Muitas vezes, ele preparava jantares rápidos para que ela pudesse focar os estudos. Além disso, cuidava da casa para garantir um ambiente tranquilo e organizado, propício para que ela pudesse se concentrar ao máximo.

No trabalho, Paulinho também vivia um período de crescimento. Sua dedicação e suas habilidades não passaram despercebidas por seus superiores, logo foi recompensado com um aumento significativo de salário.

Esse aumento trouxe um alívio importante para a pressão financeira que o casal vinha enfrentando. Com mais estabilidade, novas oportunidades começaram a surgir, e a confiança de que estavam no caminho certo só aumentava.

Com o alívio financeiro, Paulinho viu a chance de dar o próximo passo em direção ao seu próprio sonho. Ele se inscreveu em um curso de capacitação em engenharia, marcando o início de uma nova fase em sua vida profissional. O curso representava o primeiro passo concreto para alcançar sua meta de crescimento na área.

Paulinho almejava esse objetivo há muito tempo. À noite, após dias cansativos de trabalho e estudo, ele e Aninha se sentavam para conversar sobre o futuro. Seus planos e sonhos agora pareciam mais tangíveis e, embora ainda tivessem um longo caminho pela frente, sentiam que estavam finalmente construindo as bases de uma vida próspera.

As conversas noturnas eram cheias de esperança. Discutiam suas ambições e planejavam os próximos passos de suas carreiras e de sua vida pessoal. Ambos sabiam que a jornada seria desafiadora, mas, independentemente dos obstáculos que surgissem, estavam determinados a enfrentar tudo, lado a lado.

Unidos pelo amor, pela coragem e pela determinação, construíam, dia após dia, o futuro que sempre sonharam.

Capítulo 11

A Jornada Acadêmica

A vida de Aninha mudou significativamente após se matricular no curso noturno de preparação para o vestibular. Suas tardes na livraria se transformaram em sessões intensas de estudo. Marta, sempre prestativa, a ajudava com as matérias mais difíceis e oferecia palavras de encorajamento quando Aninha se sentia desanimada.

— Você está indo muito bem, Aninha — dizia enquanto explicava uma questão complicada de matemática. — Lembre-se de que cada passo que você dá é um passo mais próximo do seu sonho.

Cada dia era uma luta contra o cansaço, mas Aninha sabia que estava no caminho certo. Seu sonho de se tornar professora estava mais próximo, e isso lhe dava forças para continuar. As noites de estudo se tornaram um ritual sagrado. Ela preparava uma xícara de chá, organizava seus livros e cadernos e se concentrava nas matérias. Frequentemente, revisava suas anotações antes de dormir, na esperança de que os conceitos ficassem mais claros ao acordar.

Paulinho também estava dando grandes passos em sua jornada. O curso de capacitação em engenharia era desafiador, mas ele se destacava graças à sua experiência prática na construção. As aulas teóricas complementavam seu conhecimento, e ele se sentia cada vez mais confiante em sua capacidade de se tornar um engenheiro.

— Nunca pensei que voltaria a estudar depois de começar a trabalhar — ele confidenciou a Aninha uma noite. — Mas aqui estou eu, aprendendo sobre estruturas e cálculos. É um desafio, mas eu amo cada momento.

Com o novo aumento de salário, as reponsabilidades aumentaram, mas também o reconhecimento. Seus superiores notaram seu potencial e começaram a investir ainda mais em sua formação.

Ele passou a participar de workshops e seminários organizados pela empresa, nos quais podia aprender sobre novas tecnologias e práticas no campo da engenharia.

Esses eventos eram oportunidades valiosas para ele se conectar com profissionais mais experientes e ampliar seu conhecimento.

Aninha e Paulinho continuavam a se apoiar mutuamente. Suas rotinas eram exaustivas, mas faziam questão de reservar momentos para estarem juntos. Às vezes, estudavam lado a lado na mesa da cozinha, outras vezes caminhavam pelo parque, discutindo seus planos e sonhos.

— Estou tão orgulhoso de você, Aninha, dizia Paulinho, enquanto passeavam pelo parque. — Você está se esforçando tanto. Tenho certeza de que vai conseguir.

O amor entre eles se fortalecia a cada desafio superado. A parceria e a compreensão mútua eram a base de tudo, e isso os ajudava a enfrentar qualquer obstáculo. Em noites mais tranquilas, preparavam jantares simples e se sentavam para conversar sobre suas aulas, compartilhando o que aprenderam e apoiando-se mutuamente nas dificuldades.

O primeiro grande teste de Aninha chegou. Era o exame de meio de curso, que avaliaria tudo o que ela havia aprendido até então. Estava nervosa, mas sentia-se preparada. Na noite anterior, Paulinho a incentivou, lembrando-a de todo o esforço e dedicação que havia colocado em seus estudos.

— Você estudou muito, amor. Sei que vai se sair bem — disse ele, segurando sua mão. — Acredite em você mesma.

No dia do exame, Aninha se concentrou ao máximo. Quando terminou, sentiu um alívio imenso, pois sabia que tinha dado o seu melhor, agora era só esperar os resultados. Ela revisou cada questão antes de entregar a prova, certificando-se de que havia feito tudo o que podia. Ao sair da sala, sentiu um misto de nervosismo e esperança.

No mesmo período, Paulinho recebeu uma notícia que mudaria os rumos de sua carreira. Sua equipe havia completado com sucesso um projeto de grande importância para a empresa, e seu desempenho, assim como o de toda a equipe, foi amplamente elogiado pelos superiores. Como reconhecimento por seu esforço e dedicação, a empresa decidiu oferecer a ele uma bolsa parcial para que pudesse continuar seus estudos em engenharia.

— Paulinho, essa é uma grande oportunidade para você — disse seu chefe com um sorriso de satisfação. — Seu trabalho tem sido exemplar, e estamos confiantes de que, com mais qualificação, você poderá ir ainda mais longe. Queremos investir no seu potencial.

Paulinho mal conseguia acreditar no que ouvia. O brilho nos seus olhos refletia a emoção que sentia. Aquela bolsa significava que ele poderia avançar mais rápido em sua carreira e, finalmente, se aproximar do sonho que acalentava desde jovem: se tornar engenheiro. A sensação de que seus esforços estavam sendo reconhecidos o encheu de orgulho, e uma gratidão imensa tomou conta de seu coração.

Sem pensar duas vezes, correu para compartilhar a grande notícia com Aninha. Ao ouvir o relato entusiasmado, ela sentiu um misto de felicidade e orgulho. — Meu querido, eu sabia que isso aconteceria! Você merece essa oportunidade mais do que ninguém — disse, abraçando-o com ternura. — Vamos comemorar essa conquista do jeito que você merece!

Decidida a organizar algo especial, Aninha ligou para Miguel, pedindo que ele a ajudasse a preparar um jantar de celebração. Miguel, conhecendo o esforço e a determinação de Paulinho, ficou animado em poder contribuir para a ocasião.

Sem hesitar, se prontificou a cuidar de todos os detalhes. Foi ao mercado e escolheu os melhores ingredientes para o jantar, além de um vinho especial. Em seguida, chamou Marta, que era excelente na cozinha, para ajudá-lo a preparar os pratos.

Enquanto isso, Paulinho e Aninha estavam em êxtase com as recentes boas notícias. Eles mal podiam esperar para comemorar com os amigos mais próximos. Na noite do jantar, ao chegarem à linda casa de Miguel, foram recebidos por uma atmosfera acolhedora. A mesa, finamente decorada, refletia o cuidado com que cada detalhe havia sido planejado. Velas acesas iluminavam suavemente o ambiente, e o aroma dos pratos preparados enchia a sala de calor e conforto.

Quando Paulinho entrou e viu aquela bela mesa arrumada, o carinho de seus amigos e o cuidado com que tudo havia sido feito especialmente para ele, não conseguiu segurar as emoções. Seus olhos se encheram de lágrimas. Ele se sentou à mesa, ainda processando a grandiosidade do momento. Cada gesto, cada palavra de carinho que recebeu naquela noite, foi um lembrete de que, apesar de todas as dificuldades, ele estava cercado por pessoas que acreditavam nele e torciam por seu sucesso.

— Você merece, Paulinho — disse Miguel, erguendo sua taça para fazer um brinde. — Isso é apenas o começo de uma longa e brilhante jornada que está à sua frente.

Paulinho levantou sua taça também, com o coração ainda mais leve, rodeado de pessoas que amava e que sempre o apoiaram.

— Eu nunca teria conseguido isso sozinho. Cada um de vocês faz parte dessa vitória. E com todos vocês ao meu lado, eu sei que posso ir ainda mais longe. Obrigado, de verdade! — A noite seguiu com muitas risadas, conversas e brindes.

Entre os pratos deliciosos e o vinho cuidadosamente escolhido, o grupo compartilhou histórias de vida, desafios e esperanças para o futuro. Foi uma noite inesquecível, não apenas pela conquista de Paulinho, mas também pelo sentimento de união e amizade que preencheu o ambiente.

Enquanto a noite avançava e as luzes da cidade brilhavam lá fora, Paulinho e Aninha trocaram olhares cúmplices. Sabiam que aquele era apenas um dos muitos capítulos de uma história de perseverança, amor e conquistas que ainda estava por ser escrita. Algumas semanas depois, ela recebeu os resultados do exame, havia passado com excelentes notas, superando suas próprias expectativas.

Marta e Paulinho celebraram e comemoram com ela essa importante conquista.

— Eu sabia que você conseguiria! — exclamou Marta, abraçando Aninha. — Você é incrível!

Capítulo 12

Ventos de Mudança

O sucesso nos exames de Aninha e a bolsa de estudos de Paulinho trouxeram uma nova onda de esperança e motivação para o casal. Sentiam-se mais determinados do que nunca a alcançar seus sonhos.

Cada conquista os aproximava do futuro brilhante que almejavam. Paulinho, o mais prático dos dois, começou a fazer listas detalhadas de objetivos a curto e longo prazo, enquanto Aninha, sonhadora, enchia cadernos com anotações, planos de aulas e inspirações pedagógicas.

— Temos um longo caminho pela frente, mas estamos prontos — ele dizia, traçando planos em sua pequena mesa de trabalho. Aninha sentia, animada, enquanto revisava livros de educação infantil.

Com a ajuda de Marta, ela conseguiu se matricular na universidade. No primeiro dia de aula, estava nervosa, mas também muito empolgada. A universidade era um mundo novo, cheio de possibilidades e desafios. Paulinho a acompanhou até o portão, segurando sua mão e desejando-lhe boa sorte.

— Vai ser incrível, você vai ver — disse, sorrindo confiante. — Você nasceu para isso.

Aninha respirou fundo e entrou no campus, sentindo uma mistura de medo e excitação. As primeiras semanas foram intensas, conheceu colegas de classe que compartilhavam sua paixão pela educação e professores que a inspiraram profundamente. Ela se sentia desafiada a cada aula, mas adorava cada momento.

— É como se todo um novo mundo estivesse se abrindo para mim — confidenciou a Marta durante uma pausa para o café. — Estou aprendendo tanto, cada dia me sinto mais certa de que este é o meu caminho.

Enquanto Aninha iniciava sua jornada na universidade, Paulinho se dedicava ao curso de engenharia. Suas aulas eram à noite, e os dias eram preenchidos pelo trabalho na construção. O cansaço era constante, mas a motivação de construir um futuro melhor o impulsionava.

No curso, encontrou colegas que compartilhavam de sua paixão pela construção e engenharia. As discussões em sala de aula eram enriquecedoras, e ele sentia que cada dia aprendia algo novo e valioso.

— A teoria realmente faz a diferença quando aplicada à prática — comentou com Aninha, animado.

Ele passava longas horas estudando, muitas vezes dormindo apenas algumas horas por noite. Aninha preparava café forte e lanches para ajudá-lo a se manter desperto.

— Você está fazendo um trabalho incrível, amor. Cada sacrifício vai valer a pena. — Ela o incentivava, enquanto ele revia diagramas e cálculos complexos.

Apesar dos progressos, a vida na cidade grande não era fácil. As despesas continuavam altas, e equilibrar trabalho e estudo exigia muita disciplina e sacrifício. Houve momentos em que eles se sentiram sobrecarregados, mas sempre encontravam força um no outro para seguir em frente.

Em uma noite particularmente difícil, Aninha chegou em casa exausta e encontrou Paulinho na mesa de jantar, cercado de livros e papéis.

— Estou tão cansada — suspirou, se jogando no sofá. Paulinho olhou para ela com um sorriso cansado.

— Eu também, mas estamos juntos nisso. Vamos descansar um pouco, depois podemos revisar nossas anotações juntos.

As novas amizades também foram essenciais. Marta continuava a ser um grande apoio para Aninha, oferecendo ajuda com os estudos e conselhos valiosos. Miguel, com sua família acolhedora, oferecia ao casal momentos de alívio e descontração.

— Vocês são parte da nossa família agora — disse Miguel durante um jantar. — Sempre que precisarem de algo, estaremos aqui.

Um dos momentos mais marcantes para Paulinho foi quando seu grupo do curso de engenharia foi escolhido para participar de um projeto especial. O desafio era projetar uma pequena ponte para uma comunidade carente. Paulinho dedicou-se intensamente ao projeto, aplicando tudo o que tinha aprendido na prática.

Trabalhou noite e dia, discutindo ideias e soluções com seus colegas.

— Essa ponte não é apenas uma estrutura — disse ele ao grupo. — É um símbolo de esperança para aquela comunidade.

Quando a ponte foi finalmente construída, a satisfação de ver o impacto positivo na comunidade foi imensa. Paulinho e seu grupo foram recebidos com festa pelos moradores. Uma senhora idosa, com lágrimas nos olhos, agradeceu a ele pessoalmente.

— Agora, meus netos podem ir à escola com segurança. Muito obrigada — disse emocionada.

Para Aninha, um dos momentos mais emocionantes foi sua primeira aula prática na universidade. Como parte de seu curso, ela teve a oportunidade de dar uma aula para um grupo de crianças. Preparou-se com dedicação e, no dia, sentiu um misto de nervosismo e excitação.

A aula foi um sucesso. As crianças adoraram, e Aninha sentiu-se realizada. Percebeu que, apesar dos desafios, estava fazendo a coisa certa. Ensinar era sua paixão, e estava determinada a ser a melhor professora que pudesse ser.

Umadascrianças,umameninachamadaSofia,abraçou-anofinaldaaula.

— Eu quero ser como você quando crescer, professora Aninha — disse com um sorriso radiante.

Paulinho e Aninha continuavam a se apoiar mutuamente em cada passo. Sabiam que a jornada estava apenas começando e que muitos desafios ainda viriam, mas estavam prontos para enfrentá-los juntos, com amor e determinação.

Cada noite, antes de dormir, conversavam sobre seus dias, compartilhando alegrias e dificuldades. Esses momentos eram preciosos e fortalecia ainda mais o vínculo entre eles.

— Estamos construindo algo lindo juntos — dizia Paulinho, segurando a mão da amada. — E isso é só o começo.

Com cada dia que passava, aproximavam-se mais de seus sonhos. Sabiam que estavam no caminho certo e que, juntos, poderiam superar qualquer obstáculo. Assim, de mãos dadas, continuavam a construir o futuro que sempre sonharam.

Com o tempo, Aninha e Paulinho começaram a planejar o futuro com mais clareza. Ela queria fazer um mestrado em Educação Infantil após se formar, e ele sonhava em abrir sua própria empresa de engenharia civil, focada em projetos sociais.

— Podemos realmente fazer a diferença, Paulinho — ela dizia, cheia de esperança. — Com a sua experiência em construção e minha paixão por educação, podemos ajudar tantas pessoas.

Paulinho concordava, cheio de entusiasmo. — Vamos criar algo grande, algo que transforme vidas. A vida, entretanto, tinha seus próprios desafios reservados.

Em certo ponto, Aninha começou a sentir-se sobrecarregada com a carga de estudos e trabalho na livraria. Paulinho, preocupado, sugeriu que ela diminuísse um pouco o ritmo.

— Você precisa cuidar de si mesma também, meu amor — disse ele. — Estamos juntos nessa, lembra?

Aninha sabia que seu companheiro estava certo e decidiu tirar um fim de semana para descansar e recarregar as energias. Passaram dois dias tranquilos, longe dos livros e das preocupações.

Esses momentos de pausa eram essenciais para o crescimento pessoal de ambos. Aninha aprendeu a importância de equilibrar suas responsabilidades com momentos de descanso e lazer. Paulinho, por sua vez, começou a delegar mais no trabalho, confiando em sua equipe para ajudar a carregar o peso das responsabilidades.

— Às vezes, precisamos nos lembrar de respirar e apreciar o caminho — disse enquanto caminhavam pelo parque. — O sucesso vem com paciência e perseverança.

O apoio da comunidade continuava a ser uma fonte vital de força e motivação para o casal. Marta tomou a iniciativa de organizar um grupo de estudo comunitário, em que estudantes e trabalhadores da região podiam compartilhar conhecimentos, trocar recursos e se ajudar.

— Juntos, somos mais fortes — Marta costumava dizer aos participantes. — Com união, podemos superar qualquer obstáculo e alcançar nossos objetivos.

Suas palavras ecoavam como um mantra de esperança, inspirando todos a se comprometerem ainda mais com seus próprios sonhos.

Miguel e sua família continuavam a oferecer apoio constante. Convidavam Paulinho e Aninha para jantares e encontros familiares que traziam momentos de alegria e alívio em meio à rotina desafiadora. Nessas ocasiões, risadas e conversas leves ajudavam a renovar as energias do casal, fortalecendo os laços de amizade e reforçando o senso de pertencimento. Cada pequena conquista era celebrada com entusiasmo, e eles aproveitavam qualquer tempo livre para estar com os amigos e familiares, valorizando cada momento compartilhado.

Certavez,AninhaePaulinhodecidiramorganizarumapequenafestaemsua própriacasa,comoformadeagradeceroapoiorecebidoecomemorarasvitórias alcançadas até aquele momento. Eles convidaram amigos do trabalho, colegas e vizinhos próximos para compartilhar suas alegrias e esperanças para o futuro.

— Este é um momento de celebração — disse Aninha, enquanto levantava um brinde. — Estamos todos juntos nessa jornada, e cada um de vocês tem sido uma parte essencial do nosso caminho.

Suas palavras tocaram o coração de todos os presentes, criando uma atmosfera de gratidão e união.

A noite foi repleta de risadas, música, danças e histórias inspiradoras. Amigos e conhecidos compartilharam experiências pessoais, oferecendo palavras de encorajamento e trocando conselhos sobre os desafios que enfrentavam. A celebração se estendeu por horas, com cada convidado contribuindo para tornar o momento ainda mais especial.

Ao final da festa, Paulinho e Aninha se sentiam renovados e ainda mais motivados a continuar sua caminhada. O calor da amizade e o apoio incondicional que recebiam davam a eles a certeza de que estavam mais próximos de um futuro brilhante. A felicidade que sentiam era tão intensa que se tornava contagiante, espalhando-se para todos ao seu redor, fortalecendo os laços de comunidade e inspirando outros a seguirem seus próprios sonhos

Capítulo 13

Descobertas e Transformações

O primeiro semestre na universidade foi um turbilhão de descobertas para Aninha. Após muito esforço, ela conseguiu se matricular em Pedagogia, dando um passo importante rumo ao seu sonho de se tornar professora.

No primeiro dia de aula, enquanto caminhava pelo vasto e movimentado campus, sentiu uma mistura de ansiedade e entusiasmo. Tudo ao seu redor era novo e desafiador, mas repleto de oportunidades que despertavam ainda mais sua determinação.

Aninha observava atentamente o movimento dos estudantes, tentando memorizar cada detalhe do campus. As construções antigas misturadas com modernas estruturas formavam um cenário inspirador. "Este lugar é incrível", pensou, sentindo uma pontada de orgulho por estar ali. Quando entrou em sua primeira aula, foi recebida por um professor simpático que rapidamente a fez se sentir à vontade.

— Bem-vindos ao curso de pedagogia — disse o professor. — Vocês estão aqui para aprender a transformar vidas, e isso é uma grande responsabilidade.

Sentada na primeira fileira, Aninha anotava cada palavra, determinada a absorver todo o conhecimento possível. Durante os intervalos, começou a fazer amizade com seus colegas, trocando histórias e expectativas sobre o futuro.

Enquanto ela mergulhava na vida universitária, Paulinho enfrentava novos desafios em seu curso de engenharia. As aulas noturnas eram intensas, e ele continuava a trabalhar durante o dia para ajudar nas despesas da casa. O cansaço era constante, mas ele encontrava motivação no apoio da amada e na oportunidade de aprender mais sobre sua paixão: a engenharia civil.

Paulinho frequentemente passava seus dias em canteiros de obras e suas noites em salas de aula.

— A prática e a teoria finalmente estão se encontrando — pensava, enquanto revisava cálculos complexos e participava de discussões técnicas com seus professores e colegas.

Muitas vezes, chegava em casa exausto, mas o sorriso de Aninha e suas palavras de encorajamento o revigoravam.

— Você está fazendo um trabalho incrível, amor — ela dizia, entregando-lhe um café forte.

Mesmo com suas agendas lotadas, faziam questão de reservar momentos para apoiarem um ao outro. À noite, após longos dias de estudo e trabalho, encontravam conforto um no outro, compartilhando suas experiências e renovando suas energias para enfrentar os desafios.

Uma noite, enquanto revisavam suas anotações na mesa da cozinha, Aninha olhou para Paulinho com gratidão.

— Eu não sei como faria isso sem você — disse.

Paulinho sorriu e segurou sua mão.

— Estamos juntos nisso, meu amor. Vamos conquistar nossos sonhos.

Esses momentos de conexão eram essenciais para ambos reforçando o amor e a parceria que compartilhavam. Eles discutiam suas dificuldades, celebravam pequenas vitórias e planejavam o futuro com esperança e determinação.

Marta, além de orientar a amiga academicamente, oferecia suporte emocional, incentivando-a nos momentos de dúvida e comemorando suas conquistas. Miguel proporcionava momentos de descontração e acolhimento para o casal.

— Vocês são como filhos para mim — Marta disse durante um jantar. — E estou muito orgulhosa de ver como estão crescendo e se desenvolvendo.

Miguel, sempre com uma piada pronta, ajudava a aliviar o estresse dos dias difíceis. — A vida é uma maratona, não uma corrida de velocidade — dizia. — Vamos celebrar cada passo, por menor que seja.

Essas amizades não só ofereciam apoio prático, como também criavam um senso de comunidade e pertencimento que era vital para o casal.

Eles se envolveram em projetos significativos durante o semestre. Aninha teve a oportunidade de participar de um projeto comunitário que levava educação para crianças carentes, e Paulinho se destacava em seu grupo de projeto na faculdade, aplicando seus conhecimentos para resolver problemas reais na área de engenharia.

Aninha dedicou muitas tardes ao projeto comunitário, ensinando crianças a ler e escrever.

— Ver a alegria nos olhos dessas crianças quando aprendem algo novo é indescritível — ela comentou. — Isso me lembra do porquê escolhi a pedagogia.

Paulinho, por sua vez, mergulhou em um projeto de construção sustentável.

— Estamos desenvolvendo um modelo de casa ecológica — explicou. — É um desafio, mas estou aprendendo muito sobre como construir de forma mais eficiente e ambientalmente amigável.

Os desafios financeiros e as exigências acadêmicas continuavam a ser uma realidade para o casal.

Equilibrar trabalho, estudos e vida pessoal exigia disciplina e sacrifício, mas eles mantinham firme o propósito de construir um futuro juntos. A cada obstáculo superado, sentiam-se mais próximos de alcançar seus objetivos.

— Temos que ser estratégicos com nosso tempo e dinheiro — disse Paulinho durante uma reunião de planejamento financeiro. — Mas sei que podemos fazer isso.

Aninha concordou, acrescentando: — Cada dia difícil é um passo a mais em direção aos nossos sonhos. Precisamos continuar focados e determinados.

Ao término do semestre, eles tiraram um momento para refletir sobre tudo o que haviam conquistado até aquele ponto. Discutiam seus planos para o futuro, mantendo viva a esperança de que, com determinação e apoio mútuo, seriam capazes de alcançar seus sonhos.

Unidos pelo amor e pela ambição, estavam preparados para enfrentar os desafios que a vida lhes reservava. Sentados na varanda de sua casa, olhando para o horizonte, Aninha disse: — Já superamos tanto juntos. E sei que vamos continuar assim.

Paulinho, segurando a mão dela, respondeu: — O futuro é nosso para construir, Aninha. E estou feliz por estar nessa jornada com você.

Sabiam que muitos desafios ainda estavam por vir, mas com amor, apoio e determinação, estavam prontos para enfrentá-los juntos, rumo aos sonhos que os aguardavam.

Capítulo 14

Superando Obstáculos

O segundo semestre trouxe novos desafios para Aninha e Paulinho. Com as disciplinas se intensificando e os projetos acadêmicos se multiplicando, ambos sentiram o peso das responsabilidades. Aninha se viu lidando com a pressão de conciliar estágio e estudos, enquanto Paulinho enfrentava desafios em seu curso de engenharia.

Ela, agora em seu estágio em uma escola pública, enfrentava diariamente a realidade do sistema educacional.

— Cada criança é um universo único — refletia, ao lidar com alunos de diferentes origens e necessidades. Os relatórios e planejamentos pedagógicos exigiam muita atenção, e o tempo parecia sempre insuficiente.

Paulinho, por sua vez, encarava cálculos intrincados e projetos que testavam seus limites. "A teoria é apenas metade do caminho", pensava, enquanto revisava um projeto de estrutura sustentável. A pressão de entregar resultados de alta qualidade em prazos curtos era constante, mas ele sabia que isso fazia parte do crescimento profissional.

Nos momentos de dificuldade, Aninha e Paulinho se tornavam ainda mais unidos. Compartilhavam não apenas os desafios acadêmicos, mas também as preocupações pessoais e com o futuro. As conversas à noite se tornaram uma fonte de força e inspiração mútua, lembrando-lhes o motivo pelo qual haviam iniciado aquela jornada.

— Hoje foi difícil, confessou Aninha, certa noite, enquanto revisavam suas anotações na mesa da cozinha. — Um dos meus alunos tem dificuldades de aprendizado, e não sei como ajudá-lo.

Paulinho segurou sua mão e olhou em seus olhos: — Você é incrível, amor. Sei que vai encontrar uma maneira. Talvez conversar com Marta possa te dar algumas ideias.

Sempre disponível para uma conversa acolhedora ou um conselho sábio, Marta se tornou um verdadeiro pilar de apoio para Aninha. Sua presença constante era um lembrete de que, mesmo diante das dificuldades, havia alguém disposto a ouvir e ajudar.

Certa vez, em uma dessas conversas íntimas, Aninha confidenciou à amiga sobre seu aluno Eric, que enfrentava sérias dificuldades de aprendizado. A situação era ainda mais delicada porque a mãe de Eric, Judith, estava desesperada em busca de ajuda. Eles eram uma família humilde, com recursos limitados, e Judith, embora fosse uma mulher formidável e batalhadora, não tinha condições de pagar por aulas particulares ou qualquer outro tipo de suporte educacional que Eric tanto necessitava.

— Judith me pediu ajuda, mas não sei o que fazer — disse Aninha, sentindo-se profundamente tocada pela situação. — Ela está tão preocupada com o futuro do filho, e eu quero ajudar, mas me sinto perdida.

Marta, com sua sabedoria habitual, ouviu atentamente antes de oferecer seu conselho: — Você tem um grande coração, amiga, e só o fato de querer ajudar já é um primeiro passo importante. Vamos pensar em uma maneira prática de apoiar o Eric sem sobrecarregar você.

Ela então sugeriu algumas estratégias que poderiam ser úteis. Uma delas foi a ideia de Aninha organizar pequenas sessões de estudo comunitário, nas quais Eric poderia aprender em grupo, recebendo o apoio não só dela, e de outros alunos. Marta também sugeriu que Aninha usasse métodos mais interativos e práticos para envolver Eric, de modo a tornar o aprendizado menos intimidador para ele.

— Crianças aprendem de diferentes maneiras. Talvez Eric só precise de um ambiente mais estimulante e acolhedor para que ele comece a progredir.

Com esse novo direcionamento, Aninha começou a se sentir mais confiante em sua capacidade de fazer a diferença. Sabia que, embora não tivesse todos os recursos, poderia contar com sua criatividade e com o apoio de Marta para encontrar soluções.

Dias depois, reuniu-se Judith para compartilhar suas ideias. A mãe de Eric ficou profundamente emocionada ao saber que a professora estava disposta a ajudar seu filho, mesmo sem qualquer remuneração envolvida.

— Não sei como agradecer — disse com lágrimas nos olhos. — Você está oferecendo uma oportunidade que pode mudar a vida do meu filho.

Aninha começou a dedicar algumas horas por semana para trabalhar com Eric, usando os métodos sugeridos por Marta e adaptando-os conforme necessário. Aos poucos, o menino começou a mostrar sinais de progresso, e sua confiança aumentava a cada pequeno avanço. Para ela, ver aquele desenvolvimento foi um verdadeiro presente, algo que reafirmou seu propósito de fazer a diferença na vida das pessoas ao seu redor.

Capítulo 15

Novos Horizontes

O fim do semestre chegou com uma sensação de alívio misturada com orgulho para Aninha e Paulinho. Ambos haviam superado desafios significativos, acadêmicos e pessoais. Ela concluiu seu estágio com sucesso, recebendo elogios pela sua dedicação e impacto positivo na escola onde trabalhou. Ele apresentou um projeto de engenharia que impressionou seus professores e colegas.

Aninha sentiu uma grande alegria ao receber o feedback positivo de sua supervisora. "Todo o esforço valeu a pena", pensou, lembrando as noites dedicadas ao planejamento das aulas e ao suporte individualizado aos alunos que mais precisavam.

Paulinho refletiu sobre os desafios enfrentados no projeto de engenharia. "Foi um semestre intenso", murmurou para si mesmo, sentindo uma mistura de alívio e realização ao ver seu trabalho reconhecido.

Para comemorar suas conquistas, decidiram fazer uma pequena viagem juntos. Passaram alguns dias em um lugar tranquilo, longe da agitação da cidade, refletindo sobre o que haviam aprendido durante o semestre e discutindo seus planos para o futuro.

Sentados à beira de um lago sereno, Aninha falou sobre suas expectativas para o intercâmbio: — Vai ser uma oportunidade única de aprender novas metodologias de ensino e conhecer diferentes culturas — compartilhou ela com o amado, que a observava com um sorriso de admiração.

Paulinho assentiu, segurando a mão dela.

— Tenho certeza de que você vai brilhar lá, assim como brilhou aqui — disse sinceramente, sentindo um misto de emoções ao pensar na distância temporária que teriam que enfrentar.

Com o fim do semestre, surgiram novas oportunidades para ambos. Aninha recebeu um convite para participar de um programa de intercâmbio educacional, o que a deixou entusiasmada com a perspectiva de aprender novas metodologias de ensino em outro país. Paulinho foi convidado para estagiar em uma renomada empresa de engenharia, onde poderia aplicar seus conhecimentos em projetos ainda mais desafiadores.

Aninha compartilhou a notícia com Marta, que ficou radiante com a oportunidade da amiga.

— Isso vai abrir tantas portas para você, Aninha — comentou, com a voz transbordando de empolgação. — Aproveite cada segundo!

Paulinho, por outro lado, discutiu os detalhes do estágio com Miguel, que ofereceu conselhos práticos sobre como se destacar na nova posição.

— É uma chance única, Paulinho. Mostre a eles o que você é capaz — incentivou Miguel, apertando-lhe calorosamente o ombro.

O apoio contínuo de Marta e Miguel foi fundamental durante esse período de transição. Marta compartilhou sua experiência de intercâmbio e incentivou Aninha a aproveitar ao máximo a oportunidade única. Miguel, sempre prático e solidário, ofereceu conselhos sobre a vida profissional e encorajou Paulinho a aceitar o estágio como um passo importante para sua carreira.

O casal valorizava profundamente esse apoio.

— Sem vocês, não estaríamos aqui — disse Aninha emocionada, abraçando Marta.

Paulinho assentiu, olhando para Miguel com gratidão.

— Vocês são como nossa família aqui na cidade — expressou ele sinceramente, sentindo-se reconfortado pela presença de amigos tão leais.

Eles passaram as semanas seguintes organizando os detalhes para suas novas jornadas. Desde a documentação necessária para o intercâmbio de Aninha até a mudança temporária de Paulinho para a cidade onde seria seu estágio, cada passo foi planejado com cuidado e entusiasmo. Juntos, visualizaram um futuro repleto de novas experiências e oportunidades de crescimento pessoal e profissional.

— É como começar um novo livro em branco — comentou Aninha, enquanto arrumava suas malas para o intercâmbio. — Estou ansiosa para ver como será o próximo capítulo.

Paulinho sorriu, ajudando-a a dobrar uma camiseta.

—Será emocionante, com certeza. E vamos continuar escrevendo essa história juntos, não importa a distância.

Antes de se despedirem temporariamente, trocaram promessas de apoio mútuo e compromisso com seus objetivos individuais. Sabiam que os desafios estavam apenas começando, mas estavam felizes e determinados a enfrentá-los com coragem e otimismo.

— Vamos nos manter próximos, mesmo longe — Aninha, segurando as mãos de Paulinho com firmeza. Ele concordou, seus olhos mostrando determinação: — Estaremos juntos nisso, amor. Cada dia que passa nos aproxima mais de nossos sonhos.

Aninha embarcou em seu voo para o intercâmbio, e Paulinho se preparava para iniciar seu estágio. Embora separados fisicamente, seus corações permaneciam unidos por um propósito comum: construir um futuro brilhante juntos. Sabiam que, mesmo distantes, enfrentariam cada desafio que a vida lhes apresentasse com coragem e determinação.

E assim, com um sorriso de esperança e a promessa de um reencontro, Aninha e Paulinho deram um passo em direção aos seus novos horizontes, prontos para abraçar todas as oportunidades que o destino lhes reservava.

Capítulo 16

Distâncias e Desafios

Aninha chegou ao país estrangeiro com uma mistura de emoções. A nova cultura, o idioma diferente e a distância de Paulinho eram desafios diários, mas a empolgação de explorar novos métodos de ensino e fazer novas amizades a motivava a superar esses obstáculos iniciais.

Caminhando pelas ruas movimentadas da cidade, ela se sentia pequena diante da imensidão do novo ambiente. "É como mergulhar em um livro de histórias vivas", pensou, enquanto observava os costumes locais com curiosidade e um leve nervosismo.

Nos primeiros dias, mergulhou de cabeça na vida acadêmica no exterior. As diferenças culturais se revelaram fascinantes e desafiadoras. Ela aprendeu sobre novas tradições, participou de eventos locais e expandiu seu horizonte educacional, enriquecendo seu método de ensino com perspectivas internacionais.

Em uma tarde ensolarada, Aninha foi convidada por seus colegas de curso para um festival cultural local. Os aromas exóticos de especiarias e as cores vibrantes das vestimentas tradicionais inundaram seus sentidos. "Cada experiência aqui é um presente para minha bagagem cultural", refletiu ela, encantada com a diversidade que agora fazia parte de sua vida cotidiana.

Enquanto isso, Paulinho estava completamente imerso em seu estágio na empresa de engenharia. O ambiente corporativo exigia novas habilidades e a aplicação de seus conhecimentos teóricos em projetos reais.

Ele enfrentava longos dias de trabalho, mas via cada desafio como uma oportunidade para crescer profissionalmente. Paulinho se viu envolvido em um projeto de grande escala que testava sua capacidade de liderança e resolução de problemas.

À noite, enquanto revisava os planos para o dia seguinte, pensava em como cada desafio superado o aproximava de seus objetivos. "É aqui que eu pertenço", murmurou para si mesmo, reconhecendo a intensidade do ambiente profissional.

Apesar da distância física, Aninha e Paulinho mantinham contato regular por meio de chamadas de vídeo e mensagens, compartilhando suas experiências diárias e apoiando-se mutuamente nos altos e baixos.

Nas noites tranquilas antes de dormir, eles se conectavam através de uma tela.

— Sinto sua falta — confessou Aninha, sua voz embargada pela saudade crescente.

Paulinho sorriu do outro lado da chamada.

— Eu também, meu amor. Mas cada desafio que enfrentamos separadamente nos torna mais fortes juntos — disse com convicção, compartilhando palavras de encorajamento.

Ambos encontraram novas amizades que desempenhavam papéis importantes em suas vidas temporárias. Aninha formou laços com colegas de curso e moradores locais, e Paulinho estabeleceu conexões valiosas com colegas de trabalho e profissionais da área de engenharia.

Em uma tarde de sábado, ela encontrou-se em um café acolhedor com seus novos amigos. Entre risos e histórias compartilhadas, se sentiu grata pela maneira como aquele lugar estrangeiro havia se tornado um lar temporário.

Paulinho, por sua vez, participava de eventos sociais com seus colegas de trabalho, descobrindo interesses comuns que transcendiam fronteiras culturais e linguísticas.

— É incrível como a engenharia nos conecta — comentou ele, admirando a camaradagem que surgia nos momentos de descontração após um dia de trabalho desafiador.

À medida que o tempo passava, Aninha e Paulinho começaram a vislumbrar as oportunidades que surgiriam após o término de seus compromissos no exterior. Planejavam seus próximos passos, considerando como suas experiências atuais poderiam moldar suas carreiras e seu relacionamento a longo prazo.

Sentados sob um céu estrelado, conversavam sobre seus planos para quando se reunissem novamente.

— Quero aplicar tudo o que aprendi aqui em nossa vida juntos — disse Aninha, com a voz carregada de determinação e esperança.

— E eu mal posso esperar para ver onde nossa jornada nos levará a partir daqui — disse ele, olhando para o futuro com confiança renovada.

O casal era fortalecido pela experiência de enfrentar desafios separadamente. Eles sabiam que suas jornadas individuais os estavam preparando para um futuro em que poderiam unir seus conhecimentos e experiências, construindo um caminho conjunto ainda mais sólido em direção aos seus sonhos, com uma base de amor, resiliência e crescimento profissional.

Em um e-mail que Paulinho enviou para Aninha, ele escreveu:

Nossos desafios são como os ventos que moldam nossa jornada, direcionando-nos com força e delicadeza ao mesmo tempo. Eles nos guiam para mais perto do que realmente importa: o amor que compartilhamos e os sonhos que construímos juntos. Ainda que estejamos temporariamente distantes, sinto que nosso amor permanece firme, como a gema do ovo, que, embora envolta, se mantém inseparável de sua clara. Sabemos que um depende do outro para que a vida possa germinar e florescer.

Em breve, meu amor, nossos caminhos se cruzarão novamente, e voltaremos a caminhar lado a lado, escrevendo, juntos, os próximos capítulos de nossa história de amor, uma história que não apenas sobrevive às dificuldades, mas se fortalece com elas.

Até lá, cada pensamento, cada batida do meu coração, é para você.

Ao terminar de ler o e-mail, o coração de Aninha bateu mais aliviado. Ela sentiu um calor reconfortante invadir seu peito, como se as palavras de Paulinho fossem capazes de afastar todas as incertezas que a cercavam. Apesar de estar em um lugar desconhecido, rodeada por pessoas estranhas e situações novas, ela sabia, no fundo da alma, que, do outro lado, havia alguém que a amava profundamente, alguém que, com paciência e carinho, esperava por seu retorno.

Paulinho era seu porto seguro, o farol que a guiava mesmo quando os caminhos pareciam obscuros. As palavras dele traziam a certeza de que, não importava a distância ou as dificuldades que enfrentassem, o amor que compartilhavam seria suficiente para mantê-los conectados. Saber que ele a esperava, com o coração aberto e os braços prontos para acolhê-la, fazia com que todos os desafios que enfrentava naquele lugar estranho se tornassem mais leves. Ela fechou os olhos por um momento, sentindo-se mais forte e confiante para enfrentar qualquer dificuldade, sabendo que, em breve, seus caminhos se cruzariam novamente.

Aninha estava feliz, mas, ao mesmo tempo, não via a hora de terminar seu intercâmbio e voltar correndo para os braços de Paulinho. Cada dia que passava, a saudade dele crescia, assim como o desejo de rever seus amigos de longa data. Embora estivesse cercada por pessoas encantadoras que a ajudavam muito nos estudos e nas descobertas dessa fase, havia algo nos laços antigos que era insubstituível.

Os novos amigos eram maravilhosos, sempre prontos para oferecer apoio e compartilhar risadas nos momentos de descontração. Eles a faziam se sentir acolhida, mesmo em meio a um ambiente completamente diferente. No entanto, Aninha sabia que, por mais especiais que fossem, não substituíam os amigos que ela havia deixado para trás, que a conheciam profundamente e com quem havia compartilhado tantos momentos marcantes. Eles ocupavam um lugar único em seu coração, assim como Paulinho.

Enquanto o intercâmbio lhe proporcionava muitas lições e experiências valiosas, Aninha ansiava pelo momento em que poderia unir todas essas partes de sua vida — os novos e os antigos amigos, as descobertas que fazia e, claro, seu grande amor. Cada dia que passava a levava mais perto desse reencontro tão esperado, e ela se imaginava voltando para casa com o coração repleto de novas histórias para contar, mas com a mesma vontade de reviver os laços que jamais foram quebrados.

O grupo de estudo do qual fazia parte, após terminar um trabalho intenso, decidiu sair para almoçar em um restaurante que oferecia pratos de várias regiões do país. Aninha, embora estivesse cansada, sabia que não poderia perder a oportunidade de estar com os amigos e experimentar algo novo. Ao chegar ao restaurante, pegou o cardápio e, para sua surpresa, viu que, entre as opções, havia um prato típico da região onde morava. Ela ficou extremamente feliz, pois era o prato preferido de Paulinho.

Sorrindo, sentiu uma onda de nostalgia ao se lembrar dos momentos que já havia compartilhado com Paulinho, saboreando aquela mesma comida. Sem hesitar, aproveitou o momento e fez uma ligação de vídeo para ele. Quando a imagem se conectou, ela mostrou o cardápio e destacou o prato que sabia que ele adorava. Paulinho, do outro lado, ficou radiante com a surpresa e agradeceu por ela ter se lembrado de um detalhe tão especial. A conversa, embora breve, encheu o coração dos dois de alegria e trouxe uma sensação de proximidade, mesmo com a distância que os separava.

Enquanto Aninha saboreava o prato, pensava em como esses pequenos momentos faziam a saudade se transformar em algo mais leve, como se, de alguma forma, eles estivessem compartilhando aquela refeição. O almoço com os amigos, além de ser uma celebração do trabalho concluído, tornou-se uma forma de fortalecer ainda mais os laços de amor e carinho que ela sentia por ele, mesmo estando longe.

Após o almoço, Aninha voltou para a sala de aula com um sorriso estampado no rosto. A conversa com Paulinho havia preenchido seu coração de alegria, era impossível esconder o quanto aquele momento a havia deixado radiante. Mesmo cercada por livros e anotações, sua mente estava distante, nas lembranças da voz de Paulinho e nas palavras carinhosas que haviam trocado.

Ao seu redor, os colegas de grupo retomavam os estudos, mas ela estava distraída, olhando para o caderno sem realmente se concentrar. Melissa, que sempre prestava atenção nos detalhes, foi a primeira a perceber o estado da amiga. Com um olhar cúmplice, se aproximou e sussurrou: — Aninha, acho que hoje você está com a cabeça em outro lugar. Paulinho te deixou nas nuvens, hein?

Aninha olhou para Melissa e sorriu, um pouco sem jeito.

— Ai, nem me fala, Melissa! Não consigo parar de pensar nele. Só de ouvir a voz dele, parece que tudo ao meu redor ficou mais leve — confessou, enquanto rabiscava distraidamente no canto do caderno.

Lucas, que também fazia parte do grupo de estudo, ouviu a conversa e resolveu brincar: — Pelo visto, Paulinho deve ter falado alguma mágica, porque você está com uma cara de quem acabou de ganhar na loteria do amor, Aninha!

Todos riram, mas ela sabia que precisava se concentrar, afinal, o grupo tinha um grande trabalho pela frente. Respirou fundo e olhou para Melissa, que, com um sorriso no rosto, disse: — Vamos lá, amiga! Eu sei que o amor deixa a gente nas nuvens, mas temos que terminar essa pesquisa. Quando tudo isso acabar, você pode sonhar à vontade com Paulinho, mas agora precisamos focar.

— Você tem razão — respondeu Aninha, ainda com um brilho no olhar. — Vou focar, prometo!

Com a ajuda dos amigos, conseguiu voltar ao ritmo dos estudos. Embora seu coração ainda estivesse leve e cheio de felicidade, Aninha sabia que tinha compromissos importantes a cumprir. Com Melissa e Lucas ao seu lado, ela se sentia mais motivada, sabendo que, mesmo longe de Paulinho, tinha amigos leais que a ajudavam a manter os pés no chão.

De tempos em tempos, ela olhava pela janela e pensava em como seria bom poder compartilhar aqueles momentos de alegria com seu amor. Mas, por hora, ela se dedicaria ao que precisava ser feito, sabendo que, ao final do dia, haveria novas oportunidades para sonhar com o reencontro.

Naquela noite, logo após as aulas, Aninha não conseguiu resistir à vontade de falar com Paulinho novamente. Pegou o telefone e ligou para ele, ansiosa para compartilhar os acontecimentos do dia. Assim que ele atendeu, sua voz suave fez o coração dela acelerar, e logo começou a contar, cheia de entusiasmo, tudo o que tinha vivido.

— Ah, Paulinho, você não sabe! Hoje, depois do almoço, eu fiquei tão feliz depois de falar com você que simplesmente não conseguia me concentrar na aula! Estava com um sorriso bobo no rosto, e acho que todo mundo percebeu — disse, rindo ao se lembrar.

Ela contou como, durante a tarde, sua mente havia ficado completamente distante dos estudos, perdida nos pensamentos sobre o amor que sentia por ele. Detalhou como, depois do almoço, Melissa e Lucas, seus amigos mais próximos no grupo de estudo, notaram sua distração e não perderam a oportunidade de brincar com ela para que voltasse ao foco.

— Melissa chegou perto de mim e disse que eu estava "nas nuvens" por causa de você, e o Lucas ainda completou que parecia que eu tinha ganhado na "loteria do amor"! — riu, com o tom leve de quem estava se divertindo ao relembrar a cena. — Eles sabem como me fazer voltar ao normal, sempre com uma brincadeira agradável para me lembrar de focar nos estudos, mas você sabe como é difícil se concentrar quando a cabeça está cheia de pensamentos bons.

Paulinho, do outro lado da linha, riu ao imaginar a cena e respondeu: — Eu consigo imaginar você com aquele sorrisão que eu adoro, mas é bom saber que tem amigos por perto para te manter nos trilhos. Às vezes, até a gente precisa desse empurrãozinho para lembrar as responsabilidades. E fico feliz de ter feito seu dia mais feliz também.

Aninha sorriu, sentindo-se ainda mais conectada a Paulinho, e quis saber sobre o dia dele.

— E o seu dia? Como foi? — perguntou curiosa.

Paulinho contou sobre sua rotina, como havia sido um dia cheio de trabalho, mas produtivo. Descreveu como passou boa parte do dia resolvendo problemas na empresa e como teve que lidar com algumas dificuldades, mas tudo isso sem perder o ânimo. Ele também falou sobre as pequenas alegrias que o ajudaram a manter o bom humor, como a conversa com os colegas de trabalho e o fato de ter conseguido um tempinho para tomar um café com seu amigo de longa data, Joaquim, que sempre tinha uma palavra de apoio.

— Ah, Joaquim mandou um abraço. Ele disse que está torcendo muito por você aí no intercâmbio e que mal pode esperar para a gente se reunir de novo quando você voltar.

Aninha ficou contente em saber que Joaquim havia lembrado dela. Sentiu-se ainda mais ligada ao que deixou para trás e ao que a aguardava quando retornasse. Mesmo a distância, o carinho e apoio das pessoas importantes em sua vida a fortaleciam.

Eles continuaram conversando por um bom tempo, trocando detalhes sobre seus dias e falando sobre os planos para o futuro. Aninha, mais tranquila, sentia que essas conversas noturnas com Paulinho a ajudavam a enfrentar os desafios do intercâmbio com mais leveza e motivação.

Ela se despediu com um sorriso, sabendo que, embora estivesse longe fisicamente, o amor era o que mantinha tudo em equilíbrio. Desligou o telefone com o coração aquecido, pronta para enfrentar mais um dia, sabendo que, ao final, teria novamente o conforto de ouvir a voz de seu amor.

Quando o intercâmbio estava entrando em seu último mês, Aninha e seus amigos se preparavam para um final de semana intenso. Eles tinham marcado de se reunir para revisar o trabalho final, que seria a peça mais importante de toda a experiência. Se aquele trabalho fosse aceito, seria o culminar de todo o esforço do grupo e o início da tão esperada fase de retorno para casa.

Aninha estava empolgada, mas também muito cansada. A pressão para entregar o trabalho perfeito e o peso emocional de estar longe de casa começaram a afetá-la. Naquele sábado, enquanto Melissa, Lucas e os outros colegas do grupo organizavam os materiais, ela começou a sentir-se estranha. Sua cabeça doía, o corpo parecia pesado, e começou a sentir uma fraqueza incomum. Melissa, sempre atenta, notou que algo não estava bem.

— Aninha, você está pálida. Está tudo bem? — perguntou, com um tom preocupado.

Aninha, tentando esconder o desconforto, respondeu: — Acho que é só o cansaço. Tenho me sentido um pouco exausta ultimamente, mas vou ficar bem.

Lucas, que também percebeu o estado de Aninha, insistiu: — Não me parece só cansaço, Aninha. Você devia parar um pouco. Esse trabalho é importante, mas nada é mais importante do que sua saúde.

Apesar das tentativas de continuar, Aninha começou a sentir uma tontura que a obrigou a se sentar. Foi então que os amigos decidiram que o melhor era levá-la ao hospital, mesmo que ela insistisse que não era nada sério. Preocupados, não hesitaram e a levaram rapidamente à emergência mais próxima.

No hospital, Aninha passou a noite sob observação, e os médicos realizaram uma série de exames. A tensão no ar era palpável. Melissa e Lucas ficaram ao lado dela o tempo todo, tentando acalmá-la e a si mesmos. Enquanto aguardavam os resultados, Melissa tentou manter o clima leve: — Você vai ver, Aninha. Aposto que é só o estresse de toda essa correria. Eu sei que não vê a hora de voltar para casa, mas precisa cuidar de você agora. A gente vai dar conta do trabalho, pode ficar tranquila.

Lucas concordou e acrescentou: — E quando esse trabalho acabar, você vai estar com a saúde em dia para comemorar com a gente. Não se preocupe com nada agora.

Paulinho, ao receber a notícia de que Aninha havia sido levada ao hospital, entrou em desespero. Ele sabia que não poderia fazer nada diretamente, pois a distância era grande, e não tinha como viajar até lá naquele momento. O coração dele acelerou ao pensar em tudo que poderia estar acontecendo com sua amada. Ele passou a noite em claro, mandando mensagens para Melissa e Lucas, tentando se manter informado sobre a situação e tentando acalmar a própria ansiedade.

Ao amanhecer, os médicos deram o diagnóstico. Aninha estava bem, os exames não apontaram nada grave. O que ela estava sentindo era resultado de estresse físico e emocional, acumulado pelos meses de adaptação ao intercâmbio, a pressão dos estudos e a saudade de casa. O alívio foi instantâneo.

Melissa disse: — Viu? Foi só um susto! Estresse acumulado. Mas agora você sabe que precisa cuidar melhor de si, tirar um tempo para descansar, especialmente agora que estamos na reta final.

Lucas, sempre otimista, brincou: — A próxima vez que alguém passar mal, que seja depois que a gente entregar o trabalho, por favor! Você me deixou preocupado, Aninha.

Com o diagnóstico em mãos, Melissa avisou Paulinho, que só então conseguiu relaxar, embora soubesse que ainda estava longe dela. O simples fato de saber que Aninha estava bem trouxe um grande alívio, tinha passado a noite sem dormir, imaginando o pior.

Ao falar com Paulinho, ela sentiu o amor e a preocupação dele mesmo à distância:

— Quando fiquei sabendo, meu coração quase saiu pela boca. Fiquei imaginando mil coisas, ainda bem que foi só um susto. Agora, promete que vai se cuidar direitinho, por favor? — falou ele.

Aninha sorriu, sentindo-se grata por ter alguém que se importava tanto com ela.

— Eu prometo, amor. Foi só um susto, mas serviu para me lembrar que preciso desacelerar um pouco. Ainda bem que tenho meus amigos cuidando de mim e você, mesmo de longe.

Com o susto superado e a certeza de que estava bem, Aninha pôde voltar para casa com seus amigos, sentindo-se mais leve. Com a mente mais tranquila, ela sabia que, com o apoio de todos ao seu redor, estava pronta para enfrentar os últimos desafios do intercâmbio e retornar para casa, onde Paulinho a aguardava com os braços abertos.

Ele, ainda abalado com o que havia acontecido, contou aos amigos mais próximos sobre a situação. Eles estavam todos reunidos em uma pequena confraternização, e a notícia deixou o grupo apreensivo. Todos ficaram muito preocupados e começaram a expressar solidariedade a Paulinho, oferecendo palavras de conforto e apoio.

— Se precisar de qualquer coisa, estamos aqui — disse Miguel, com a voz séria. — Eu sei como deve ser difícil pra você não poder estar lá com ela agora.

— Sim, Paulinho — concordou Letícia. — Imagino o quanto você deve estar angustiado, mas ainda bem que não foi nada grave. Ela vai ficar bem.

Marta foi a que mais ficou abalada com a notícia. Ela e Aninha sempre foram muito próximas, e a amizade entre elas era cheia de afeto e compreensão. Ao ouvir que a amiga tinha passado mal e estava no hospital, Marta entrou em desespero. A preocupação tomou conta de seus pensamentos.

— Paulinho, você precisa me dar o telefone da Aninha. Eu preciso ligar para ela, saber como está de verdade! Sei que ela deve estar exausta e com saudade de casa, mas ouvir a voz de uma amiga pode ajudar muito nesse momento. Eu prometo que vou ser breve, só quero que ela saiba que estou aqui.

Paulinho conhecia bem o carinho que Aninha tinha por Marta. Ele sabia que aquela ligação não só não causaria problemas, como também poderia ser exatamente o que Aninha precisava naquele momento. A voz de uma amiga, de alguém que sempre esteve ao seu lado nos momentos mais importantes, traria conforto e tranquilidade para ela, especialmente depois do susto.

— Claro, Marta — respondeu Paulinho, entregando o telefone com o número de Aninha. — Tenho certeza de que ela vai adorar falar com você. Isso vai fazer muito bem a ela.

Marta, ansiosa, pegou o telefone e se afastou um pouco para garantir privacidade durante a ligação. Suas mãos tremiam de nervosismo, mas, assim que ouviu a voz de Aninha do outro lado da linha, uma sensação de alívio tomou conta de seu coração.

— Aninha! Sou eu, a Marta! — disse, tentando conter a emoção. — Fiquei sabendo do que aconteceu e queria saber como você está. Fiquei muito preocupada! Sei que deve estar cansada e cheia de saudade, mas estou aqui, viu? Qualquer coisa que precisar, estou sempre por perto, mesmo de longe.

Aninha, ao ouvir a voz de Marta, sentiu uma alegria genuína. Saber que tinha uma amiga tão dedicada e carinhosa, mesmo com a distância, fez com que seus olhos se enchessem de lágrimas de gratidão.

— Marta, que bom falar com você! — respondeu Aninha emocionada. — Foi só um susto, mas admito que o cansaço e a saudade me pegaram de jeito. Saber que tenho amigos como você me deixa muito mais tranquila. Estou me cuidando e em breve estarei de volta, não vejo a hora de rever todo mundo.

Marta sorriu do outro lado da linha, aliviada por saber que Aninha estava se recuperando bem.

— A gente está aqui, contando os dias para você voltar. Quando chegar, vamos fazer aquela festa de boas-vindas! Por enquanto, se cuida direitinho, tá? Nada de ficar sobrecarregada aí. Lembra que a gente precisa de você forte e saudável quando voltar!

Aninha riu, sentindo-se ainda mais conectada aos amigos que a aguardavam em casa. A conversa com Marta foi rápida, mas cheia de carinho e incentivo. Quando desligou o telefone, se sentia muito mais fortalecida, sabendo que não estava sozinha, mesmo estando tão longe.

Paulinho, ao saber que a ligação tinha corrido bem, ficou mais tranquilo. Ele sabia que Aninha agora estava rodeada não apenas pelos colegas de intercâmbio, mas também pelos laços de amizade que transcendem a distância. O alívio tomou conta de seu coração, e ele passou a noite mais tranquilo, certo de que, em breve, Aninha estaria de volta, saudável e cercada de pessoas que a amavam.

O trabalho do grupo estava quase concluído, faltando apenas alguns detalhes para encerrar e preparar para a tão aguardada apresentação. A missão que os havia levado até aquele país estava próxima de ser cumprida, e a pressão para que tudo saísse perfeito crescia a cada dia. Aninha, Melissa, Lucas e os outros integrantes do grupo estavam concentrados em revisar cada parte do projeto, certificando-se de que não havia nenhum erro. Todos sabiam que aquele trabalho seria o ápice de meses de esforço, aprendizado e sacrifício.

Naquela tarde, o grupo se reuniu para finalizar os últimos ajustes e garantir que tudo estivesse pronto para o dia da apresentação. Melissa, sempre organizada, foi a primeira a puxar a conversa: — Pessoal, precisamos nos certificar de que não faltou nada. Alguém quer revisar mais uma vez, só para garantir?

Lucas, mais descontraído, riu e respondeu: — Acho que, se revisarmos mais uma vez, vamos acabar achando problemas onde não tem. Tá tudo certo. Agora é só a gente preparar o que vamos dizer na apresentação.

Aninha, embora confiasse no trabalho, sentia um leve nervosismo, algo comum para quem sempre buscava a perfeição. Ela sabia que aquela era uma oportunidade única e que todo o esforço feito até ali tinha um propósito maior.

— Concordo com o Lucas, acho que fizemos o nosso melhor — disse. — Mas não custa nada darmos uma última olhada no resumo e nas conclusões, só para garantir que estão alinhados com o que a gente vai apresentar oralmente.

O grupo, então, passou as horas seguintes discutindo cada ponto, organizando as falas e decidindo quem apresentaria cada parte. Melissa seria responsável pela introdução, Lucas pela parte técnica, e Aninha, com seu jeito carismático, ficaria encarregada de fechar a apresentação com a conclusão e os agradecimentos.

Quando terminaram, já era fim de tarde, e todos estavam exaustos. Decidiram ir direto à reunião com os professores, que avaliariam o trabalho antes da entrega formal e da apresentação. Ao chegarem à sala de reuniões, foram recebidos por três professores, incluindo o orientador do grupo, o professor Alfredo, que sempre foi um grande incentivador e guia durante o intercâmbio.

A reunião foi tensa no início. Os professores analisaram cada parte do trabalho com seriedade, pedindo explicações sobre alguns pontos. A cada pergunta, Aninha e seus colegas respondiam com segurança, demonstrando o quanto tinham se dedicado. Após quase duas horas de discussões e considerações, o professor Alfredo tomou a palavra:

— Parabéns, pessoal! O trabalho de vocês está muito bem feito. Não vejo necessidade de revisões. Está claro que colocaram muito esforço nisso e dominaram o conteúdo. Agora é só preparar para a apresentação e garantir que tudo seja transmitido com a mesma qualidade.

Melissa, que até então estava segurando o nervosismo, soltou um suspiro de alívio.

— Ai, finalmente! Achei que ainda teríamos que refazer alguma coisa! — disse, rindo nervosamente.

Lucas, sempre otimista, sorriu e respondeu: — Eu sabia que estava tudo certo. Agora é só a gente focar na apresentação e arrasar!

Apesar do alívio, ainda muito a fazer. Após a reunião com os professores, o grupo precisou correr para imprimir e encadernar o trabalho. O prazo para entregar o projeto final estava se aproximando rapidamente, e todos sabiam que era crucial garantir que o trabalho estivesse impecável tanto no conteúdo quanto na apresentação visual.

Eles se dividiram: Melissa e Aninha foram para a gráfica, enquanto Lucas, e os outros ficaram encarregados de montar os slides e ajustar os últimos detalhes para a apresentação oral.

Na gráfica, as duas garotas enfrentaram um pequeno contratempo. A impressora da loja apresentou problemas, e o tempo começou a se esgotar. Aninha, já sentindo a pressão do prazo, tentava manter a calma.

— Melissa, será que vai dar tempo? — perguntou, com um olhar preocupado.

Melissa, sempre prática, respondeu: — Vai sim, Aninha. Já estamos na reta final. Mesmo que tenhamos que correr um pouco, vamos conseguir. Esse trabalho é importante demais pra dar errado agora.

Após alguns minutos de tensão, a impressora finalmente voltou a funcionar, e o trabalho foi impresso e encadernado com perfeição. De volta à escola, o grupo se reuniu para verificar os slides e fazer um ensaio da apresentação. Cada um treinou sua fala, enquanto os outros davam sugestões para melhorar o desempenho.

Quando tudo estava pronto, o grupo se sentiu mais confiante e preparado para o grande dia. Apesar da correria e dos pequenos obstáculos, eles tinham a sensação de dever cumprido. No dia da apresentação, a ansiedade estava presente, mas o trabalho em equipe, o esforço conjunto e a dedicação fizeram com que tudo corresse bem.

A apresentação foi um sucesso. Os professores ficaram impressionados com a desenvoltura do grupo, a clareza das explicações e a forma como conseguiram transmitir todo o conhecimento adquirido durante o intercâmbio. Após meses de esforço, finalmente podiam respirar aliviados.

Ao final da apresentação, Aninha sentiu uma onda de felicidade e alívio. Sabia que aquele momento marcava o encerramento de uma jornada importante e que em breve estaria de volta para casa, para os braços de Paulinho e dos amigos que tanto amava.

Ao término da apresentação, o grupo sentia um misto de alívio e alegria. Após meses de dedicação, trabalho árduo e desafios, eles finalmente haviam concluído sua missão. O sucesso da apresentação foi comemorado com sorrisos, abraços e palavras de reconhecimento entre eles. Melissa foi a primeira a sugerir uma celebração: — Gente, nós merecemos uma comemoração! Vamos sair para jantar e aproveitar essa última noite juntos. Afinal, daqui a dois dias, cada um de nós estará em um avião de volta para casa.

Lucas, sempre o mais entusiasmado do grupo, concordou de imediato: — Isso! Vamos comemorar em grande estilo. A gente merece essa despedida inesquecível!

Aninha, embora muito feliz com o resultado, sentia a saudade de Paulinho, que a acompanhou durante todo o período do intercâmbio. Ela sabia que ele estava ansioso por notícias, então, antes de sair para o jantar de comemoração, decidiu ligar para ele e compartilhar as boas novas.

— Amor, conseguimos! A apresentação foi um sucesso — disse, com a voz repleta de emoção. — Os professores adoraram nosso trabalho, e eu já estou de malas prontas. Em dois dias, estarei de volta. A missão está cumprida!

Do outro lado da linha, Paulinho sentiu uma onda de felicidade inundar seu peito. Seu coração batia acelerado de alegria e alívio. Ele havia acompanhado toda a trajetória de Aninha de longe, sempre torcendo pelo sucesso dela, e mal podia esperar para tê-la de volta.

— Meu amor, estou tão orgulhoso de você! — respondeu emocionado. — Você merece todo esse sucesso. Não vejo a hora de te abraçar de novo. Que bom saber que está tudo bem e que você está voltando para casa!

Aninha sorriu, sentindo-se ainda mais realizada. Ela sabia o quanto Paulinho havia sido importante durante todo o intercâmbio, mesmo a distância, sempre oferecendo apoio e carinho nos momentos mais difíceis.

— Eu também não vejo a hora de te ver — disse, com um sorriso que ele podia sentir pela linha. — Agora vou sair com o pessoal para comemorarmos, mas te ligo antes de embarcar. Até lá, fica bem, tá?

Paulinho respondeu com carinho, e se despediram, já se preparando para a última noite com seus amigos de intercâmbio.

O jantar de comemoração foi carregado de muita emoção. O grupo escolheu um restaurante especial, com uma atmosfera acolhedora e música ao vivo. Havia algo no ar que tornava aquela noite mágica. O sentimento de dever cumprido, misturado à tristeza da despedida, criava uma energia intensa. Todos sabiam que aquela era uma das últimas vezes em que estariam juntos e fizeram questão de aproveitar cada momento.

Melissa, sempre muito sentimental, foi a primeira a expressar seus sentimentos durante o jantar.

— Eu vou sentir tanta falta de vocês — disse com os olhos marejados. — Esses meses foram intensos, e a gente se tornou uma família. Não sei como vai ser voltar para casa sem ter vocês por perto todos os dias.

Lucas tentou amenizar a situação com uma piada: — Ah, Melissa, vai dizer que não está feliz de finalmente se livrar da minha bagunça? — brincou, arrancando risos de todos na mesa.

Mas, mesmo ele, que sempre mantinha o tom leve, não conseguiu esconder a emoção do momento. Entre risadas e lágrimas, brindaram ao sucesso e à amizade que construíram ao longo do intercâmbio. A música ao vivo dava uma atmosfera ainda mais especial à noite. Em determinado momento, uma das canções tocadas era daquelas que todos sabiam a letra, e o grupo não resistiu: começaram a cantar juntos, celebrando não apenas a conquista acadêmica, mas também os laços que formaram.

A certa altura, o dono do restaurante, um senhor simpático chamado Hélio, que acompanhava a alegria do grupo desde o início, se aproximou deles com uma garrafa de champanhe.

— Vocês merecem! — disse, com um sorriso generoso. — Vi a animação de vocês e percebi que essa noite é especial. Espero que guardem boas lembranças daqui.

O gesto de Hélio deixou o grupo ainda mais emocionado. A noite, que já estava repleta de sorrisos e emoções, ficou ainda mais significativa. O champanhe foi servido, e mais brindes foram feitos. Aninha, com os olhos brilhando, sentiu um aperto no peito. Apesar da alegria da comemoração, sabia que aquele era um momento de despedida.

— Eu vou sentir muita falta de todos vocês — disse, com a voz embargada. — Mas sei que, onde quer que a gente vá, sempre vamos lembrar uns dos outros. Essa experiência foi única, e eu não teria conseguido sem vocês.

Melissa, Lucas, e os outros membros do grupo concordaram com acenos e abraços. Todos sabiam que aquele momento talvez nunca se repetisse, mas as memórias que construíram juntos seriam eternas.

Após o jantar, dançaram e riram até tarde da noite. Aproveitaram ao máximo cada segundo, cientes de que, em breve, cada um seguiria seu caminho de volta para casa. As despedidas foram cheias de promessas de reencontros, trocas de contatos e a certeza de que, mesmo que a vida seguisse em direções diferentes, a amizade permaneceria.

Na manhã seguinte, Aninha começou a se preparar para a viagem de volta. Ela se sentia renovada, realizada e pronta para reencontrar Paulinho e todos os que a aguardavam em casa, também sabia que parte dela sempre carregaria as lembranças daqueles momentos especiais.

Capítulo 17

Reencontros e Escolhas

Após meses intensos no intercâmbio, Aninha retornou ao Brasil com um coração cheio de experiências e aprendizados. O reencontro com Paulinho foi emocionante, e ambos compartilharam histórias de suas jornadas separadas. Aninha trouxe consigo novas perspectivas sobre educação e cultura, ansiosa para aplicar tudo o que aprendeu em sua carreira de professora.

Ao desembarcar no aeroporto, ela mal podia conter a ansiedade de revê-lo. Seus olhos se encontraram em meio à multidão, e o abraço que se seguiu foi um misto de alívio e felicidade.

— Senti tanto a sua falta — confessou ela, sentindo o calor reconfortante dos braços dele ao seu redor.

Eles dedicaram os primeiros dias de seu reencontro para falar sobre o que haviam vivido durante o período separados. Conversaram sobre suas experiências, as mudanças que ocorreram em suas vidas e como essas experiências poderiam impactar seus planos futuros. Decidiram que era hora de tomar novas decisões, alinhando seus objetivos pessoais e profissionais.

Sentados no sofá de casa, folheavam fotos do intercâmbio enquanto compartilhavam suas histórias.

— Esses meses foram intensos, mas valeram cada segundo — comentou Paulinho, passando os dedos pelas páginas do álbum que Aninha havia montado com tanto cuidado.

Com o retorno dela, começaram a planejar seu futuro imediato. Discutiram sobre suas carreiras e como poderiam apoiar um ao outro em seus objetivos individuais.

Paulinho compartilhou suas aspirações na engenharia civil, enquanto Aninha estava determinada a implementar novas metodologias de ensino que havia aprendido durante o intercâmbio.

Sentados à mesa da cozinha, Aninha espalhava papéis com ideias para projetos educacionais inovadores.

— Acho que posso fazer uma grande diferença aqui — disse, com um brilho nos olhos que Paulinho conhecia bem. Ele assentiu, orgulhoso da determinação dela em transformar suas experiências em ações concretas para o futuro.

A família e os amigos desempenharam um papel crucial nesse momento de transição. Marta continuou sendo uma mentora para Aninha, oferecendo conselhos baseados em sua própria experiência como educadora. Miguel, sempre presente, apoiou Paulinho em suas decisões de carreira e incentivou-o a buscar novas oportunidades profissionais.

Em uma tarde ensolarada, Marta e Aninha se sentaram no jardim, compartilhando um chá enquanto discutiam estratégias para implementar as novas ideias na escola onde trabalham.

— Você tem um potencial incrível para inspirar seus alunos — disse Marta com um sorriso afetuoso, encorajando a amiga a seguir em frente com seus planos.

Aninha e Paulinho embarcaram em novos projetos. Ela iniciou um curso de especialização em educação inclusiva, aplicando os conceitos que trouxe do intercâmbio. Ele assumiu responsabilidades adicionais em seu trabalho, buscando novos desafios e oportunidades de crescimento na engenharia civil.

Em uma noite tranquila, Paulinho revisava os planos para um projeto de infraestrutura urbana que poderia transformar comunidades carentes. Sentia a responsabilidade crescente em seus ombros, mas também a empolgação de estar contribuindo de maneira significativa para o desenvolvimento da cidade.

Fortalecido pelo reencontro e pelas decisões tomadas em conjunto, o casal sabia que, apesar dos desafios, estava unido pelo amor e pela determinação de construir um futuro brilhante. Com cada passo, consolidavam sua confiança mútua e a certeza de que estavam no caminho certo para alcançar seus sonhos.

No terraço de casa, observavam as estrelas, um cenário silencioso que contrastava com o turbilhão de ideias e planos que ocupavam suas mentes. As luzes distantes no céu noturno pareciam refletir seus sonhos e aspirações, criando uma sensação de infinitas possibilidades.

— Juntos, somos capazes de tudo — disse Aninha, com a voz suave, carregada de convicção. As palavras dela ecoaram na tranquilidade da noite, ressoando profundamente nos corações de ambos.

Paulinho sorriu, olhando para ela com admiração e ternura.

— Absolutamente tudo — concordou, sabendo que o futuro que imaginavam estava cada vez mais próximo de se tornar realidade. O olhar dele refletia a mesma determinação que brilhava nos olhos dela.

Enquanto continuavam a contemplar o céu estrelado, começaram a relembrar as inúmeras batalhas que haviam enfrentado, cada uma fortalecendo o vínculo inquebrável que compartilhavam.

Aninha se recordou das noites em que passavam horas discutindo suas metas e estratégias para alcançar seus objetivos, sempre incentivando um ao outro a nunca desistir. Paulinho lembrava-se dos momentos em que a presença reconfortante da amada era tudo o que precisava para enfrentar os desafios diários.

No silêncio compartilhado, era como se as estrelas testemunhassem um pacto silencioso entre eles, um compromisso de perseverança e apoio mútuo. As memórias de suas conquistas e dificuldades passadas eram um lembrete constante de que, juntos, eram uma força invencível. A confiança mútua e a visão compartilhada de um futuro brilhante os impulsionavam para frente, mesmo quando o caminho se mostrava incerto.

— Você já parou pra pensar em todas as aventuras que ainda nos aguardam? — perguntou Paulinho, seu olhar se perdendo momentaneamente no infinito estrelado.

Aninha sorriu e respondeu: — Sim, e mal posso esperar para viver cada uma delas ao seu lado. Cada estrela lá em cima representa um sonho que ainda vamos realizar juntos.

As estrelas pareciam brilhar ainda mais intensamente enquanto os dois continuavam a fazer planos para o futuro. Falaram sobre os lugares que queriam visitar, as metas que pretendiam alcançar e as experiências que desejavam compartilhar.

Aninha expressou seu desejo de viajar pelo mundo, conhecer novas culturas e aprender mais sobre diferentes formas de vida, sempre ao lado de Paulinho. Ele, por sua vez, falou sobre suas ambições profissionais e como queria construir uma vida estável e feliz para ambos.

A noite avançava, e a conversa fluía naturalmente, como sempre acontecia entre eles. Cada palavra dita reforçava a certeza de que, não importando os obstáculos, estariam sempre ali um para o outro.

O terraço de sua casa, com seu silêncio acolhedor e o céu estrelado, se tornou um símbolo do que realmente importava: o amor, a parceria e a promessa de um futuro juntos.

Quando decidiram descer do terraço, já era tarde. Em seus corações, carregavam a luz das estrelas e a força de uma convicção inabalável. A jornada que estavam prestes a empreender seria longa e repleta de incertezas, mas, com a confiança que tinham um no outro, sabiam que poderiam superar qualquer desafio.

No dia seguinte, logo pela manhã, Marta ligou para Paulinho. Sua voz estava animada, mas ela tentou conter a empolgação, pois o que tinha a dizer exigia uma certa discrição.

— Paulinho, pensei em preparar um jantar especial aqui em casa no próximo sábado — disse com entusiasmo. — É para comemorar a volta de Aninha! Ela voltou do intercâmbio há vários dias, e ainda não fizemos nada para marcar essa conquista. Achei que seria uma ótima ideia reunir os amigos mais próximos e celebrar essa vitória.

Paulinho sorriu ao telefone. Ele sabia o quanto Aninha havia se dedicado durante todo o tempo fora e como o retorno dela era motivo de muita alegria para todos. Além disso, estava ansioso para poder passar mais tempo com a amada, agora que finalmente estavam na mesma cidade de novo.

— Parece uma ótima ideia, Marta — respondeu. — Acho que Aninha vai adorar.

Marta tinha algo mais em mente e, com uma leve pausa, completou: — Mas tem um detalhe. Preciso que você seja discreto. Quero que o jantar seja uma surpresa, ela não pode nem imaginar. Estou pensando em convidar alguns amigos, nada muito grande, mas o suficiente para ela se sentir especial. O que acha?

Paulinho riu, sabendo como Marta era cuidadosa com todos os detalhes. Ela sempre gostava de criar momentos únicos para os amigos, e aquele não seria diferente. Ele se lembrou de outras ocasiões em que Marta havia feito algo similar e como Aninha adorava essas pequenas surpresas.

— Não se preocupe, Marta. Vou ser o mais discreto possível. Aninha não vai suspeitar de nada — disse com confiança.

Marta, satisfeita com a resposta do amigo, começou a listar mentalmente quem iria ao jantar. Ela pensou em Camila e João, que haviam sido fundamentais para apoiar Aninha durante seu tempo no intercâmbio. Sem dúvida, eles precisavam estar presentes. Além deles, havia Lucas, o amigo que havia estudado com Aninha durante toda a viagem e que ainda estava em contato com ela. Era importante trazer essas pessoas, pois cada uma delas havia contribuído de forma especial para o sucesso de Aninha.

Além disso, pensou em incluir Mariana e Pedro, dois amigos de longa data que sempre foram muito próximos de Aninha, especialmente antes de ela viajar. Embora não estivessem tão presentes durante o período em que ela esteve fora, Marta sabia que Aninha sentiria muita alegria ao revê-los em um momento tão especial.

Então começou a organizar tudo em sua cabeça: o cardápio, a decoração, até pensou em criar um pequeno vídeo com fotos de Aninha durante o intercâmbio para passar na sala durante o jantar. Paulinho, ao perceber o silêncio da amiga do outro lado da linha, perguntou: — E quanto à comida? Vai ser algo especial também, imagino...

Marta sorriu ao telefone.

— Claro que sim! Vou preparar um prato típico da nossa região, algo que Aninha sempre adorou. Lembro que ela falava muito da saudade de comida de casa enquanto estava fora, então vou garantir que tenha tudo o que ela gosta. Talvez até peça para a minha sogra fazer a sobremesa favorita dela, o bolo de chocolate com recheio de morango.

Paulinho, sabendo como Marta era atenta aos detalhes, tinha certeza de que seria uma noite inesquecível. Ele já estava imaginando a expressão de surpresa no rosto de Aninha quando chegasse e encontrasse todos os amigos reunidos.

— Acho que isso vai ser o toque final perfeito, Marta — respondeu. — Ela vai se emocionar.

— Espero que sim — disse Marta, um tanto pensativa. — Aninha passou por muita coisa nesses últimos meses, e eu quero que ela sinta o quanto estamos todos orgulhosos dela.

O plano estava definido. Marta e Paulinho se despediram, e ele começou a pensar em como agir durante os próximos dias para não levantar suspeitas. Sabia que seria difícil esconder a animação, mas faria de tudo para que a surpresa fosse completa.

Enquanto isso, Marta já começava a pôr em prática seus planos para o jantar. Ela passou o dia organizando os convites e começou a contatar os amigos mais próximos. Cada telefonema era recebido com entusiasmo, e todos pareciam ansiosos paraparticipardacomemoração.Comtudoencaminhado,Martasorriuaoimaginar oquãoespecialaquelanoiteseriaparaAninha,cercadaportodosqueaamavam.

Nos dias que se seguiram, Paulinho fez de tudo para esconder a surpresa de Aninha. Ele disfarçava seu entusiasmo sempre que falava com ela, embora estivesse ansioso pela noite especial. Marta, por sua vez, trabalhava incansavelmente para garantir que cada detalhe estivesse perfeito. Ela decorou sua sala de jantar com luzes suaves e delicadas, preparou uma mesa farta com pratos típicos e colocou ao fundo uma playlist que Aninha adorava, repleta de canções que traziam boas memórias para todos.

Na tarde do sábado, fez os últimos ajustes e começou a receber os convidados. Camila e João foram os primeiros a chegar, ajudando Marta a organizar os últimos detalhes. Lucas chegou em seguida, trazendo um presente — um álbum com fotos do intercâmbio que havia preparado secretamente. Mariana e Pedro também foram, cheios de entusiasmo por reencontrá-la.

Enquanto todos se acomodavam, Paulinho enviou uma mensagem para Aninha, sugerindo que eles se encontrassem na casa de Marta naquela noite. Ele fingiu que seria apenas um jantar casual entre amigos, sem mencionar a grande surpresa que a esperava. Aninha, sem desconfiar de nada, aceitou o convite com alegria, animada por passar uma noite agradável após sua intensa jornada de volta para casa.

Pouco antes das oito, ele foi buscá-la em casa. Ela estava radiante, vestida com simplicidade, mas com aquele brilho nos olhos de quem finalmente estava de volta ao lar. A caminho da casa de Marta, ela conversava sobre como estava feliz por reencontrar os amigos e poder, finalmente, relaxar após tantos meses fora.

Quando chegaram à porta, Paulinho segurou sua mão e disse: — Tenho certeza de que você vai gostar dessa noite, mas lembre-se, não é só mais um jantar.

Aninha franziu a testa, um pouco confusa, mas, antes que pudesse perguntar o que ele queria dizer, Marta abriu a porta com um grande sorriso. Ao fundo, estavam todos os amigos reunidos, com expressões de expectativa e alegria.

— Surpresa!!! — gritaram em uníssono, enquanto Aninha arregalava os olhos.

Ela levou a mão ao peito, incrédula, e sorriu, emocionada. Seus olhos brilharam ao ver cada um daqueles rostos tão familiares.

— Meu Deus... Eu não acredito! — exclamou, rindo enquanto lágrimas de felicidade escorriam por seu rosto. Imediatamente abraçou Marta, agradecendo o carinho, depois foi abraçar cada um de seus amigos.

O jantar foi um sucesso. A mesa estava coberta de pratos deliciosos: arroz de carreteiro preparado por Miguel, carne de panela e a famosa moqueca que Marta havia preparado especialmente para a noite. As conversas fluíam naturalmente, e todos relembravam histórias engraçadas de antes de Aninha viajar. Camila, com seu jeito descontraído, fez todos rirem contando sobre os pequenos desastres culinários que tinham acontecido na época da escola. Lucas aproveitou o momento para entregar a Aninha o álbum que havia preparado. Ao folhear as páginas, ela se emocionou ao ver como ele havia capturado os melhores momentos do intercâmbio, desde as aulas até os momentos descontraídos com os novos amigos que fizera.

Durante o jantar, Paulinho estava radiante ao lado de Aninha. Ele observava como ela interagia com cada amigo, rindo e conversando, enquanto seu coração se enchia de alegria ao vê-la tão feliz. Sabia que aquele momento era especial e que a volta de Aninha representava muito mais do que apenas o término de uma fase de estudos. Era a confirmação de que, apesar de todas as dificuldades, haviam superado os desafios e agora poderiam seguir adiante com novos sonhos.

Após o jantar, a noite continuou com músicas e danças. Camila, sempre cheia de energia, puxou todos para uma roda de dança improvisada na sala de estar, enquanto João colocava músicas animadas. Entre risadas e passos desajeitados, o grupo dançou até tarde, aproveitando cada minuto da despedida.

Perto da meia-noite, a festa começou a desacelerar. Aninha, exausta, mas com o coração cheio de alegria, sentou-se ao lado de Paulinho no sofá. Marta e Miguel, sentados na outra ponta da sala, observavam a cena com satisfação, sabendo que tinha proporcionado um momento inesquecível para sua amiga. Camila, João e os outros ainda conversavam baixinho, e aos poucos o clima da festa se tornava mais tranquilo, quase melancólico, como se todos soubessem que aquela noite marcava o fim de uma fase, mas também o início de uma nova jornada.

Aninha se inclinou para Paulinho e sussurrou: — Obrigada por tudo. Eu não sei o que seria de mim sem você e nossos amigos. Isso foi perfeito.

Paulinho sorriu, beijando sua testa com carinho. — Você merece cada segundo disso, meu amor — respondeu ele suavemente. — E agora, estamos prontos para o que vier.

Assim, enquanto as luzes se apagavam e os amigos se despediam, Aninha e Paulinho, de mãos dadas, sentiam que, apesar dos desafios, a vida sempre reservava momentos de celebração e amor. O jantar de comemoração marcou não apenas o fim do intercâmbio, mas também um novo capítulo em suas vidas, cercado de afeto e novas esperanças para o futuro.

Capítulo 18

Entre o Amor e a Carreira

Aninha e Paulinho se viram diante de uma encruzilhada. Suas carreiras estavam em ascensão, mas os caminhos que desejavam seguir pareciam se afastar lentamente.

Aninha estava imersa em seu curso de especialização em educação inclusiva, cada vez mais envolvida com projetos que expandiam suas perspectivas sobre o ensino.

Enquanto isso, Paulinho se via atraído por oportunidades desafiadoras na área de engenharia civil, projetos que prometiam não apenas crescimento profissional, mas também impacto social significativo.

O dilema se tornava mais evidente a cada dia que passava. Eles compartilhavam uma paixão profunda um pelo outro, mas eram impulsionados por ambições individuais igualmente fortes.

Sentados à mesa da cozinha, folheavam os planos para o próximo ano, cada um com uma pilha de documentos que representava suas respectivas trajetórias profissionais.

A seriedade no ar contrastava com a ternura que compartilhavam sempre que seus olhares se cruzavam.

As discussões sobre o futuro se tornaram frequentes. Ambos compartilhavam o desejo de sucesso e realização, mas começavam a perceber que suas ambições poderiam levá-los por caminhos diferentes.

As conversas eram permeadas por um misto de amor e compreensão, mas também pela incerteza do que significaria seguir adiante separadamente.

No silêncio da noite, depois de mais uma dessas conversas profundas, Aninha olhou pela janela, perdida em pensamentos sobre o que significava equilibrar carreira e relacionamento. Ela sabia que, para alcançar seus objetivos como educadora, precisava se dedicar integralmente ao curso de especialização. No entanto, o desejo de estar ao lado de Paulinho em cada conquista também pesava em seu coração.

Apesar das decisões desafiadoras que estavam por vir, Aninha e Paulinho continuavam a se apoiar incondicionalmente. Enquanto ela buscava orientação com Marta e outros mentores em sua área, Paulinho encontrava em Miguel um confidente e conselheiro, compartilhando suas dúvidas e anseios sobre o futuro.

Em uma tarde ensolarada, Miguel e Paulinho caminhavam pelo parque próximo à sua casa, discutindo os próximos passos na carreira de Paulinho.

— Você sabe que pode contar comigo para o que der e vier — disse Miguel, colocando a mão no ombro de Paulinho com um sorriso tranquilizador.

Aninha se via imersa em discussões acadêmicas profundas, enquanto Paulinho explorava os desafios práticos e técnicos da engenharia civil.

Ambos se encontravam em encruzilhadas que exigiam escolhas difíceis: seguir adiante com suas paixões individuais ou encontrar um caminho que lhes permitisse crescer juntos, mantendo o amor que os unia.

Durante uma tarde chuvosa, Aninha e Paulinho se sentaram no sofá, debatendo os prós e contras de cada oportunidade que se apresentava.

— Sinto como se estivéssemos navegando em águas desconhecidas — admitiu Paulinho, olhando para Aninha com uma expressão séria.

— Mas sei que precisamos encontrar um equilíbrio que nos permita ser felizes, tanto juntos quanto individualmente.

Eles se viam confrontados com a necessidade de encontrar um º equilíbrio entre suas aspirações profissionais e seu relacionamento. Cada um está determinado a seguir o caminho que melhor se alinha com seus sonhos e valores pessoais, mas conscientes de que isso poderia significar ajustes significativos em suas vidas pessoais e profissionais.

À medida que o tempo passava, começaram a perceber que estavam chegando a um ponto crítico em suas vidas. O intercâmbio de Aninha havia sido um marco importante, não apenas para sua formação acadêmica, mas também para o fortalecimento do relacionamento deles. No entanto, a realidade agora os forçava a encarar decisões que moldariam seus futuros de maneira mais profunda. Não era apenas sobre o amor que sentiam um pelo outro, mas também sobre suas aspirações profissionais e o que estariam dispostos a sacrificar por um futuro juntos.

Aninha, determinada a continuar sua carreira internacional, recebeu uma proposta para trabalhar em um projeto inovador na área de sua especialidade. A oferta era tentadora: envolveria viagens constantes e a chance de fazer parte de algo maior, com potencial de mudar sua trajetória de vida. Entretanto, significaria mais tempo longe de Paulinho, que, por sua vez, começava a consolidar sua posição na empresa de engenharia, onde tinha perspectivas de crescimento. O dilema não estava apenas em escolher entre a carreira e o relacionamento, mas em como equilibrar os dois sem que um prejudicasse o outro.

Em uma tarde de sábado, enquanto caminhavam no parque próximo de onde eles moravam, Aninha, com uma expressão de preocupação, quebrou o silêncio: — Amor, eu não sei o que fazer. Essa oferta de trabalho parece tudo o que eu sempre sonhei, mas, ao mesmo tempo, não consigo imaginar ficar mais tempo longe de você. O que vamos fazer?

Elerespiroufundo,tentandoencontraraspalavrascertaspararesponder, tambémsentiaopesodadecisãoquepairavasobreeles.Sabiaquenãopodiapedir para Aninha abrir mão de seus sonhos, mas, ao mesmo tempo, o pensamento de viver uma vida à distância o deixava inquieto.

—Meu amor, nós dois estamos em um ponto importante das nossas vidas. Eu entendo o quanto essa oportunidade é importante para você, mas... será que conseguimos continuar assim, separados por tanto tempo?—Paulinho olhou fundo nos olhos da amada, esperando uma resposta que ele sabia que não seria fácil.

Naquele momento, uma terceira pessoa entrou na história: Clara, uma amiga antiga de Aninha, que havia passado por algo semelhante. Clara teve um relacionamento durante anos a distância e havia enfrentado desafios ao tentar equilibrar a vida pessoal e profissional. Ela sabia como as escolhas que Aninha e Paulinho estavam prestes a fazer poderiam impactar não só o relacionamento, como também a felicidade de ambos.

Ela convidou Aninha para um café no domingo. Conversaram longamente sobre o dilema, e Clara, com a perspectiva de alguém que já havia passado por isso, ofereceu conselhos sinceros.

— Aninha, eu sei que é difícil. Quando aceitei aquele trabalho no exterior, pensei que conseguiríamos manter o relacionamento intacto, mas a verdade é que, às vezes, precisamos priorizar o que realmente importa. O trabalho pode ser temporário, mas as pessoas que amamos... elas são insubstituíveis. Mas, claro, isso é algo que só você e Paulinho podem decidir juntos. Vocês precisam pensar em como querem construir o futuro.

As palavras de Clara ecoaram na mente de Aninha enquanto ela e Paulinho conversavam na noite seguinte. Eles decidiram que não poderiam adiar mais a conversa. Sentados na sala de estar, onde tantos momentos felizes foram compartilhados, Aninha começou a expor seus sentimentos com mais clareza.

— Paulinho, tenho pensado muito no que queremos para o nosso futuro. Eu amo você e quero que continuemos juntos, mas também sei que essa oportunidade pode me levar para lugares que sempre sonhei alcançar. Será que conseguimos achar um meio-termo?

Paulinho, por mais doloroso que fosse admitir, sabia que talvez não houvesse uma solução fácil. Ele segurou a mão dela e respondeu com sinceridade: — Eu também pensei muito sobre isso. Sei o quanto trabalhou para chegar até aqui e não quero ser o motivo de você abrir mão dos seus sonhos, mas acho que precisamos ser realistas. Não quero que nossa relação seja um fardo para você, também não quero ficar esperando indefinidamente sem saber quando poderemos estar juntos de verdade. Talvez precisemos pensar em como balancear nossas vidas de uma forma diferente.

Nessa hora, apareceu Marta e sugeriu que eles considerassem a possibilidade de Paulinho também explorar oportunidades fora do país. Talvez fosse a chance de ambos realizarem seus sonhos e, ao mesmo tempo, manterem-se próximos. Marta, com seu jeito otimista, sempre acreditava que, onde há amor, há uma solução.

— Paulinho, quem sabe essa não é uma oportunidade para você também? Já pensou em expandir seus horizontes? Talvez a vida tenha algo guardado para vocês dois, juntos, em um lugar novo?

A ideia parecia improvável a princípio, mas plantou uma semente na mente de Paulinho. Ele começou a pesquisar possibilidades de trabalho em empresas que tivessem filiais no exterior. Se pudesse conciliar seus planos com os de Aninha, talvez não precisassem ficar tanto tempo longe um do outro.

As semanas que se seguiram foram cheias de pesquisas e conversas difíceis, aos poucos, Aninha e Paulinho começaram a ver uma luz no fim do túnel. Eles perceberam que, com um pouco de paciência e disposição para sacrificar algumas certezas imediatas, poderiam construir um futuro que fosse bom para ambos.

Numa noite, sob a luz das estrelas, como tantas outras vezes, Paulinho olhou para Aninha e disse: — Não sei o que o futuro nos reserva, mas sei que, enquanto estivermos juntos, podemos enfrentar qualquer coisa. Seja aqui, lá fora, ou em qualquer lugar, vamos criar nosso caminho, passo a passo.

Aninha sorriu, sentindo-se mais tranquila.

— Eu também acredito nisso. Vamos seguir em frente juntos, amor. Um passo de cada vez — respondeu.

Na semana seguinte, Aninha começou a sentir-se mal de repente e desmaiou enquanto conversavam. Paulinho, muito preocupado, levou-a imediatamente ao hospital. Chegando lá, os médicos a examinaram e informaram que ela precisaria realizar uma série de exames para determinar a causa do desmaio. Sem os resultados, eles poderiam fornecer um diagnóstico preciso, especialmente porque aquele era o segundo episódio do tipo. O primeiro ocorrera durante o intercâmbio que Aninha fizera alguns meses antes, mas na época ela não deu muita importância, acreditando que fosse apenas um cansaço passageiro.

Aninha permaneceu internada por duas noites no hospital, sob observação contínua, enquanto realizava os exames solicitados pelos médicos. Durante esse tempo, Paulinho não saiu do lado dela, ansioso por notícias e tentando se manter otimista, mesmo com o crescente medo de que algo mais sério pudesse estar acontecendo.

Quando os resultados dos exames finalmente saíram, os médicos não encontraram nada de concreto além de sinais evidentes de estresse profundo. Eles explicaram que, embora o corpo de Aninha estivesse saudável, sua mente estava sobrecarregada. O estresse acumulado ao longo dos últimos meses — entre o intercâmbio, os estudos e as responsabilidades familiares — parecia estar afetando-a mais do que ela percebia. Como precaução, recomendaram que ela fosse acompanhada por um profissional de saúde mental regularmente, com consultas mensais durante pelo menos um ano, para evitar que o quadro se agravasse.

Paulinho, que estava ao lado de Aninha durante toda a consulta, ficou profundamente abalado. Embora o diagnóstico de estresse fosse relativamente comum, ele não gostou nada da ideia de que Aninha estava sofrendo tanto emocionalmente, sem que ele sequer tivesse percebido a gravidade da situação. Sentia-se impotente, como se pudesse ter feito mais para ajudá-la antes de chegar a esse ponto. Determinado, prometeu a si mesmo que estaria ao lado dela em todos os momentos e que faria o possível para ajudá-la a encontrar mais equilíbrio e tranquilidade.

Durante a estadia no hospital, Paulinho conheceu uma paciente, Carolina, uma jovem que estava se recuperando de uma cirurgia e, apesar da sua própria situação delicada, mostrava uma resiliência inspiradora. Carolina, vendo a preocupação dele, começou a conversar sobre a importância de cuidar da mente tanto quanto do corpo. Suas palavras tocaram Paulinho profundamente, e ele passou a pensar que, talvez, Aninha pudesse se beneficiar de conversas como aquela, com pessoas que já haviam passado por momentos difíceis e tinham encontrado forças para seguir em frente.

Quando Aninha recebeu alta, os dois saíram do hospital com um misto de alívio e incerteza. A recomendação de acompanhamento mensal ainda pairava sobre eles, mas estavam mais conscientes de que, além do apoio médico, seria fundamental que enfrentassem aquilo juntos, com paciência e compreensão. Paulinho, mais do que nunca, estava determinado a ser um pilar de força para Aninha, enquanto ela passava por essa fase delicada.

Com o choque que veio após os eventos recentes, Aninha tomou uma decisão importante para sua vida. Ela havia recebido uma proposta de emprego para trabalhar em outro país, uma oportunidade que parecia perfeita para sua carreira e seus sonhos de explorar o mundo. No entanto, após a realização dos exames e o diagnóstico de estresse, ela percebeu que sua saúde deveria ser a prioridade naquele momento. Trabalhar em outro país, longe da família, dos amigos e de Paulinho, significava também enfrentar novos desafios e uma carga emocional ainda maior, algo que não estava preparada para suportar no estado atual.

Durante os dias em que ficou refletindo sobre o assunto, Aninha lembrou-se das sábias palavras de sua amiga Clara, que sempre dizia:
— As pessoas que amamos são incomparáveis e devem estar sempre em primeiro lugar em nossas vidas. Clara, sempre tão sensata, sabia do peso que o amor e as relações humanas tinham na vida de Aninha,

e seu conselho parecia fazer ainda mais sentido agora. Clara havia enfrentado uma situação parecida no passado, quando também precisou escolher entre sua saúde mental e um grande passo profissional. A experiência dela inspirava Aninha, que decidiu seguir o conselho da amiga e priorizar seu bem-estar.

Paulinho, sempre atento às necessidades da amada, ficou aliviado com sua decisão. Ele temia que a distância e as pressões de um novo emprego internacional pudessem agravar ainda mais o estado emocional dela. Sabia que Aninha era extremamente dedicada e que, se estivesse em outro país, ela tentaria dar o seu melhor, mas possivelmente à custa de sua própria saúde. A decisão de ficar e cuidar de si mesma mostrou que Aninha estava amadurecendo e reconhecendo suas próprias necessidades.

Durante as conversas entre Aninha e Clara, uma nova personagem entrou na história: Sofia, prima de Clara, uma terapeuta com vasta experiência em tratar casos de estresse e ansiedade, sugeriu que Aninha buscasse ajuda profissional de forma mais assertiva. Elas se encontraram em um café na cidade, onde Sofia explicou a importância de cuidar da mente da mesma forma que cuidamos do corpo. Com o incentivo de Clara e Sofia, Aninha marcou sua primeira consulta com um psicólogo especializado, sabendo que esse passo seria fundamental para sua recuperação.

A decisão de não aceitar a proposta de emprego em outro país também permitiu que Aninha redescobrisse suas paixões. Ela começou a dedicar mais tempo às coisas que amava, como a leitura, a jardinagem e os encontros com seus amigos. Aninha, que sempre foi muito ativa, agora procurava um ritmo mais equilibrado, aproveitando os pequenos momentos de felicidade ao lado das pessoas que eram importantes para ela.

Embora a oportunidade profissional fosse tentadora, entendeu que nada era mais valioso do que sua saúde e as pessoas que amava. O conselho de Clara, o apoio de Paulinho e a orientação de Sofia foram essenciais para que ela fizesse essa escolha com sabedoria e serenidade.

Capítulo 19

Buscando o Equilíbrio

Aninha e Paulinho estavam em um momento de profunda reflexão. Após meses lidando com as questões relacionadas à saúde dela, ambos se encontraram novamente analisando suas vidas e seus caminhos, como faziam no início da vida acadêmica, quando tudo parecia possível, mas ao mesmo tempo incerto. No entanto, agora, o peso das decisões que precisavam tomar era ainda maior. As escolhas que fariam naquele momento não apenas moldariam suas trajetórias profissionais, mas também afetariam diretamente a dinâmica de sua vida a dois.

Sentados à mesa da cozinha, com uma xícara de chá quente, o casal examinava os projetos e oportunidades que surgiam diante deles. Cada folha de papel espalhada sobre a mesa representava uma fatia de seus sonhos, aspirações e ambições. As conversas, antes mais teóricas e distantes, agora tinham uma urgência palpável, fortemente influenciadas pelos desafios e pelas circunstâncias dos últimos meses. Eles sabiam que, embora o sucesso profissional fosse importante, o bem-estar emocional e físico de Aninha deveria ser a prioridade. Com paciência e sabedoria, começaram a trilhar um novo caminho, reavaliando suas metas e planejando com mais cuidado o próximo passo de suas vidas juntos.

Após a desistência de Aninha da proposta de emprego no exterior, voltou à tona a ideia de continuar investindo em sua paixão pela educação. Ela sempre teve um amor profundo pelo ensino e, mais do que nunca, sentia-se chamada a continuar como professora em sua cidade. O campo da educação inclusiva, em particular, havia conquistado seu coração. Ela queria fazer a diferença na vida de seus alunos e, com o apoio de seus mentores e colegas, mergulhou de cabeça em novos projetos. Esses projetos não só desafiavam suas habilidades pedagógicas, mas também expandiam sua compreensão das necessidades variadas de cada aluno.

A cada dia que passava na universidade, ela sentia que estava crescendo não só como profissional, mas também como pessoa. Em uma tarde ensolarada no campus, participou de uma mesa redonda sobre métodos inovadores de ensino inclusivo. Sentada ao lado de outros educadores, compartilhou suas experiências durante o intercâmbio, inspirando os colegas a adotar abordagens mais empáticas e eficazes. Sua voz, cheia de convicção, mostrava a paixão que ela nutria pelo trabalho. Cada interação reforçava sua certeza de que estava no caminho certo para causar um impacto positivo e significativo na vida de seus alunos.

Enquanto Aninha abraçava seu papel crescente na educação, Paulinho vivia um período de grande transformação. Na área de engenharia civil, começou a liderar novas equipes em projetos inovadores que promoviam o desenvolvimento sustentável e a melhoria da infraestrutura local. Cada desafio técnico que surgia era uma oportunidade para aplicar seus conhecimentos e experiência, deixando um impacto duradouro nas comunidades com as quais trabalhava.

Em uma importante reunião de negócios na empresa, ele apresentou um novo conceito de infraestrutura sustentável para um grande projeto urbano. Sua voz transmitia confiança e determinação enquanto explicava os benefícios das técnicas de construção ecológicas que sugeria. A sala estava cheia de colegas e *stakeholders* atentos, todos impressionados com a visão inovadora que Paulinho trazia à mesa.

Mesmo com trajetórias profissionais divergentes, Aninha e Paulinho encontravam força no apoio mútuo. As conversas entre eles eram marcadas por um profundo entendimento das ambições de cada um e, ao mesmo tempo, por um forte compromisso de preservar o amor e a parceria que os uniam. Embora as demandas das carreiras às vezes os separassem fisicamente, a conexão emocional entre eles só parecia se fortalecer.

Nas noites tranquilas, quando finalmente se reuniam para um jantar caseiro, compartilhavam as histórias de seus dias, encontrando conforto no som da voz um do outro e no simples ato de estarem juntos. Esses momentos íntimos eram preciosos para ambos, lembrando-lhes de que, apesar de toda a pressão e desafios externos, o apoio mútuo era a âncora que sustentava seu relacionamento.

Decididos a não deixar o tempo e as responsabilidades afastá-los, redescobriram a importância de momentos de qualidade compartilhados. Mesmo com agendas lotadas, faziam questão de reservar tempo para nutrir o relacionamento. Pequenas aventuras, como caminhadas ao entardecer e conversas profundas, ajudavam a renovar a conexão entre eles, reafirmando o que realmente importava em suas vidas.

Em um final de semana, decidiram escapar para o campo. Cercados pela natureza, exploraram trilhas desconhecidas, mergulhando em longas conversas sobre seus sonhos mais profundos e o futuro que imaginavam construir juntos. Sob um céu estrelado, fizeram uma promessa: continuar a apoiar-se mutuamente e a buscar um equilíbrio que respeitasse tanto suas ambições individuais quanto o amor que nutriam um pelo outro.

Embora o caminho nem sempre fosse fácil, Aninha e Paulinho aprenderam a enfrentar o desafio de conciliar suas aspirações profissionais com o desejo de construir um futuro juntos. Cada escolha que faziam os aproximava, um passo de cada vez, de seus sonhos compartilhados. Estavam prontos para enfrentar qualquer obstáculo, sabendo que, no final do dia, o amor e o apoio mútuo eram a base sólida sobre a qual construiriam suas vidas.

Capítulo 20

O Peso das Decisões

Aninha nutria sua paixão pelo projeto de educação inclusiva na universidade. Com o apoio contínuo de Marta e dos colegas, ela começou a implementar iniciativas que visavam não apenas ensinar, mas também integrar alunos com deficiência.

Cada pequena vitória era celebrada com entusiasmo, fortalecendo sua determinação em fazer a diferença no mundo da educação.

No laboratório de ensino adaptado, Aninha supervisionava uma atividade interativa na qual alunos com diferentes habilidades trabalhavam juntos em um projeto de ciências. Ela observava com orgulho enquanto cada criança contribuía com suas próprias maneiras únicas, demonstrando o potencial ilimitado da inclusão. Cada sorriso de realização era um lembrete do impacto transformador que a educação inclusiva pode ter.

Enquanto isso, Paulinho enfrentava um desafio significativo em sua carreira como engenheiro civil. Ele estava à frente de uma equipe em um projeto de infraestrutura sustentável, destinado a melhorar a qualidade de vida em uma comunidade desfavorecida.

Esse projeto exigia não apenas suas habilidades técnicas, mas também sua capacidade de criar soluções inovadoras que respeitassem o meio ambiente e promovessem o desenvolvimento social.

Durante uma inspeção de campo, Paulinho acompanhou os moradores locais enquanto discutiam os benefícios potenciais de uma nova rede de distribuição de água.

Ele não só planejava a logística técnica, como também se envolve ativamente em consultas comunitárias, garantindo que as vozes daqueles que seriam impactados diretamente fossem ouvidas e consideradas no projeto.

Esse compromisso com a sustentabilidade e a justiça social se tornou um pilar fundamental de sua abordagem profissional.

À noite, o casal encontrava tempo para conversar sobre seus dias agitados. Compartilhavam suas experiências, preocupações e esperanças para o futuro.

Cada conversa fortalecia seu vínculo, lembrando-lhes do apoio mútuo que sempre encontram um no outro.

Sentados no sofá aconchegante de sua casa, Aninha e Paulinho compartilhavam um momento de tranquilidade após um dia intenso. Ela falava entusiasmada sobre os avanços em seu projeto e como cada passo adiante a inspirava a buscar novos desafios na área da educação inclusiva.

Paulinho escutava atentamente, orgulhoso da determinação e paixão da amada, ao mesmo tempo que compartilhava os altos e baixos de seu próprio projeto e como cada obstáculo superado o motivava a ser um engenheiro melhor.

Aninha e Paulinho enfrentavam decisões cruciais sobre seus próximos passos profissionais e pessoais. Conscientes das oportunidades que os aguardavam, se perguntavam se deviam buscar novos desafios ou consolidar o que já tinham conquistado.

A incerteza do futuro os unia em um compromisso mútuo de perseverança e determinação.

Com um mapa estendido sobre a mesa da cozinha, discutiam os próximos capítulos de suas carreiras. Ela ponderava novamente sobre oportunidades de pesquisa em educação inclusiva em instituições internacionais, enquanto ele considerava a possibilidade de liderar um novo projeto de desenvolvimento sustentável em outra região do país.

Juntos, exploravam as possibilidades e os impactos de cada escolha, confiantes de que qualquer caminho traria crescimento e realização.

O casal refletia sobre como suas escolhas o tinham levado até ali. Com o coração cheio de esperança e os olhos voltados para o futuro, eles estavam prontos para enfrentar o que quer que viesse a seguir.

No jardim ao entardecer, caminhavam de mãos dadas, enquanto o céu se transformava em uma tela de cores vibrantes, pintada pelo sol que se despede.

A brisa suave acariciava seus rostos, e o aroma das flores ao redor parecia intensificar a magia do momento. À medida que caminhavam, conversam animadamente, compartilhando sonhos e planos para o futuro, suas vozes se misturando com os sons serenos da natureza.

Cada passo era um testemunho do compromisso de apoiarem-se mutuamente, independentemente das escolhas que fizessem individualmente.

Enquanto caminhavam juntos, compartilhavam seus planos para o futuro. Aninha desejava uma carreira que lhe permitisse ajudar outras pessoas, enquanto Paulinho buscava novas oportunidades para crescer. Ambos sabiam que, independentemente dos caminhos que seguissem, estariam sempre ao lado um do outro.

Juntos, abraçavam a incerteza do amanhã com coragem e confiança, prontos para construir um futuro que honre suas paixões e seu amor. A cada novo plano traçado, a esperança renascia em seus corações, e a determinação de transformar esses sonhos em realidade se tornava mais forte.

Eles sabiam que, embora o caminho pudesse ser cheio de desafios, o apoio mútuo e a confiança em seu relacionamento os guiariam através de qualquer dificuldade. Enquanto caminhavam, fazem pequenas pausas para apreciar a beleza ao seu redor.

O jardim, com suas flores desabrochando e a luz suave do entardecer se tornavam um cenário perfeito para suas reflexões e promessas. Eles falavam sobre os lugares que desejam visitar, as experiências que queriam compartilhar e as memórias que ainda esperavam criar juntos.

Aninha imaginava uma vida cheia de aventuras e momentos inesquecíveis, e Paulinho sonhava com uma jornada em que cada conquista fosse celebrada ao lado da mulher que ama.

Em um momento de quietude, eles pararam para observar o horizonte. O sol desaparecia lentamente, deixando para trás um rastro de cores que simbolizava tanto um fim quanto um novo começo. Aninha apertou a mão de Paulinho e sussurrou: — Não importa o que o futuro nos reserve, sei que seremos felizes enquanto estivermos juntos.

Paulinho sorriu, sentindo-se revigorado pela confiança e pelo amor de Aninha.

— Com você ao meu lado, sei que podemos enfrentar qualquer coisa — responde ele, com a voz carregada de certeza.

Continuaram a caminhar, sentindo o terreno macio sob seus pés e o calor do entardecer envolvendo-os em um abraço acolhedor.

Cada passo dado em conjunto era um símbolo de sua jornada, na qual cada obstáculo era superado com amor e cada vitória, comemorada com alegria. À medida que a noite se aproximava, as primeiras estrelas começaram a aparecer no céu. Aninha e Paulinho pararam novamente, desta vez para contemplar a imensidão do universo e refletir sobre a grandeza de seus próprios sonhos.

— As estrelas são como nossos sonhos, disse Aninha. — Elas estão sempre lá, brilhando no escuro, nos guiando.

Paulinho concordou, sentindo uma profunda conexão com aquelas palavras

— E, assim como as estrelas, nossos sonhos podem parecer distantes, mas com paciência e determinação, podemos alcançá-los.

Com um último olhar para o céu estrelado, eles decidiram retornar para casa. O caminho de volta foi tranquilo, e seus corações estavam cheios de excitação e expectativa pelo que estava por vir.

A promessa de um futuro melhor os motivava a continuar, e a certeza de que tinham um ao outro para sempre os enchia de uma paz indescritível.

Capítulo 21

Revelações e Conflitos

Muitos acontecimentos vieram à tona, mas algumas questões não resolvidas pairavam como sombras sobre a vida de Aninha e Paulinho. Enquanto eles se ajustavam à nova fase de suas vidas, uma série de verdades inesperadas começou a emergir, trazendo consigo emoções e desafios que nenhum dos dois poderia prever.

Certo dia, enquanto Paulinho organizava os documentos antigos da família, guardados na casa de sua tia — irmã de seu pai e responsável por manter os registros familiares —, ele se deparou com uma carta envelhecida. Era de seu tio José, irmão mais velho de seu pai, que já havia falecido. A carta, amarelada pelo tempo, estava bem escondida, como se alguém quisesse mantê-la fora do alcance de curiosos.

O conteúdo da carta deixou Paulinho atordoado. Nela, havia revelações chocantes sobre a relação entre seu tio José e o Sr. Frederico, incluindo acordos obscuros que haviam sido mantidos em segredo por anos. Como filho mais velho, José ficou responsável pela organização e administração das finanças da família. Após a morte do pai, decidiu vender todas as terras para dividir o dinheiro entre os herdeiros. No entanto, o Sr. Frederico aplicou um golpe, não quitou a dívida e, aproveitando-se de uma assinatura de José, apropriou-se das propriedades. Sem terras e sem recursos, a família foi forçada a abandonar tudo. Essa descoberta impactou profundamente Paulinho, lançando luz sobre um passado de traição que havia sido cuidadosamente encoberto.

A descoberta abalou Paulinho de maneira avassaladora. Durante toda a vida, ele carregava uma visão específica sobre o Sr. Frederico, alguém distante e imponente, mas nunca imaginou que essa figura estivesse tão diretamente envolvida nos desafios enfrentados por sua própria família. Incapaz de processar tudo sozinho, decidiu compartilhar a revelação com Aninha, que ficou igualmente surpresa e perturbada com o que leu. O que antes parecia uma simples relação entre patrão e empregado ganhava contornos mais sombrios e complexos.

Determinados a buscar respostas, decidiram confrontar o pai de Aninha. Eles sabiam que aquilo poderia abalar ainda mais as relações familiares, mas sentiam que o peso da verdade era algo que precisavam carregar. No dia marcado, se dirigiram à imponente casa do fazendeiro, o ambiente estava carregado de tensão. Ao chegarem, foram recebidos pelo velho Frederico, visivelmente debilitado pela idade e pelo cansaço de uma vida cheia de decisões difíceis. Ele os recebeu com desconfiança, sentindo que algo sério estava por vir.

Com firmeza, Paulinho apresentou a carta. O silêncio no ar era palpável enquanto ele explicava cada detalhe descoberto. Frederico, inicialmente, negou qualquer envolvimento com o que estava escrito, mas, ao perceber que as evidências eram irrefutáveis, acabou confessando. Com a voz pesada, revelou que, no passado, seu orgulho e sua ganância o haviam levado a tomar decisões que prejudicaram não apenas Paulinho e sua família, mas também muitas outras pessoas na comunidade. Ele explicou que, em busca de aumentar suas posses e consolidar seu poder, havia manipulado situações e tomado terras injustamente, o que afetou gravemente o tio de Paulinho e sua família.

As revelações abriram feridas que Aninha e Paulinho não sabiam que carregavam. Ela, que sempre via o pai como um homem rígido, mas justo, enfrentava a realidade de suas ações passadas. A decepção a inundou, e lágrimas correram por seu rosto enquanto tentava processar as consequências do que havia sido revelado. Paulinho, por outro lado, sentiu um misto de raiva e traição, lutando para controlar a enxurrada de emoções que o envolvia.

Mesmo assim, Aninha, com seu coração compassivo, decidiu que o rancor só traria mais dor. Com esforço, optou pelo caminho do perdão. Sabia que, apesar de tudo, o pai estava arrependido, e o desejo de manter sua família unida falava mais alto. Paulinho, porém, encontrava-se em uma batalha interna. As feridas da traição eram profundas, e ele não sabia se poderia seguir o exemplo de Aninha tão facilmente. Contudo, com o tempo, e o apoio inabalável de sua companheira, começou a trilhar o difícil caminho do perdão.

A confissão de Frederico os obrigou a reavaliar suas prioridades e sua maneira de enxergar a vida. Ambos perceberam que, embora o passado estivesse marcado por erros, o futuro ainda estava em suas mãos. Decidiram que a melhor maneira de superar os desafios era concentrar suas energias em construir algo novo, algo que refletisse seus valores de honestidade e integridade. Sabiam que a jornada para a reconciliação não seria fácil, mas estavam determinados a seguir em frente, mais fortes e unidos do que nunca.

Além disso, outras pessoas da comunidade começaram a se envolver na história. Pedro, o antigo administrador das terras de Frederico, que sempre foi fiel ao fazendeiro, ficou profundamente abalado ao descobrir os segredos de seu antigo patrão. Ele se aproximou de Paulinho para oferecer apoio e ajudar a esclarecer os fatos do passado. Com seus conhecimentos sobre os antigos acordos e contratos, mostrou-se uma figura fundamental para que tudo fosse resolvido com transparência.

Entre conversas com Pedro e reflexões com Aninha, Paulinho encontrou forças para seguir em frente. Juntos, resolveram transformar as revelações dolorosas em lições de vida, firmando o compromisso de construir um futuro baseado na confiança e no amor mútuo. A relação deles, já forte, se consolidou ainda mais à medida que navegavam pelos desafios que a vida lhes apresentava.

Numa tarde serena, enquanto o sol se punha no horizonte, Aninha e Paulinho sentaram-se lado a lado, observando a paisagem. O céu tingido de laranja e rosa refletia a paz que ambos buscavam. O vento suave soprava, e com ele, a certeza de que, juntos, poderiam transformar o passado em uma ponte para um futuro melhor.

Capítulo 22

A Queda do Sr. Frederico

Após a morte de sua esposa e as revelações chocante sobre seu passado, a vida do Sr. Frederico começou a desmoronar rapidamente. Suas decisões financeiras precipitadas e a má gestão de seus negócios levaram à falência de suas empresas. Outrora poderoso e influente empresário agora se via sem recursos, lutando para manter a aparência diante da sociedade que tanto prezava.

A decadência financeira afetou profundamente não apenas ele, mas também as famílias daquela cidade, já que boa parte trabalhava em sua fazenda. Aninha, envolvida em sua própria vida e carreira, assistia com tristeza ao declínio de seu pai. Apesar de tudo — das mentiras, das enganações, das falcatruas —, seu amor filial a impedia de abandoná-lo completamente.

Ela tentava, de todas as formas, oferecer suporte emocional, mesmo quando ele se mostrava relutante em aceitar ajuda.

Com o passar do tempo, a saúde de. Frederico começou a deteriorar. O estresse constante e a pressão emocional contribuíram para o surgimento de diversas doenças. Ele se viu cada vez mais isolado, afastado de antigos amigos que antes lhe ofereciam apoio por interesse. A solidão e a doença passaram a ser suas companheiras constantes.

Enfraquecido e solitário, começou a refletir sobre suas ações passadas. A culpa pelas decisões erradas e pelo sofrimento que causou a Paulinho e sua família o consumia.

Ele percebeu que sua ganância e orgulho o levaram a uma vida de falsas aparências e relações superficiais. Esse reconhecimento, embora tardio, foi um passo importante para sua redenção pessoal.

Aninha continuava a visitar o pai regularmente, levando pequenas alegrias para seus dias sombrios. Em um desses encontros, ela decidiu confrontá-lo novamente, dessa vez com a intenção de perdoar e buscar a paz. Aninha explicou que, apesar de todas as mágoas, estava disposta a perdoá-lo, não só por ele, mas também por ela mesma. O perdão era um passo crucial para sua própria cura e crescimento.

Inicialmente, Frederico teve dificuldade em aceitar o perdão da filha. Ele sentia que não merecia tal misericórdia depois de tudo o que fizera. No entanto, com o tempo e as visitas constantes dela, começou a perceber que o perdão de sua filha era um presente inestimável. Essa aceitação trouxe um pouco de paz à sua atribulada consciência e sinalizou o início de sua transformação interior.

Assim, Frederico começou a reconstruir, aos poucos, seu relacionamento com Aninha e, indiretamente, com Paulinho. Ele começou a entender que, apesar de seus erros, tinha a oportunidade de fazer a diferença na vida daqueles que o cercavam. Esse processo de reconciliação trouxe um pouco de luz para seus dias finais, oferecendo-lhe um vislumbre de redenção.

Frederico, estava ficando cada vez mais frágil fisicamente, mas um pouco mais leve emocionalmente. Aninha e Paulinho, unidos no amor e no perdão, continuavam a trilhar seu caminho, sabendo que, embora não pudessem mudar o passado, podiam construir um futuro melhor com base na compreensão e no amor.

Essa nova esperança, alimentada pelo perdão, os fortalecia para enfrentar os desafios que viriam.

Capítulo 23

Confrontando as Cicatrizes do Passado

Após a dolorosa decadência do Sr. Frederico e seu crescente reconhecimento dos erros do passado, Aninha e Paulinho perceberam que ainda havia algo a ser resolvido. O passado deixara marcas profundas, e para seguirem adiante precisavam encarar de frente as memórias que tanto os assombravam.

Decididos, retornaram à cidade natal, onde suas histórias se entrelaçaram pela primeira vez. Cada rua, cada prédio e cada detalhe do lugar traziam à tona lembranças intensas — algumas doces, outras dolorosas. Não era apenas uma viagem ao passado, mas uma jornada de encerramento e cura.

O primeiro destino foi a antiga escola onde estudaram. Ali, entre corredores e salas de aula, revisitaram os momentos de inocência, sonhos e os primeiros desafios que enfrentaram juntos. Mas sabiam que essa viagem também os levaria a lugares e pessoas que representavam feridas abertas. O passado exigia respostas, e agora, finalmente, estavam prontos para obtê-las.

Aninha encontrou um antigo professor, o Sr. Manuel, que sempre os apoiou, e ele expressou seu orgulho pelo caminho que haviam traçado, apesar das adversidades.

O passo seguinte foi visitar a antiga fazenda onde Paulinho e seus pais trabalharam. O lugar, que fora uma fonte de sofrimento devido à opressão do Sr. Frederico, parecia diferente. Estava abandonado, refletindo o declínio da fortuna dos pais de Aninha.

Paulinho sentiu uma mistura de tristeza e alívio ao caminhar pelos terrenos.

Ele se lembrou dos dias difíceis e dos momentos de pura felicidade ao lado de Aninha. Foi um momento de catarse, em que finalmente pôde deixar para trás o ressentimento que carregava.

Durante sua estadia na cidade, Aninha e Paulinho reencontraram amigos de infância e pessoas que fizeram parte de suas vidas. Essas reuniões trouxeram tanto alegria quanto dor, ao reviver memórias e perceber como o tempo havia transformado cada um deles.

Rodolph, um antigo amigo de Paulinho, os acolheu calorosamente. Eles passaram horas relembrando histórias e rindo dos momentos que pareciam tão distantes. Essa reconexão ajudou Paulinho a perceber o valor das amizades duradouras e o poder do perdão e da reconciliação.

Em visita à casa grande onde nasceu, Aninha descobriu cartas antigas de sua mãe, que revelavam um lado diferente de dona Angelita, uma mulher que também lutou com suas próprias dificuldades e que, no fundo, desejava a felicidade de sua filha. Essa descoberta trouxe uma nova perspectiva sobre a mãe que Aninha julgava conhecer tão bem.

O casal decidiu visitar o Sr. Frederico, no hospital onde estava internado. O encontro foi tenso, mas necessário. Frederico, agora um homem frágil e arrependido, enfrentou seus demônios ao ver os jovens que tanto tentou separar, mais unidos do que nunca.

Aninha e Paulinho expressaram seu perdão de forma clara e honesta. E esse ato de compaixão foi um alívio para Frederico, que, pela primeira vez, sentiu uma verdadeira esperança de redenção.

Eles deixaram o hospital com a sensação de um ciclo se fechando, permitindo que novas possibilidades se abrissem.

Ao deixar a cidade natal, sentiram um peso ser tirado de seus ombros. Enfrentar o passado, com todas suas complexidades e dores, os preparou melhor para o futuro. Estavam prontos para seguir em frente, mais fortes e unidos do que nunca. As experiências vividas os ensinaram a valorizar ainda mais seu amor e sua capacidade de superação.

Capítulo 24

O Fardo do Perdão

Depois do encontro com o Sr. Frederico, Aninha e Paulinho passaram dias refletindo sobre a importância e o peso do perdão. Para eles, perdoar não era apenas um ato de bondade, mas também uma libertação do fardo do passado. Perdoar o fazendeiro não apagaria as dores que ele causou, mas os ajudaria a seguir em frente sem rancor.

As noites se tornaram momentos de profundas conversas entre eles. Falavam sobre como o perdão estava transformando suas perspectivas de vida. Paulinho, especialmente, sentiu uma leveza que há muito não experimentava. Aninha, por sua vez, viu na atitude do companheiro uma força que a inspirava a ser mais compreensiva e empática. O perdão também teve um impacto significativo na família de Paulinho. Seus pais ficaram inicialmente surpresos com a decisão do filho, mas, ao verem como isso o transformava positivamente, começaram a entender a profundidade desse gesto.

Eles também começaram a processar suas próprias dores, percebendo que o perdão poderia trazer paz a seus corações.

Para Aninha, perdoar seu pai era um caminho mais complexo. Ela sentia uma mistura de alívio e tristeza. Alívio por finalmente confrontar as sombras do passado e tristeza por tudo o que havia sido perdido. No entanto, essa jornada de perdão a aproximou ainda mais de Paulinho, fortalecendo seu amor e respeito por ele.

Ela decidiu procurar apoio emocional para lidar com os sentimentos complexos que o perdão havia despertado. Com a ajuda de terapia, explorou suas emoções e descobriu que perdoar não significava esquecer ou minimizar a dor, mas sim aceitar e se libertar do controle que essas memórias tinham sobre ela.

Enquanto isso, Frederico, ainda hospitalizado, começou a mostrar sinais de transformação. O perdão de Aninha e Paulinho teve um efeito profundo sobre ele, que começou a reavaliar suas ações e a buscar redenção, mesmo que tardiamente. Esse processo de auto reflexão foi doloroso, mas necessário para sua própria cura emocional.

A atitude de Frederico não passou despercebida por outros membros da comunidade. Sua tentativa de redenção trouxe à tona antigos amigos e familiares que, inspirados pelo exemplo de Aninha e Paulinho, também começaram a reconstruir laços rompidos. A pequena cidade, antes marcada pela divisão e pelo rancor, começou a experimentar um movimento de reconciliação e unidade.

Durante essa jornada, Aninha e Paulinho continuaram a receber o apoio incondicional de Marta e Miguel. Eles se tornaram uma família escolhida, compartilhando momentos de alegria e enfrentando juntos os desafios.

A amizade e o amor que tinham um pelo outro se mostraram fundamentais para sustentar cada um nos momentos mais difíceis.

Aninha e Paulinho sentaram-se no banco de um parque e começaram a refletir sobre como o perdão transformou suas vidas. Eles olharam para o futuro com uma nova perspectiva, entendendo que perdoar é um ato contínuo de amor e coragem. Com o peso do passado aliviado, começaram a planejar seu futuro com mais clareza e esperança. Conversaram sobre seus sonhos e como poderiam alcançá-los juntos. Esse planejamento não só os aproximou mais, como também os fez perceber o quão longe haviam chegado e o potencial infinito que tinham diante de si.

Além das conversas noturnas, Aninha e Paulinho encontraram conforto na reflexão sobre como o perdão pode transformar o indivíduo e as relações ao seu redor.

Eles discutiram como o ato de perdoar não significa esquecer, mas sim libertar-se do peso emocional que impede o crescimento pessoal e o relacionamento saudável. Esse entendimento trouxe uma nova camada de significado para sua jornada de perdão.

A transformação visível do Sr. Frederico e o perdão demonstrado por Aninha e Paulinho inspiraram outros na comunidade a reconsiderar suas próprias mágoas e ressentimentos. Pessoas que antes se mantinham distantes começaram a buscar reconciliação e cura, criando um ambiente de compaixão e compreensão mútua.

O gesto de perdão do casal reverberou além de suas próprias vidas, tornando-se um exemplo de como o amor pode superar as maiores adversidades.

Capítulo 25

Segredos e Esperança

Depois de tudo o que passaram, Aninha e Paulinho sentiram uma renovação em suas vidas. A decisão de perdoar Sr. Frederico abriu portas para uma nova fase, marcada por esperança e possibilidades. Eles se concentraram em seus estudos e carreiras, determinados a construir juntos um futuro brilhante.

Aninha, em seu curso de Pedagogia, começou a se destacar ainda mais. Sua paixão pela educação inclusiva chamou atenção de professores e colegas. Ela foi convidada a participar de um projeto de pesquisa que visava desenvolver métodos inovadores para a inclusão de crianças com deficiência nas escolas regulares. Esse projeto não só desafiou academicamente, mas também a inspirou profundamente.

Enquanto isso, a saúde do s. Frederico continuava a se deteriorar. O perdão da filha e do genro trouxe-lhe algum conforto, mas os anos de amargura e ódio cobraram seu preço. Ele começou a entender a profundidade de suas ações e buscou fazer as pazes com aqueles que havia prejudicado. Pediu a Aninha e Paulinho que cuidassem de seus negócios e bens, confiando que fariam um bom trabalho.

Essa decisão permitiu que o casal assumisse um papel mais ativo na administração dos bens da família. Eles usaram essa oportunidade para implementar mudanças que refletiam seus valores e visão de um futuro mais justo e sustentável, o que incluiu projetos de infraestrutura na comunidade e programas de educação para crianças carentes.

Com todas essas mudanças, Aninha e Paulinho começaram a planejar seu futuro com mais detalhes. Discutiram onde gostariam de morar, os projetos que desejavam desenvolver e como poderiam continuar contribuindo para a comunidade. Cada plano era um passo em direção ao futuro que sempre sonharam.

Fizeram uma festa para celebrar as conquistas com seus amigos e familiares mais próximos. A celebração, realizada na casa de Marta e Miguel, foi um momento de alegria e gratidão. Todos comemoraram as conquistas e renovaram as esperanças para o futuro.

Aninha e Paulinho, de mãos dadas, sentiram-se prontos para qualquer desafio que viesse pela frente. O amor e o apoio mútuo foram as bases que os sustentaram até ali, e sabiam que juntos poderiam alcançar qualquer sonho. O futuro estava cheio de promessas, e eles estavam mais determinados do que nunca a realizá-las.

Aninha e Paulinho começaram a discutir planos detalhados para seus projetos futuros na comunidade, como iniciativas de sustentabilidade ambiental e programas educacionais. Eles procuraram envolver ainda mais pessoas da cidade natal, incentivando um espírito de colaboração e cuidado mútuo que refletia sua jornada de perdão e renovação.

Capítulo 26

Um Casamento Sonhado

O tempo passou, e Paulinho sentiu que estava na hora de dar um grande passo em sua vida com Aninha. Após anos de companheirismo, desafios e vitórias, embora já vivessem juntos há muito tempo, ele decidiu que era o momento de oficializar seu compromisso com ela. Em uma noite tranquila, sob o céu estrelado, Paulinho levou a companheira ao local onde costumavam brincar quando crianças. Com o coração acelerado e um sorriso nervoso, ele se ajoelhou e, com uma caixinha de veludo nas mãos, a pediu em casamento. Aninha, emocionada, aceitou com lágrimas de felicidade.

A notícia do noivado se espalhou rapidamente entre amigos e familiares. Marta e Miguel ficaram emocionados e imediatamente se ofereceram para ajudar nos preparativos do casamento. Aninha e Paulinho queriam uma cerimônia que refletisse sua história e valores. Decidiram por um casamento simples, porém cheio de significado, em um lugar que representasse suas raízes e sonhos.

O local escolhido foi a pequena igreja da cidade onde cresceram. Com sua arquitetura antiga e atmosfera acolhedora, tinha um significado especial para o casal. Foi lá que muitos dos momentos importantes de suas vidas aconteceram. A decisão foi unânime entre eles e seus amigos mais próximos, que se uniram para decorar o espaço de maneira única e pessoal.

Aninha encontrou o vestido de noiva perfeito com a ajuda de Marta. Simples e elegante, refletia a personalidade dela. Paulinho, por sua vez, escolheu um terno que combinava perfeitamente com o estilo do casamento. A escolha das roupas foi um momento especial para ambos, cheio de expectativas e emoção. Os convites foram feitos à mão por Aninha, com a ajuda de Paulinho. Eles optaram por um design rústico e personalizado, que representavam sua jornada juntos.

A lista de convidados foi cuidadosamente selecionada, incluindo amigos íntimos, familiares e pessoas que foram fundamentais em suas vidas. A cerimônia foi conduzida por um pastor amigo da família, que conhecia o casal desde criança. As palavras ditas durante a cerimônia foram emocionantes, refletindo a trajetória de amor e superação do casal. Quando Aninha entrou na igreja, todos os olhos se voltaram para ela. Paulinho, no altar, ficou visivelmente emocionado ao vê-la caminhar em sua direção.

Os votos trocados foram o ponto alto da cerimônia. Eles falaram com o coração, relembrando os momentos que viveram juntos e expressando seus sentimentos mais profundos. Prometeram se amar e apoiar mutuamente, não importasse quais desafios enfrentariam no futuro.

Após anos construindo uma vida juntos, Aninha e Paulinho finalmente oficializaram sua união em uma cerimônia íntima e emocionante. O casamento não era apenas a celebração do amor que os unia, mas também a prova de que, apesar de todas as dificuldades e da oposição inicial da família de Aninha, eles conseguiram seguir em frente e construir uma história baseada em respeito e cumplicidade.

A recepção aconteceu em um salão decorado com um tema campestre, refletindo a simplicidade e a beleza da vida que escolheram viver. O ambiente estava repleto de alegria, música e sorrisos. Amigos e familiares, agora reconciliados com a escolha do casal, emocionaram-se com discursos que relembravam sua trajetória.

Para Aninha e Paulinho, aquele momento representava muito mais do que uma cerimônia: era o símbolo de uma nova etapa, consolidando tudo o que haviam conquistado juntos. Sabiam que o caminho nem sempre seria fácil, mas também tinham certeza de que, com amor e parceria, poderiam enfrentar qualquer desafio que a vida trouxesse.

Mais tarde, aproveitaram um momento tranquilo ao ar livre. Sob um céu estrelado, refletiram sobre o dia especial que tiveram e os desafios que enfrentaram juntos. Discutiram seus planos para o futuro, reafirmando seu compromisso de apoiar um ao outro em cada passo do caminho. O casamento não era o fim de uma fase, mas o começo de uma nova aventura, cheia de sonhos realizados e promessas renovadas.

Marcava o início de uma jornada repleta de descobertas, em que cada dia traria novas oportunidades para crescer e fortalecer ainda mais os laços que os uniam. Ao trocarem votos diante de amigos e familiares, não apenas celebravam o amor que os havia guiado até ali, mas também se comprometiam a enfrentar juntos os desafios e as alegrias que a vida lhes reservava.

A cerimônia, envolta em um ambiente de pura emoção e felicidade, simbolizava um novo capítulo em suas vidas. As palavras ditas e as lágrimas derramadas refletiam a beleza do momento presente, bem como a esperança e a fé em um futuro brilhante. O olhar carinhoso que compartilhavam no altar era um testemunho do profundo amor e respeito que nutriam um pelo outro, e cada sorriso trocado prometia uma vida de companheirismo e apoio mútuo.

Após a cerimônia, a celebração continuou com uma recepção cheia de alegria e risos; amigos e familiares se uniram para comemorar a união dos dois. As danças, os brindes e discursos emocionantes adicionaram ainda mais magia ao dia, criando memórias que seriam lembradas e valorizadas por toda a vida.

Cada gesto de carinho e cada palavra de encorajamento recebida durante a festa reforçava o compromisso que haviam assumido, fortalecendo a certeza de que estavam prontos para enfrentar qualquer obstáculo juntos.

À medida que a noite avançava e as estrelas começavam a brilhar no céu, o casal se via rodeado pelo amor e apoio de todos os presentes. Esse amor não apenas celebrava o passado e o presente, mas também lançava uma luz sobre o futuro, iluminando o caminho que percorreriam lado a lado. As promessas feitas naquele dia não eram meras palavras, mas votos profundos de amor e dedicação, que guiariam cada decisão e cada passo dali em diante.

A lua cheia no céu parecia abençoar a nova união, sua luz suave refletindo a esperança e a paz que preenchiam os corações dos recém-casados. Enquanto observavam a dança das luzes no horizonte, sentiam-se revigorados pela certeza de que, juntos, poderiam alcançar qualquer sonho e superar qualquer desafio. A aventura que começava naquele dia era de crescimento e descobertas, em que cada experiência compartilhada fortaleceria o amor e o respeito mútuo.

Enquanto se preparavam para iniciar sua vida de casados, refletiam sobre a jornada que os havia levado até aquele momento. Cada desafio superado, cada riso compartilhado, cada lágrima derramada havia moldado o amor que agora celebravam. E, com os corações cheios de esperança e gratidão, sabiam que o futuro estava repleto de possibilidades infinitas, todas ancoradas na promessa de amor eterno que haviam feito um ao outro.

Ao final da noite, Aninha e Paulinho partiram para sua noite de núpcias. Escolheram uma pequena pousada próxima à cidade, um lugar tranquilo e romântico onde poderiam descansar e celebrar seu amor em privacidade. Cada amanhecer traria novas oportunidades para fortalecer seu vínculo e criar uma vida cheia de felicidade, sempre lembrando que, independentemente dos desafios que encontrassem pelo caminho, enfrentariam tudo com coragem e amor, lado a lado, para sempre.

Capítulo 27

Laços Fortalecidos

Depois de tantos desafios e anos construindo uma vida juntos, Aninha e Paulinho finalmente oficializaram sua união. O casamento não representava uma mudança drástica no cotidiano, mas simbolizava a superação das dificuldades e a reafirmação do compromisso que tinham um com o outro.

Após a celebração, retornaram para o lar que construíram ao longo dos anos. O pequeno apartamento, cuidadosamente decorado com o carinho de ambos, era mais do que uma moradia — era o reflexo da jornada que compartilharam. Agora, como marido e mulher diante da sociedade, sentiam-se ainda mais conectados e motivados a seguir seus planos para o futuro.

A rotina a dois já era familiar, mas a nova fase trouxe reflexões e ajustes naturais. Pequenos hábitos que antes passavam despercebidos ganharam novas perspectivas. Aninha, sempre organizada, ainda tentava controlar cada detalhe, enquanto Paulinho mantinha seu jeito tranquilo de lidar com a vida. Com respeito e paciência, continuavam encontrando um equilíbrio que tornava a convivência harmoniosa.

Juntos, haviam aprendido que a felicidade não estava na ausência de desafios, mas na forma como os enfrentavam. Mais do que nunca, sabiam que o amor, a cumplicidade e o desejo de crescer lado a lado eram os verdadeiros pilares daquela história.

Aninha continuava seus estudos e estágio na universidade, enquanto Paulinho se dedicava ao trabalho na engenharia civil.

Mesmo com as agendas lotadas, faziam questão de reservar tempo para estarem juntos, valorizando cada momento compartilhado.

Um dos momentos preferidos do casal era cozinhar juntos. Transformaram a cozinha em um espaço de criação e diversão, experimentando novas receitas e compartilhando histórias sobre seus dias. Essas noites culinárias alimentavam seus corpos e fortaleciam sua conexão emocional.

O apoio mútuo continuava a ser uma pedra angular do relacionamento. Quando Aninha enfrentava desafios no estágio, Paulinho estava sempre lá para ouvir e aconselhar.

Da mesma forma, ela oferecia suporte incondicional a ele, especialmente nos momentos em que o trabalho exigia mais. Apesar dos desafios do dia a dia, nunca perderam de vista seus sonhos compartilhados. Conversavam frequentemente sobre o futuro, planejando viagens, projetos pessoais e profissionais.

Essas conversas alimentavam a esperança e o entusiasmo, mantendo viva a chama de seus sonhos. Como todo casal, enfrentaram conflitos, a diferença estava na maneira como lidavam com eles.

Priorizavam a comunicação aberta e honesta, buscando resolver os desentendimentos com respeito e compreensão. Essa abordagem evitava que pequenas divergências se transformassem em grandes problemas.

Nos finais de semana, aproveitavam para relaxar e se divertir. Gostavam de fazer caminhadas pelo campo, visitar amigos e familiares ou simplesmente passar uma tarde tranquila assistindo filmes em casa.

Esses momentos de lazer eram fundamentais para recarregar as energias e fortalecer os laços entre eles. Um dos grandes projetos do casal era construir uma casa própria.

Paulinho, com suas habilidades em engenharia, já tinha diversos esboços e ideias para o futuro lar. Aninha contribuía com suas sugestões para tornar cada espaço funcional e acolhedor.

Planejar a casa dos sonhos os aproximava ainda mais. Embora tivessem suas carreiras e ambições, Aninha e Paulinho compreendiam a importância de crescer juntos. Celebravam as conquistas um do outro como se fossem próprias, entendendo que o sucesso de um era o sucesso do casal.

Esse suporte mútuo foi fundamental para o crescimento pessoal e profissional de ambos. A vida a dois os ensinou que o amor é construído dia após dia, por meio de gestos simples e significativos.

A resiliência se tornou uma característica forte em seu relacionamento, permitindo que enfrentassem desafios com união e determinação. Cada obstáculo superado os fortalecia, preparando-os para os próximos capítulos de suas vidas juntos.

Ao final do primeiro ano de casados, Aninha e Paulinho refletiram sobre a jornada que haviam trilhado. O lar que construíram juntos era mais do que um espaço físico; era um refúgio de amor, compreensão e sonhos compartilhados. Sentiam-se preparados para qualquer desafio que o futuro reservasse, confiantes de que, juntos, poderiam alcançar qualquer objetivo.

Além de seus compromissos pessoais e profissionais, encontravam tempo para se envolver em projetos de voluntariado na comunidade. Participar de ações sociais e ambientais era uma maneira de retribuir e fortalecer seu vínculo com a cidade onde cresceram.

Essas experiências os enriqueciam emocionalmente e os aproximavam ainda mais como casal.

Durante o primeiro ano de casados, Aninha e Paulinho realizaram algumas viagens memoráveis juntos. Desde escapadas românticas de fim de semana até aventuras em destinos internacionais, cada viagem era uma oportunidade de explorar novos lugares e culturas, criando memórias que enriqueciam sua história como casal.

Ao completarem o primeiro ano de casados, escreveram cartas um para o outro, sobre o amor que compartilhavam. Expressaram gratidão pelas pequenas alegrias do dia a dia e renovaram seus votos de amor e compromisso. Essas reflexões íntimas fortaleceram ainda mais o laço emocional que os unia.

Para marcar seu primeiro aniversário de casamento, organizaram uma celebração íntima com amigos próximos e familiares. O evento foi uma oportunidade de relembrar momentos especiais do casamento e compartilhar os planos empolgantes para o futuro.

A noite foi marcada por risos, histórias compartilhadas e votos renovados de amor e amizade. Enquanto contemplavam os próximos anos juntos, Aninha e Paulinho discutiram seus sonhos e aspirações pessoais e profissionais.

Com o casamento oficializado, reforçaram o compromisso de seguir evoluindo juntos. Sonhavam alto, traçando novos caminhos e desafios, sempre guiados pelo apoio mútuo. Cada experiência compartilhada era uma oportunidade de crescimento, e ambos estavam dispostos a viver essa aventura com intensidade e propósito.

Capítulo 28

Construindo um Lar

Depois de um ano de casados, Aninha e Paulinho começaram a focar mais intensamente o sonho de construir sua casa própria. As economias de ambos, fruto de muito trabalho e disciplina, já formavam uma base sólida para iniciar o projeto. Paulinho, com sua experiência em engenharia civil, tomou a dianteira no planejamento da construção.

Ele desenhou vários esboços da casa, levando em conta as ideias e sugestões da esposa. Juntos, decidiram cada detalhe: desde a planta baixa até a escolha dos materiais de construção.

Queriam que cada canto da casa refletisse suas personalidades e o amor que os unia. Aninha desejava uma cozinha ampla e bem iluminada, enquanto Paulinho sonhava com um escritório que também pudesse funcionar como um estúdio de projetos.

Com o terreno comprado e os planos aprovados, a construção finalmente começou. Paulinho acompanhava de perto cada etapa, assegurando-se de que tudo estava conforme planejado. Aninha, sempre ao seu lado, ajudava no que podia e cuidava de manter o moral elevado com seu entusiasmo contagiante.

A construção da casa, porém, não foi livre de desafios. Houve atrasos na entrega de materiais, dias de clima ruim que interromperam o trabalho e até algumas discordâncias entre os dois sobre certas escolhas estéticas. Mas, em cada obstáculo, Aninha e Paulinho encontravam uma oportunidade de crescer e fortalecer ainda mais sua parceria.

Durante o processo, amigos e familiares visitavam o terreno, oferecendo sugestões e apoio. Marta, sempre presente, ajudou Aninha a escolher a decoração interior, enquanto Miguel deu dicas valiosas sobre paisagismo para o jardim. Cada contribuição foi bem-vinda, e o casal se sentia grato por ter tantas pessoas queridas ao seu redor.

Depois de meses de trabalho árduo, as primeiras partes da casa começaram a tomar forma. A estrutura principal estava de pé, e os cômodos começavam a ganhar vida.

Ver seu sonho se materializando trouxe uma alegria indescritível para Aninha e Paulinho. Eles podiam visualizar claramente o futuro que tanto almejavam, e isso os motivava a continuar.

Nos finais de semana, passavam horas, conversando sobre suas expectativas para o novo lar. Essas conversas não só ajudavam a alinhar suas visões, mas também reforçavam o vínculo entre eles. Compartilhar sonhos e trabalhar juntos para realizá-los era a essência do relacionamento que construíam dia após dia.

Com a casa quase pronta, chegou a hora dos toques finais. Aninha e Paulinho dedicaram-se a pintar as paredes, montar os móveis e decorar cada cômodo com carinho. Escolheram fotos, lembranças de viagens e objetos que contavam sua história juntos, transformando a casa em um verdadeiro lar.

Finalmente, a casa estava pronta para ser habitada. A emoção de cruzar a porta pela primeira vez como proprietários foi imensa. Cada canto, cada detalhe refletia o esforço, o amor e a dedicação que investiram na construção. Estavam prontos para começar um novo capítulo de suas vidas, agora no lar que haviam sonhado e construído juntos.

Na primeira noite na nova casa, brindaram com uma taça de vinho, celebrando todas as conquistas até ali. Deitaram-se na cama nova, exaustos, mas felizes. A sensação de segurança e conforto era um reflexo de tudo o que haviam superado e construído juntos. Adormeceram abraçados, sonhando com o futuro promissor que os esperava. Enquanto admiravam a casa iluminada à noite, conversavam sobre os planos para o futuro.

Discutiam projetos para o jardim, como transformar cada espaço em algo ainda mais especial. Essas conversas fortaleciam seu compromisso com o lar que haviam construído e alimentavam suas expectativas para os próximos anos.

Para marcar a mudança para a nova casa, organizaram uma festa de inauguração. Amigos, familiares e vizinhos se reuniram para celebrar essa nova etapa em suas vidas. O evento foi uma oportunidade de criar novas memórias e fortalecer ainda mais os laços comunitários que agora faziam parte de seu lar.

Nos primeiros meses na nova casa, receberam amigos e familiares com entusiasmo. Cada visita era uma oportunidade de compartilhar a alegria de sua conquista e mostrar os detalhes que tornavam o lar tão especial. Sentiam-se gratos pela presença constante daqueles que os apoiaram durante toda a jornada de construção.

Embora a casa estivesse completa, planejavam futuras expansões. Discutiam a possibilidade de uma área de lazer nos fundos, ideias para um espaço de trabalho compartilhado e até mesmo a construção de uma pequena horta. Esses planos refletiam seus interesses pessoais e a visão compartilhada para o crescimento contínuo de seu lar.

À medida que se estabeleciam na nova casa, sentiam uma profunda gratidão por tudo o que haviam alcançado. Olhavam para trás, lembrando dos desafios e das alegrias da jornada de construção.

Estavam realizados por terem transformado seu sonho em realidade e ansiosos para continuar escrevendo juntos os próximos capítulos de sua história.

Capítulo 29

A Reviravolta

A vida havia colocado diversos desafios no caminho de Aninha e Paulinho, mas agora, com a casa pronta, era hora de colher os frutos de todo o esforço. As dificuldades enfrentadas até ali — desde os problemas financeiros até a resistência da família de Aninha — só serviram para fortalecer o casal. Eles se sentiam mais unidos, mais preparados para qualquer adversidade que pudesse surgir. Estavam prontos para abraçar o futuro de mãos dadas.

Também experimentavam uma ascensão notável em suas carreiras. Aninha, uma professora respeitada, recebia elogios e reconhecimento pelo seu trabalho na área de educação inclusiva. Seu empenho e sua dedicação faziam a diferença na vida de muitos alunos, e ela se sentia realizada ao ver o impacto positivo que causava. Sabia que estava ajudando a criar um futuro melhor, e cada aluno que se destacava era uma prova de que seu trabalho fazia sentido.

Paulinho, por sua vez, se destacava cada vez mais na engenharia civil. Seus projetos inovadores e sustentáveis chamavam atenção de empresas maiores e mais influentes. A confiança adquirida ao longo dos anos, somada ao suporte incondicional de Aninha, deu a ele coragem de aceitar novos desafios. Sua carreira decolava, e rapidamente consolidava sua posição como um dos profissionais mais promissores na área.

Paulinho recebeu uma proposta que prometia transformar sua vida. Uma grande empresa de engenharia, com renome internacional, ofereceu-lhe uma posição de liderança, com um salário seis vezes maior do que ele recebia na época. A oferta era tentadora. Com esse dinheiro, ele e Aninha poderiam quitar o financiamento do tereno em pouco tempo, proporcionando mais estabilidade para o futuro que tanto sonhavam.

Apesar da empolgação, Paulinho sabia que não poderia tomar essa decisão sozinho. Desde o início do relacionamento, ele e Aninha sempre compartilharam todas as decisões importantes. Eles eram uma equipe, e qualquer grande mudança na vida de um afetava o outro, por isso decidiram marcar um jantar para discutir com calma o que essa proposta significava para o futuro deles. Escolheram um restaurante recém-inaugurado na cidade, o Estrela do Vale, conhecido por sua sofisticação e charme.

Ao chegarem, foram calorosamente recebidos pelo gerente, Sr. Osvaldo, um homem que se orgulhava de criar uma atmosfera acolhedora e agradável para seus clientes. Reconhecendo Paulinho, que sempre foi muito querido na cidade, ele os conduziu a uma mesa especial, perto da janela, de onde se podia ver o campo ao entardecer. O ambiente era perfeito para a conversa que teriam.

Enquanto aguardavam o jantar, Paulinho começou a compartilhar os detalhes da proposta com Aninha. Explicou o cargo de liderança, o aumento expressivo no salário e os muitos benefícios. No entanto, havia algo que o preocupava.

— O único problema é que o cargo vai exigir muitas viagens. Eu teria que ficar semanas fora, e não sei como isso pode afetar nossa vida — disse com uma expressão séria.

Aninha, sempre prática e compreensiva, ouviu com atenção. Ela sabia o quanto aquela oportunidade era importante para o marido e reconhecia o quanto isso poderia mudar suas vidas. Também estava ciente de que a distância seria um grande desafio.

— Eu entendo o quanto essa oferta é incrível, meu amor — respondeu calmamente. — Mas precisamos pensar no que isso significa para nós. Estamos construindo nossa vida aqui, nossa casa, e você estaria sempre viajando. Será que vale a pena o sacrifício?

As palavras da esposa fizeram Paulinho refletir. Ele sabia que não queria perder o tempo precioso que passava com ela. Após ponderarem sobre as consequências e as possibilidades, Aninha sugeriu que ele conversasse com a empresa, estabelecendo algumas condições: Paulinho deveria garantir que as viagens fossem planejadas com antecedência, para que pudessem se organizar e discutir a possibilidade de trabalhar remotamente sempre que não fosse indispensável estar nas filiais.

Durante o jantar, Julia, uma garçonete que conhecia Paulinho desde sua juventude, percebeu a expressão séria do casal.

— Grande decisão, hein? — comentou com um sorriso gentil. — Mas tenho certeza de que, enquanto estiverem juntos, vocês encontrarão o caminho certo.

Essas palavras tocaram profundamente casal. Era uma lembrança simples, mas poderosa o que realmente importava era a união deles. Depois de uma longa conversa no restaurante, decidiram que Paulinho aceitaria a proposta, mas sob as condições discutidas. Nos dias seguintes, ele apresentou essas condições à empresa, que, para sua surpresa, estava disposta a aceitá-las.

Com isso, sentiram que estavam prontos para enfrentar essa nova fase com confiança. Além da estabilidade financeira que a nova posição traria, continuariam a construir a vida juntos, sempre buscando equilíbrio.

Apesar de todos os conflitos passados com o pai, Aninha, sendo filha única, sabia que precisava visitá-lo devido à sua saúde debilitada. Paulinho a apoiou incondicionalmente, e juntos foram ver como ele estava.

A conversa inicial foi tensa, como era de se esperar, mas Aninha, com toda sua maturidade e coração aberto, conseguiu expressar seus sentimentos de maneira sincera e calma. Paulinho, sempre generoso, deixou claro que havia perdoado o Sr. Frederico por todas as tentativas de separá-los no passado. Aquele gesto de bondade e perdão tocou profundamente o pai de Aninha, que, pela primeira vez, reconheceu seus erros e pediu desculpas.

A reconciliação foi um processo lento, mas com o tempo, novas dinâmicas familiares começaram a se formar. O Sr. Frederico passou a fazer parte da vida de Aninha e Paulinho, e, apesar das cicatrizes do passado, foi acolhido com amor e dignidade.

Com o tempo, o relacionamento entre eles se fortaleceu, e Aninha se sentia em paz ao ter seu pai por perto, mesmo que o caminho até ali tivesse sido árduo. Para celebrar essa nova fase de suas vidas, Aninha organizou uma grande festa em sua casa nova e convidou os amigos com a intenção de apresentá-los a seu pai.

A preparação para o jantar na nova casa começou com muita animação e carinho. Eles queriam que a celebração fosse especial, não apenas para marcar o início de uma nova fase em suas vidas, mas também para reunir amigos e familiares que sempre os apoiaram em sua jornada. A casa, recém-construída, ainda tinha aquele cheiro de novo, e Aninha fez questão de que cada detalhe refletisse o amor e a gratidão que sentiam.

Ela, sempre atenta aos detalhes, tomou a frente na organização do jantar. Planejou cuidadosamente a decoração, optando por um estilo rústico-chique que refletisse o gosto do casal pela simplicidade e elegância. Flores frescas, escolhidas e colhidas no campo pela manhã, adornavam a mesa principal. Rosas brancas, lírios e margaridas enfeitavam arranjos delicados em jarros de cerâmica, que contrastavam com a madeira rústica da mesa de jantar. As velas aromáticas espalhadas pela casa davam um toque de aconchego, e a iluminação suave proporcionava um clima acolhedor e intimista.

Paulinho ficou responsável pelas luzes no jardim. Ele instalou pequenas lâmpadas ao redor da área externa, criando um ambiente mágico e convidativo. As luzes pisca-pisca, entrelaçadas nas árvores, brilhavam suavemente, conferindo à noite um toque de encanto. A preparação foi minuciosa, e o casal trabalhava em harmonia, complementando-se como sempre fizeram.

Além deles, amigos próximos se envolveram nos preparativos. Mirtes levou sua sabedoria e experiência, ajudando na organização da cozinha e no preparo dos pratos. Ela fez questão de preparar sua famosa torta de frango, uma receita de família que todos adoravam. Aninha organizou uma mesa de sobremesas, com pavês, mousses e bolos, alguns preparados por amigas próximas, como Clara, que trouxe um bolo de laranja com calda de limão, sempre presente nas celebrações familiares.

Joaquim, o responsável pelos cavalos da fazenda de Frederico e grande amigo do casal, também esteve presente desde cedo, ajudando Paulinho a organizar a área externa. Ele cuidou do churrasco, preparando cortes de carne que seriam servidos aos convidados. Sua habilidade na grelha era reconhecida por todos, e ele fez questão de que tudo saísse perfeito.

A mesa, no centro da sala de jantar, foi arrumada com muito carinho. As toalhas eram de linho branco, com detalhes bordados à mão, um presente da avó de Aninha. Os talheres brilhavam, polidos com cuidado por Mirtes, que fez questão de que tudo estivesse impecável. Aninha organizou os pratos, delicadamente empilhados ao lado de copos de cristal, enquanto Paulinho verificava as cadeiras ao redor da mesa para garantir o conforto dos convidados.

Clara, que tinha um talento especial para a organização, ajudou a arrumar os guardanapos de tecido em formato de flores, um toque simples, mas encantador. Pequenos arranjos de flores estavam dispostos ao longo da mesa, intercalados com velas perfumadas que criavam uma atmosfera romântica e acolhedora. No centro, um vaso maior com girassóis, a flor preferida de Aninha, simbolizando a felicidade e a nova fase do casal.

Para a música, escolheram algo especial. A playlist do jantar continha uma seleção de músicas que marcavam momentos importantes em sua vida juntos: clássicos da MPB, como Tom Jobim e Elis Regina, além de canções mais modernas e românticas. A música tocava suavemente ao fundo, criando uma atmosfera agradável e convidativa.

Quanto às bebidas, Paulinho fez questão de selecionar vinhos de qualidade para acompanhar o jantar. Ele escolheu um tinto robusto, um Merlot, para harmonizar com as carnes servidas no churrasco, e um branco leve, Sauvignon Blanc, para acompanhar os pratos mais suaves. Para os que preferiam algo não alcoólico, Aninha preparou sucos naturais, como o de laranja com hortelã e um refrescante suco de maracujá. O destaque foi a limonada com gengibre, elogiada por todos os presentes.

Muitos amigos e familiares estavam presentes. O jantar também contou com a presença especial de Frederico. A ocasião marcava um momento de redenção e renovação de laços familiares. Apesar de ainda estar se recuperando dos problemas de saúde, Frederico fez questão de estar ali, e sua presença foi recebida com alegria por todos.

Antônio também estava presente, sempre discreto, mas profundamente orgulhoso do filho. Ele observava com admiração o crescimento de Paulinho, que agora se destacava em sua carreira e construía uma vida sólida ao lado de Aninha. Ao seu lado, Sebastião, o dono da oficina que sempre apoiara Paulinho, sorria ao ver como o jovem havia crescido e se tornado um grande homem.

Quando todos estavam sentados à mesa, Aninha e Paulinho fizeram um breve discurso, agradecendo a presença de cada um e expressando o quanto aquele momento significava para eles. Paulinho, emocionado, falou sobre a jornada que ele e a esposa percorreram até ali, sobre as dificuldades que superaram juntos e o futuro brilhante que os aguardava.

O jantar seguiu com risos e conversas animadas. A atmosfera era de pura alegria e gratidão, um reflexo da jornada que todos ali tinham presenciado de perto. As dificuldades, as reconciliações e as vitórias faziam parte de cada história compartilhada à mesa.

Ao final da noite, com a lua iluminando o jardim, Aninha e Paulinho trocaram olhares cúmplices, sabendo que o amor e a parceria que os uniam eram a chave para todas as realizações que já haviam conquistado, e para aquelas que ainda estavam por vir.

Capítulo 30

Uma Mudança Inesperada

O sol despontava no horizonte, iluminando a casa de Aninha e Paulinho com uma luz suave e acolhedora. A jornada que haviam trilhado juntos era longa e cheia de desafios, mas cada obstáculo superado fortaleceu o vínculo entre eles.

Com a estabilidade financeira e emocional conquistada, decidiram que era o momento certo para expandir a família. A notícia da gravidez de Aninha trouxe uma alegria imensa para o casal.

Cada ultrassom, cada pequeno chute, cada preparação para a chegada do bebê era um lembrete do amor que os unia e do futuro brilhante que os esperava.

Aninha, agora uma professora renomada, continuava a impactar a vida de muitos alunos. Suas aulas eram inspiradoras, e ela se dedicava com paixão à educação inclusiva. Sua trajetória era um exemplo de como a dedicação e o amor pelo ensino podiam transformar vidas.

Paulinho continuava comando a empresa de engenharia que era líder no segmento e estava promovendo inovações sustentáveis e deixando um legado de desenvolvimento na comunidade.

O respeito e admiração que conquistou no campo profissional eram reflexos de sua competência e ética de trabalho.

A casa deles tornou-se um verdadeiro lar. Decorada com carinho, cada canto refletia a história do casal e os sonhos que compartilhavam.

As visitas frequentes de amigos e familiares tornavam o ambiente ainda mais alegre e acolhedor. Frederico, reconciliado com sua filha e genro, encontrava conforto e alegria em fazer parte dessa nova fase de suas vidas.

Apesar das agendas cada vez mais ocupadas, Aninha e Paulinho faziam questão de reservar momentos para si mesmos. Não importava o quão exaustivos fossem os dias, eles sabiam que o tempo dedicado um ao outro era essencial para fortalecer a conexão que compartilhavam. As noites em casa eram especiais, preenchidas com conversas profundas sobre seus sonhos, desafios e planos. Às vezes, ficavam horas conversando sobre como imaginavam sua vida dali a alguns anos, rindo ao pensar em como a chegada do bebê mudaria completamente a rotina. Havia uma cumplicidade no olhar de ambos, uma promessa silenciosa de estarem sempre juntos, independentemente dos obstáculos.

Os momentos simples, como as caminhadas ao pôr do sol, se tornaram ainda mais significativos. Eles gostavam de caminhar de mãos dadas, sentindo o frescor do fim de tarde e observando o céu tingido de laranja e rosa, enquanto falavam sobre suas expectativas para o futuro. As viagens espontâneas para lugares próximos também eram um respiro bem-vindo em meio à correria do dia a dia. Nessas escapadas, não importava o destino, e sim a companhia, a leveza e a liberdade que sentiam estando juntos. Pequenos gestos, como tomar um sorvete em uma praça ou assistir ao pôr do sol à beira-mar, reforçavam o amor que os unia.

Com a notícia da chegada do bebê, esses momentos ganharam uma nova camada de significado. A expectativa era repleta de magia e encantamento. Aninha e Paulinho se pegavam, frequentemente, fazendo planos para o quarto do bebê, escolhendo nomes e imaginando como seria segurar aquele pequeno ser que já tinha mudado tanto suas vidas. Eles compartilhavam essa alegria com a família e os amigos mais próximos, que vibravam com a felicidade do casal. Todos notavam o brilho no olhar de Aninha e o cuidado ainda maior que Paulinho demonstrava a cada gesto, como se estivesse protegendo não apenas a mulher que amava, mas também o futuro de sua nova família.

No entanto, no sétimo mês de gestação, uma preocupação surgiu durante uma consulta de rotina, Aninha tinha ido ao médico para fazer exames e verificar o andamento da gravidez. Naquele dia, Paulinho estava mais ansioso que o normal, como se algo em seu instinto o fizesse sentir que precisavam estar mais atentos. O médico, após analisar os exames, revelou um problema na saúde de Aninha que deixou ambos bastante apreensivos. Com um semblante sério, ele explicou que ela precisaria fazer repouso absoluto. Qualquer esforço adicional poderia colocar em risco a vida do bebê e a dela.

A notícia caiu como uma tempestade sobre eles. Paulinho segurou a mão da esposa firmemente, tentando passar toda a segurança e força que sabia que ela precisaria naquele momento. No entanto, a apreensão era evidente. À noite, as conversas não eram mais leves ou sobre planos futuros. Eles falavam sobre a urgência do cuidado e a necessidade de seguir à risca todas as orientações médicas. Aninha, sempre forte e determinada, estava profundamente abalada. Sabia que o repouso absoluto seria um desafio, mas a ideia de que sua saúde e a do bebê estavam em risco a deixava com o coração apertado.

No dia seguinte, ela retornou ao hospital para realizar os exames mais detalhados que o médico havia solicitado. Paulinho a acompanhou, ajudando-a com a papelada e tentando distrai-la da preocupação crescente. Quando os resultados chegaram, a confirmação veio como um golpe: o risco de perder a criança ou a própria vida era considerável, e o médico foi enfático em dizer que era fundamental que Aninha seguisse o repouso absoluto imediatamente. Qualquer descuido poderia ser fatal. O alívio, se é que se podia chamar assim, veio com a explicação de que, por terem descoberto o problema no início, havia uma boa chance de tudo terminar bem. Se o diagnóstico tivesse sido feito uma semana mais tarde, a situação seria muito mais complicada.

O silêncio tomou conta do carro no caminho de volta para casa. Aninha olhava pela janela, tentando processar tudo o que havia acontecido em tão pouco tempo. Paulinho estava focado em ser o pilar que sabia que ela precisaria. Quando chegaram em casa, ele a ajudou a se deitar no sofá e, com um sorriso terno, disse: — Você é forte, meu amor. Nós vamos superar isso juntos, como sempre fizemos. Não se preocupe, eu estarei ao seu lado, aconteça o que acontecer. Vamos passar por isso como passamos por todos os outros desafios, e um dia ainda vamos comemorar essa vitória com nossos amigos, como fizemos em cada conquista.

As palavras dele trouxeram um alívio momentâneo ao coração de Aninha, mas a angústia ainda pairava no ar. Ela sabia que precisaria de toda a força emocional para enfrentar as semanas que viriam. A família logo soube da situação, e Mirtes foi a primeira a se oferecer para ajudar. Ela se mudou temporariamente para a casa do casal, disposta a cuidar de Aninha durante o período difícil. Clara também esteve presente em vários momentos, levando palavras de conforto e ajudando com pequenas tarefas para que a amiga pudesse descansar.

Joaquim fez questão de visitar o casal com frequência. Ele sabia o quanto o apoio emocional seria importante, especialmente para Paulinho, que, mesmo sendo forte, carregava um fardo emocional enorme. Frederico também demonstrou sua preocupação, ligando regularmente para saber como a filha estava, embora ainda lutasse para expressar seus sentimentos com clareza.

As semanas seguintes foram difíceis, mas Aninha e Paulinho enfrentaram cada dia com coragem. Sabiam que, apesar da incerteza, o amor que os unia era a força que os manteria firmes até o momento em que pudessem segurar seu bebê nos braços. Assim, a espera se tornou uma jornada de fé, paciência e, acima de tudo, esperança.

Marta, embora mais desesperada que Aninha, se colocou à disposição para ajudar Mirtes nos deveres da casa, ela cuidaria da alimentação. Tinha declarado que Aninha era mais que uma amiga, era como se fosse sua filha, assim não arredou o pé.

Algumas semanas depois, Aninha passou mal, e Marta levou-a com urgência ao hospital. Orientou Mirtes a ligar para Paulinho e avisar sobre a situação. Aninha foi levada para o centro de emergência, e, ao ser examinada, os médicos não gostaram do quadro que a gestação apresentava.

Paulinho, ao receber a ligação da mãe, ficou desesperado e foi para o hospital. Chegando lá, os médicos o informaram que Aninha deveria ficar no hospital até o nascimento da criança, o que ainda levaria algumas semanas. A tristeza invadiu seu coração, mas ele ficou firme, pois sabia que qualquer palavra negativa poderia alterar o quadro em que Aninha se encontrava.

Marta, Mirtes, Clara e Mariana, faziam revezamento para ficar no hospital ao lado de Aninha, pois era uma exigência do hospital que alguém estivesse com ela todo o tempo enquanto lá estivesse.

Devido aos riscos apresentados durante a gestação, os médicos decidiram antecipar o parto em alguns dias. O clima de preocupação e tensão tomava conta de todos. Paulinho segurava a mão de Aninha enquanto ela era levada para a sala de parto. Ele tentou sorrir para transmitir confiança, mas seu coração estava apertado, temendo o que poderia acontecer. Após algumas horas de espera e apreensão, a tão aguardada notícia chegou: a filha deles havia nascido. Era uma linda menina, com olhos brilhantes, porém, devido à fragilidade de sua saúde, foi imediatamente levada para a incubadora. Paulinho pôde vê-la apenas de relance; naquele breve momento, seu coração foi preenchido com uma mistura de alegria e angústia.

Enquanto a bebê era monitorada pelos médicos, o quadro de saúde de Aninha se complicou. Ela começou a sentir fortes dores e foi levada às pressas para a Unidade de Tratamento Intensivo. A equipe médica estava preocupada, e foi necessário realizar uma série de exames para avaliar a gravidade da situação. Paulinho, exausto e desesperado, aguardava do lado de fora, em silêncio, mas por dentro uma tempestade de emoções o consumia. Ele havia prometido a Aninha que cuidaria dela e da filha, que estaria ao lado delas em todos os momentos, mas agora se sentia impotente, incapaz de fazer qualquer coisa para protegê-las. Andava de um lado para o outro no hospital, sem conseguir parar de pensar no pior.

Os resultados dos exames saíram no dia seguinte, e a notícia que Paulinho tanto temia foi confirmada. Aninha precisaria de um transplante de medula para sobreviver. A situação era crítica; o médico explicou que ela teria que entrar na fila de espera por um doador compatível, o que poderia demorar muito, tempo que Aninha talvez não tivesse. O médico mencionou uma possibilidade se algum parente próximo fosse compatível, o transplante poderia ser feito mais rapidamente. Paulinho, ao ouvir isso, sentiu o desespero tomar conta de si. Ele mal conseguia pensar direito, as lágrimas enchiam seus olhos, e a promessa que havia feito a Aninha ecoava em sua mente. Como ele poderia cumprir sua promessa de cuidar dela se agora ela estava à mercê de algo que ele não podia controlar?

Sem saber o que fazer e sentindo o peso do mundo sobre seus ombros, tomou uma decisão difícil. Ele deixou de lado todo o orgulho que ainda restava e foi até a casa do Sr. Frederico em busca de ajuda. Ao chegar lá, seu coração batia acelerado, e ele mal conseguia organizar seus pensamentos. Frederico, embora sempre fosse um homem rígido e pouco emocional, percebeu a gravidade da situação no semblante do genro. Quando Paulinho, chorando, contou tudo o que estava acontecendo, o velho fazendeiro, que sempre mantinha a compostura, desabou em prantos. Nunca antes alguém o havia visto chorar daquela maneira. O choque e o desespero por saber que sua única filha corria risco de vida o afetaram profundamente. Ele abraçou Paulinho com força, como se o considerasse um filho, e juntos compartilharam aquele momento de dor.

Depois de alguns minutos de silêncio e tristeza, Frederico se sentou em sua poltrona, pensativo. Ele começou a fazer uma análise de seu passado, como se procurasse por alguma solução, alguma luz em meio à escuridão que os cercava. De repente, se lembrou de algo, um segredo que havia guardado por muitos anos. Ele olhou para Paulinho com um misto de tristeza e vergonha nos olhos e disse: — Paulinho, talvez haja uma chance, embora seja muito difícil para mim admitir isso. Mas não posso esconder mais essa verdade.

Com a voz embargada, Frederico começou a confessar uma das muitas maldades que havia cometido em sua juventude. Ele contou que, quando era jovem, havia se envolvido com uma moça chamada Jandira contra a vontade de seus pais. Esse relacionamento resultou em uma gravidez, mas, pressionado pela família, abandonou a mulher e a criança, deixando-as para trás sem nunca mais procurar saber o que aconteceu com elas.

Paulinho ouviu a história com um misto de choque e tristeza. Embora soubesse que Frederico tinha um passado conturbado, não imaginava que ele pudesse ter abandonado uma criança. Ao mesmo tempo, a revelação acendeu uma pequena esperança em seu coração. Se aquela criança estivesse viva, talvez pudesse ser um parente compatível e salvar a vida de Aninha. A tarefa de encontrar essa pessoa seria difícil, quase impossível, mas Paulinho estava disposto a fazer o que fosse necessário. Ele perguntou a Frederico se ele tinha mais alguma informação sobre a mulher e a criança.

O sogro, ainda abalado, disse que havia ouvido falar, muitos anos depois, por meio de um amigo chamado Agenor, que a moça havia se casado com outro homem e se mudado para a mesma cidade onde eles estavam morando. Paulinho, embora soubesse que a cidade era grande e encontrar alguém com informações tão vagas seria como procurar uma agulha no palheiro, viu nisso uma pequena luz no fim do túnel.

Ele quis saber mais detalhes, como o nome da moça e onde ela havia morado. Frederico não tinha muitas informações, disse que a última vez que ouviu falar dela fora há décadas.

Mesmo com poucas pistas, Paulinho não desistiu. Ele sabia que não poderia deixar o tempo passar sem tentar todas as possibilidades. Perguntou mais sobre o amigo de Frederico e se ele ainda tinha contato com ele. Frederico disse que não sabia onde Agenor morava atualmente, mas lembrou-se de um endereço antigo, e Paulinho decidiu que começaria sua busca por lá. Sem perder tempo, se despediu e partiu, determinado a encontrar essa pessoa e, com sorte, salvar a vida de Aninha.

Foi até o endereço que tinha de Agenor, um lugar simples e acolhedor. Ao bater à porta, foi recebido por uma simpática senhora de cabelos grisalhos e um sorriso caloroso, que lhe ofereceu um chá antes mesmo de ouvir sua história. Depois de uma breve conversa, ela confirmou que conhecia Agenor.

— Ele morava aqui sim, mas se mudou há alguns anos para uma cidade vizinha —disse, franzindo o cenho enquanto tentava lembrar o nome da cidade. — Ah, lembrei! Ele foi para Pinhões, mas não sei exatamente onde está morando agora.

Paulinho, mesmo desapontado com a falta de um endereço exato, agradeceu à senhora e estava prestes a sair quando ela, com o olhar curioso, perguntou: — Você está procurando mais alguém? Eu moro aqui há mais de 50 anos e conheço praticamente todas as pessoas da região. Talvez eu possa ajudar.

Ao ouvir aquilo, uma esperança reacendeu no coração de Paulinho. Ele aproveitou a oportunidade e perguntou: — A senhora, por acaso, conheceu uma moça chamada Jandira?

Antes mesmo de terminar a pergunta, a expressão da senhora mudou. Seus olhos brilharam, e ela respondeu prontamente: — Sim, sim! Eu conheci Jandira! Que menina doce e encantadora era ela, linda, mexia com o coração de todos os rapazes da época.

Paulinho sentiu um alívio imediato, como se finalmente estivesse no caminho certo para encontrar as respostas que tanto buscava.

A senhora continuou: — Infelizmente, Jandira teve a infelicidade de ser iludida por um rapaz. Ele era filho de um fazendeiro arrogante, desses que acham que o mundo gira ao redor deles. Diziam que ele a amava de verdade, mas os pais dele nunca aceitaram o relacionamento. Foram eles que a expulsaram daqui, e ela desapareceu da região. A última vez que a vi foi no hospital, durante uma consulta de rotina. Ela estava acompanhada pela mãe, uma senhora de semblante preocupado;

perguntei se estava tudo bem, mas Jandira não quis falar muito sobre o que estava acontecendo. Logo depois, fui chamada para minha consulta e nunca mais tive notícias dela.

Paulinho, ansioso, perguntou: — E a senhora tem ideia de onde ela pode ter ido ou quem poderia saber mais sobre ela?

A mulher coçou a cabeça, pensativa, antes de responder: — Bem, pode ser que a vizinha dela, dona Celeste, saiba de alguma coisa. Celeste era muito amiga da tia de Jandira, e sempre soube de tudo que acontecia com a família. Se tem alguém que pode te ajudar, é ela.

Com um fio de esperança renovado, Paulinho agradeceu profundamente à senhora e seguiu seu caminho. Sabia que encontrar Jandira não seria uma tarefa fácil, mas, ao menos agora, tinha uma nova pista a seguir. Ao chegar à casa de dona Celeste, foi recebido por um senhor de idade, o marido dela, que lhe disse que a esposa estava no mercado, mas que voltaria em breve.

Enquanto aguardava, Paulinho refletia sobre tudo o que tinha ouvido. A história de Jandira se entrelaçava com a de Frederico, agora restava descobrir se ela ou alguém de sua família poderia salvar a vida de Aninha. As peças do quebra-cabeça estavam começando a se encaixar, mas ainda faltava uma parte crucial para completar o quadro. Minutos depois, dona Celeste chegou, carregando uma cesta cheia de frutas frescas. Paulinho se apresentou, explicou sua busca e o motivo pelo qual precisava tanto encontrar Jandira.

Ao ouvir o nome, dona Celeste olhou para o marido, e os dois trocaram um olhar de reconhecimento.

— Sim, conheci Jandira — disse ela. — Mas, tem algo que você precisa saber. A história dela é mais complicada do que parece.

Dona Celeste contou que, após ser expulsa da cidade, Jandira foi para longe, mas sua vida não foi fácil. Ao que parecia, ela teve muitos desafios após o nascimento da criança e não manteve contato com muitos. Dona Celeste também revelou que Jandira havia deixado uma pista antes de desaparecer uma carta para sua tia, que dizia que, se algo acontecesse com ela, a família deveria procurar uma velha amiga chamada Iracema, que vivia em uma vila próxima.

Paulinho tinha mais um nome para adicionar à sua lista. Embora soubesse que a jornada ainda estava longe de terminar, cada passo que dava o aproximava de salvar Aninha e de cumprir a promessa que havia feito de protegê-la a qualquer custo. Ele sentia uma mistura de esperança e ansiedade, mas mantinha o foco em sua missão.

Decidido, foi até a casa de Margarete, tia de Jandira. Ao chegar, foi recebido por uma senhora simpática e extrovertida, que, apesar da idade avançada, exibia uma energia contagiante. Com um sorriso no rosto, Margarete o convidou para entrar, oferecendo-lhe uma xícara de café enquanto os dois se sentavam para conversar na varanda. O ambiente era acolhedor, com plantas espalhadas por toda parte e o som suave de pássaros cantando ao fundo.

Após um breve momento de conversa, Paulinho perguntou sobre Jandira e mencionou a carta que ela havia deixado, na qual citava o nome de Iracema. Margarete, após ouvir a menção ao nome, confirmou a existência da carta, mas admitiu que não sabia exatamente o que Jandira queria dizer com aquilo.

— Ela mencionava Iracema, sim — disse pensativa — mas várias vezes procurei Iracema, ela nunca deu detalhes. Sempre que perguntei sobre esse segredo, dizia que "segredo não se conta: E nunca explicou.

Paulinho ficou um pouco decepcionado, mas sentiu um alívio ao saber que estava no caminho certo. Embora Margarete não pudesse oferecer muitas informações sobre Iracema, ao menos forneceu um endereço que tinha guardado há muitos anos.

— Aqui está — disse ela, entregando o papel a Paulinho. — Pode não ser atual, mas foi o último lugar que soube onde ela estava.

Com o coração cheio de expectativa, ele agradeceu e partiu em busca de Iracema, acreditando que ela teria as respostas de que precisava para encontrar Jandira e, quem sabe, salvar a vida de Aninha. Ele seguiu em direção ao endereço dado por Margarete, cheio de esperança.

Ao chegar ao local, uma casa simples no interior, foi recebido por um senhor de aparência cansada, mas gentil. Era Sebastião, o pai de Iracema.

Após Paulinho se apresentar e explicar o motivo de sua visita, Sebastião suspirou profundamente e, com um olhar de tristeza, contou que sua filha Iracema havia saído de casa muitos anos atrás, após uma grande briga com os pais. Desde então, nunca mais havia voltado, e eles perderam completamente o contato com ela. As palavras de Sebastião caíram como uma pedra no coração de Paulinho, que começou a sentir lágrimas escorrerem por seu rosto. O medo de estar perdendo a última chance de salvar Aninha o consumiu, e ele não conseguiu conter a dor que sentia.

Ao ver o desespero de Paulinho, Sebastião se comoveu.

— Meu filho, não perca a esperança — disse, tocando o ombro de Paulinho com empatia. — Acredito que quem pode saber o paradeiro de Iracema é sua prima, Lorena. Elas sempre foram muito apegadas. Se alguém sabe onde ela está, é Lorena. Ela mora em uma cidade chamada Montanha Azul, bem longe daqui, mas vale a pena tentar.

Ao ouvir isso, Paulinho sentiu uma nova onda de esperança invadir seu peito. Embora soubesse que a jornada ainda seria longa, tinha uma direção clara. Com os olhos brilhando de emoção, sussurrou para si mesmo: "Aninha, meu amor, aguenta firme. Eu te amo e preciso de você. Em breve, estarei de volta com boas notícias".

Com renovado vigor, Paulinho agradeceu a Sebastião a ajuda e começou a planejar sua viagem até Montanha Azul. Ele sabia que não seria fácil, mas a ideia de encontrar Iracema e, por fim, Jandira, lhe dava forças. Enquanto preparava tudo para a viagem, seus pensamentos estavam sempre em Aninha, a mulher que ele amava e que estava em perigo, esperando por uma solução que poderia salvar sua vida.

A jornada continuava, e Paulinho, apesar do cansaço físico e emocional, estava determinado a vencer todos os obstáculos que surgissem em seu caminho. Ele nunca fora do tipo que desanimava, e agora, mais do que nunca, sua força de vontade era movida pelo amor que sentia por Aninha. Seu pensamento estava fixo em uma coisa: ao chegar à casa de Lorena, teria o endereço de Iracema. E, encontrando Iracema, conseguiria a informação que tanto buscava, o paradeiro de Jandira. Esse era o único pensamento que tomava conta de seu coração e de sua mente. Nada mais importava.

Depois de várias horas na estrada, com a mente repleta de incertezas e lembranças, Paulinho avistou as luzes da cidade à distância. Era um pequeno alívio saber que estava chegando, ao mesmo tempo, a ansiedade crescia. Quando finalmente entrou na cidade, já era tarde da noite. Exausto, decidiu parar em um hotel para descansar um pouco, mas o desejo que o dia amanhecesse logo era tão intenso que não conseguia pegar no sono. Ficou horas deitado, revirando-se na cama, os pensamentos sempre voltados para Aninha.

Ele queria ouvir sua voz, mesmo sabendo que ela estava fragilizada demais para conversar naquele momento. A preocupação o consumia. Incapaz de resistir, pegou o telefone e ligou para Marta.

Quando ela atendeu, ele não hesitou: — Marta, por favor, não me esconde nada. Como está Aninha?

Marta, em sua voz suave e confortante, respondeu: — Paulinho, as condições permanecem as mesmas, nada mudou, mas sua filha está se desenvolvendo bem, cada dia mais linda.

Essas palavras mexeram profundamente com Paulinho. Ele sentiu uma tristeza avassaladora, mas também uma felicidade silenciosa ao saber que sua filha estava bem, mesmo com a situação difícil de Aninha.

Após desligar o telefone, o cansaço finalmente o venceu. Ele adormeceu, mas não sem antes murmurar uma prece silenciosa para que tudo desse certo. Quando acordou, o sol mal havia surgido no horizonte. Ainda era cedo, e ele, mesmo assustado ao pensar que tinha dormido demais, se levantou com um renovado senso de propósito. Era hora de agir.

Saindo do hotel, foi diretamente ao endereço que havia recebido. Quando chegou, foi recebido pela mãe de Lorena, uma mulher de poucas palavras, mas que, apesar de sua natureza reservada, era gentil e elegante. Ela o convidou a entrar, oferecendo um café da manhã simples. O pai de Lorena, um homem tranquilo, estava sentado à mesa, e logo se interessou pela história que Paulinho começara a contar. Paulinho explicou, com o coração na mão, a situação de Aninha e a urgência em encontrar Iracema.

A mãe de Lorena, visivelmente tocada pela história, decidiu que acordaria a filha, mesmo sabendo que poderia levar uma "bronca" por interromper o sono da médica que trabalhara a noite inteira no hospital. "Ela pode voltar a dormir depois", pensou.

Subiu as escadas e entrou no quarto de Lorena, explicando rapidamente a urgência da situação. Mesmo ainda sonolenta, Lorena levantou-se e foi até a sala encontrar Paulinho. Ao ouvir sobre o caso de Aninha, não hesitou em fornecer o endereço de Iracema.

— Ela mora na cidade Brilho das Luzes e trabalha no único hospital da cidade como enfermeira. — Mas advertiu Paulinho: — Vou logo adiantando, dificilmente você vai conseguir arrancar alguma coisa dela. Iracema é reservada e guarda segredos como se fossem trancados a sete chaves. Ela tem medo de tudo e todos.

Paulinho entrou no carro com uma mistura de alívio e alegria. A jornada havia sido longa, repleta de desafios, mas agora estava cada vez mais perto de encontrar a solução para o problema que o havia levado até aquele lugar tão distante. Ele tinha enfrentado estradas perigosas, cruzado locais que o deixaram apreensivo, mas sua fé e esperança em salvar a vida de Aninha nunca o abandonaram. Sentia-se fortalecido pela crença de que, em breve, voltaria para casa com uma resposta positiva, com a chance de salvar sua amada.

O sol já havia se posto quando Paulinho finalmente entrou na cidade. A noite avançava, mas ele estava determinado a seguir em frente. Em vez de esperar pelo amanhecer para procurar Iracema, decidiu ir diretamente ao local onde ela trabalhava na esperança de encontrá-la ainda de plantão. Quanto mais cedo falasse com ela, mais cedo poderia avançar na sua missão. No hospital, foi recebido por uma enfermeira na recepção, que, com gentileza, informou que Iracema já havia terminado o turno.

— Ela está jantando com amigos no restaurante aqui perto — disse, entregando a Paulinho o nome e o endereço do local.

Paulinho agradeceu e, sem perder tempo, seguiu para o restaurante indicado. O coração batia forte no peito enquanto dirigia pelas ruas tranquilas da cidade, iluminadas pelas luzes amareladas dos postes. Chegando ao restaurante, olhou ao redor e logo avistou um grupo de pessoas sentadas em uma grande mesa, algumas delas usando roupas brancas de hospital, o que o levou a deduzir que uma delas poderia ser Iracema.

Paulinho, com seu jeito humilde e carismático, aproximou-se da mesa e, educadamente, perguntou: — Com licença, alguma de vocês é a Iracema?

Uma mulher de aparência gentil, mas com um olhar preocupado, levantou a mão e disse: — Sou eu. Em que posso ajudar?

Sentindo que havia dado o primeiro passo, ele perguntou se poderia falar com ela em particular. Iracema assentiu e o acompanhou até uma mesa mais afastada. Sentaram-se, e Paulinho, visivelmente ansioso, começou a explicar a razão de sua busca. Contou a história de Aninha e como sua vida agora dependia de um segredo que estava guardado entre Iracema e Jandira. Iracema o ouviu com atenção, sua expressão suavizando conforme Paulinho descrevia a gravidade da situação.

Após ouvir toda a história, Iracema suspirou profundamente e disse: — Olha, eu sinto muito por sua esposa, de verdade, mas segredo é segredo. Jandira confiou em mim e, por mais que eu entenda sua dor, não posso trair essa confiança.

Paulinho, com lágrimas nos olhos, tentou mais uma vez apelar ao coração de Iracema: — Eu sei que você é uma mulher de palavra, por isso Jandira confiou em você. Mas se lembra da carta que ela lhe deixou? Ela disse que, se algo acontecesse, era para procurá-la. Pois bem, Iracema, agora a filha dela tem uma irmã que está morrendo. Apenas a filha de

Jandira pode salvar a vida da irmã. Será que ela não gostaria que você ajudasse nesse caso? Será que ia preferir que você guardasse o segredo mesmo que isso custasse a vida de uma pessoa inocente?

Aquelas palavras pareceram atingir Iracema profundamente. Ela ficou em silêncio por alguns momentos, olhando para as mãos, claramente lutando com a decisão. Finalmente, depois de respirar fundo, pegou o celular e, com dedos trêmulos, discou o número de Jandira. Quando a amiga atendeu, Iracema manteve o tom de voz tranquilo, sem entrar em detalhes para não preocupar a amiga.

— Oi, Jandira, como você está? Olha, tem um amigo do passado que gostaria muito de vê-la. Você me autoriza passar seu endereço ou o telefone para ele?

Do outro lado da linha, Jandira hesitou por um momento, mas concordou.

— Prefiro que passe o endereço. Ele pode me visitar, mas avise que não quero surpresas, Iracema. Faz muito tempo que não tenho contato com pessoas daquela época.

Iracema olhou para Paulinho e fez um sinal positivo com a cabeça. Ela havia conseguido o endereço. Ele sentiu o coração disparar com uma mistura de alívio e apreensão. Iracema desligou o telefone e entregou o endereço a ele, com uma última advertência: — Jandira é uma mulher marcada por um passado muito doloroso. Ela sofreu muito, por isso pode ser difícil para ela lidar com tudo isso. Tenha paciência com ela e seja sincero. É a única forma de conseguir o que precisa.

Paulinho agradeceu profundamente, com a voz embargada pela emoção.

— Você não sabe o quanto isso significa para mim e para minha esposa... Obrigado, de verdade!

Iracema sorriu, ainda um pouco reticente, mas aliviada por ter feito o que podia para ajudar.

— Boa sorte! Espero que tudo dê certo para vocês.

Ao sair do restaurante, Paulinho sentiu o peso da responsabilidade recair novamente sobre seus ombros. Ele havia conseguido o endereço, mas a parte mais difícil ainda estava por vir: convencer Jandira a ajudá-lo. Sabia que seria uma conversa delicada e carregada de emoções. O caminho até a casa de Jandira não era apenas físico, mas também emocional, e ele precisaria estar preparado para enfrentar as feridas do passado.

Enquanto dirigia de volta ao hotel, já tarde da noite, pensava no que diria a Jandira quando a encontrasse. As lembranças do que ouvira sobre o sofrimento dela, o abandono, as dificuldades que enfrentou sozinha o fizeram refletir sobre como aquele passado poderia interferir em sua missão.

Um novo pensamento começou a corroer sua mente. E se, ao encontrar Jandira, ela se recusasse a ajudar? A vida de Jandira, marcada por sofrimentos e abandonos, poderia ter criado um profundo rancor em seu coração, especialmente em relação à família de Aninha. A história dela era cheia de dor, e Paulinho sabia que, mesmo que conseguisse encontrá-la, haveria ainda a enorme questão de ela querer ou não permitir que sua filha doasse o órgão que salvaria Aninha.

Enquanto dirigia para o próximo destino, esses pensamentos o acompanhavam. "Será que Jandira vai permitir que sua filha ajude? Será que ela ainda carrega mágoa por tudo o que passou?" Ele se perguntou várias vezes, mas logo afastou as dúvidas. Agora não era hora de desanimar, precisava tentar, acreditar que o amor e o desejo de salvar uma vida seriam mais fortes do que qualquer rancor do passado. Com o endereço em mãos, seguiu viagem, com uma mistura de esperança e incerteza. Seu coração estava apertado, mas a determinação de salvar Aninha era mais forte do que qualquer dúvida.

Paulinho passou o resto do dia dirigindo seu carro, mantendo-se dentro da velocidade permitida, mas com o coração acelerado a cada quilômetro percorrido. A tensão e a ansiedade cresciam à medida que ele se aproximava de Jandira, a mulher que, de alguma forma, poderia salvar a vida de Aninha. No entanto, o tempo não estava a seu favor. As notícias que recebera de Marta não eram boas. Enquanto o carro avançava pela estrada sinuosa, pensamentos angustiantes inundavam sua mente.

A cada curva, a cada quilômetro vencido, ele repetia para si mesmo uma pergunta que não conseguia afastar: "será que Jandira permitirá que eu fale com sua filha?".

Jandira havia sido expulsa da região, carregando o fardo de criar uma filha sozinha depois de ser abandonada pelo pai da criança. Ele tentava imaginar o que ela teria passado, mas sua mente não conseguia compreender a extensão desse sofrimento.

"Ela deve ter um coração ferido, cheio de mágoas e rancores, por tudo o que passou", murmurava para si mesmo, os dedos apertando com força o volante. "Se fosse eu, não sei se conseguiria perdoar alguém que me causou tanta dor." Esses pensamentos o atormentavam e deixavam seu coração ainda mais pesado, já abalado pela situação crítica de Aninha. Ele sabia que o futuro da mulher que amava estava nas mãos de Jandira, e o medo de ser rejeitado o corroía por dentro. A dúvida o torturava.

Enquanto dirigia, a paisagem ao redor mudava de forma sutil, saindo de áreas urbanas para pequenas vilas e campos. Ele estava agora no meio de um cenário rural, com colinas ao longe e o sol começando a se pôr, tingindo o céu com tons de laranja e rosa. O tempo passava, e sua angústia crescia. Cada pensamento sombrio levava Paulinho a questionar se conseguiria encontrar Jandira a tempo e, mais importante, se ela estaria disposta a ajudá-lo.

Em meio a esses pensamentos, foi subitamente interrompido pelo toque do telefone. Era Marta, o coração de Paulinho saltou. Atendeu rapidamente, esperando por qualquer notícia, mas sua voz era tensa.

— Paulinho, eu não queria te preocupar ainda mais, mas. Aninha piorou um pouco hoje. Os médicos estão fazendo tudo o que podem, mas o tempo está correndo. Precisamos agir rápido.

O mundo pareceu parar por um momento. Uma sensação de urgência extrema tomou conta de Paulinho. Acelerar a busca por Jandira não era mais uma opção, era uma necessidade. Ele agradeceu a Marta e desligou o telefone, sentindo o peso da realidade esmagando ainda mais seu coração já abalado. Agora, a corrida não era apenas para encontrá-la, mas para salvar a mulher que ele tanto amava.

Após algumas horas, já com o céu completamente escuro e a lua iluminando suavemente a estrada, finalmente viu uma placa indicando a entrada de uma pequena vila. O nome era familiar ele estava perto, o coração dele, apesar do medo e da incerteza, bateu mais forte com uma mistura de esperança e ansiedade. Estava cada vez mais próximo de Jandira e, quem sabe, de uma solução para o estado crítico de Aninha.

Logo à frente, avistou uma luz fraca saindo de uma casa simples, com um jardim modesto à frente. Era ali. Ele havia chegado ao endereço que tanto procurara. Parou o carro, respirou fundo e, por um momento, hesitou. Todas as suas preocupações retornaram em um turbilhão de emoções. "O que vou dizer a ela? Como vou convencer uma mulher que sofreu tanto a me ajudar?", pensou. Mas, no fundo, sabia que não podia desistir. Aninha dependia disso. Sua filha, a pequena Maria, dependia disso.

Desceu do carro e caminhou em direção à porta, seus passos eram lentos, como se o peso de suas dúvidas o impedisse de avançar com facilidade. Quando estava prestes a bater à porta, ela se abriu. Uma mulher de aparência cansada, mas com olhos fortes e penetrantes, apareceu. Era Jandira. O tempo parecia ter sido implacável com ela, mas sua presença era firme. Sem dizer nada, ela olhou para Paulinho como se já soubesse quem ele era e o que o trazia ali.

— Você é Paulinho, não é? — disse, sua voz rouca, mas carregada de uma certeza estranha.

Paulinho ficou surpreso por ela saber seu nome, mas rapidamente assentiu: — Sim, eu preciso falar com você sobre minha esposa, e sobre sua filha — respondeu, com a voz falhando levemente.

Antes que pudesse continuar, Jandira deu um passo para trás, abrindo a porta por completo.

— Entre, temos muito o que conversar.

Naquele momento, Paulinho percebeu que, apesar de todo o sofrimento que Jandira havia passado, talvez ainda houvesse esperança. Talvez, dentro dela, existisse a força necessária para perdoar e, de alguma forma, salvar Aninha.

Ele entrou na casa, observando o ambiente ao seu redor. O lugar era modesto, mas limpo e organizado. Havia móveis simples, uma lareira acesa que aquecia o ambiente, e fotos antigas nas paredes, algumas ligeiramente desbotadas pelo tempo. Ele pôde notar que a casa carregava memórias, cada detalhe parecia contar uma história de sofrimento e superação.

Jandira o guiou até uma pequena sala de estar e indicou um sofá para que ele se sentasse. Ela mesma sentou-se em uma poltrona próxima, cruzando as mãos no colo. O silêncio entre os dois era palpável, como se ambos estivessem esperando que o outro desse o primeiro passo. Paulinho não sabia exatamente como começar, mas sabia que a conversa precisava acontecer. Respirou fundo e começou.

— Eu sei que o que estou prestes a pedir é muito, Jandira. Sei que você teve uma vida difícil, que sofreu e enfrentou muitas coisas sozinha, especialmente por causa do abandono que sofreu no passado, mas a situação é grave. Sua filha, ela pode ser a única esperança para salvar a vida da minha esposa, Aninha.

Jandira franziu a testa, visivelmente desconfortável com a menção ao passado, mas permaneceu em silêncio. Paulinho percebeu que esse era um assunto sensível e que precisaria abordá-lo com cautela. Prosseguiu: — Aninha está muito doente. Os médicos disseram que a única maneira de salvar a vida dela é com uma doação de órgão, e sua filha é a única pessoa que pode ser compatível. Eu não estou pedindo isso levianamente, sei que o passado entre você e a família dela é complicado, mas acredito que você não deixaria uma vida inocente se perder.

Jandira suspirou profundamente, seus olhos distantes. Por um momento, Paulinho pensou que ela estava revivendo todos os momentos difíceis de sua vida, o abandono, a rejeição, as lutas para criar sua filha sozinha. Ele podia ver a dor em seu olhar, mas também notava uma determinação silenciosa, algo que a impediu de ser quebrada por completo.

— O que você sabe sobre o meu passado? — Jandira finalmente quebrou o silêncio, a voz mais suave do que ele esperava. — Você sabe o que é ser abandonada por todos? Ter que criar uma filha sem o apoio de ninguém, lutando contra todos os olhares de desprezo e julgamentos? E agora você aparece, pedindo para que minha filha ajude a salvar a vida de alguém da mesma família que nos abandonou?

Paulinho engoliu em seco, sentindo o peso das palavras de Jandira. Sabia que não seria fácil, mas a magnitude da dor que ela carregava era maior do que ele imaginava. Ainda assim, não podia desistir. A vida de Aninha dependia disso.

— Eu não posso dizer que entendo completamente sua dor, Jandira, mas sei que você é uma mulher forte, que sobreviveu a tudo isso, e acredito que essa força também pode ajudar a salvar a vida da Aninha. Não é por causa da família dela é por ela, pela sua filha e pela possibilidade de fazer algo maior.

Antes que Jandira pudesse responder, uma figura jovem surgiu na porta da sala. Era uma garota de cerca de 18 anos, com cabelos escuros e olhos penetrantes, que observava a cena com curiosidade. Paulinho soube imediatamente que aquela era a filha de Jandira.

— Quem é esse homem, mãe? — perguntou a garota, lançando um olhar desconfiado para Paulinho.

Jandira se levantou lentamente e colocou a mão no ombro da filha.

— Este é Paulinho. Ele veio nos pedir algo complicado, por enquanto apenas escute.

Paulinho sentiu um novo impulso de esperança. Sabia que, se a filha de Jandira estivesse presente, talvez ela mesma pudesse intervir na decisão. Decidiu ser o mais honesto e direto possível, aproveitando a oportunidade.

— Eu sou marido da Aninha... — começou com a voz um pouco trêmula, mas firme — sua irmã. Ela está muito doente, e a única chance de sobrevivência dela é se você aceitar fazer uma doação de órgão. Eu sei que isso é muito para processar e não espero que decida agora, mas por favor, pense na possibilidade de salvar uma vida.

A jovem olhou para a mãe, buscando uma resposta. Jandira, por sua vez, permaneceu em silêncio, seus olhos fixos no chão. A tensão na sala era quase palpável. Paulinho sabia que estava em território delicado e que qualquer palavra errada poderia arruinar tudo.

Depois de alguns minutos, a jovem, que se chamava Mariana, olhou diretamente para Paulinho e disse: — Eu preciso de um tempo para pensar. Não sei como me sinto sobre isso, mas entendo a gravidade da situação.

Jandira, que até então permanecera calada, finalmente ergueu os olhos e disse: — Vamos pensar sobre isso. Agora, vá descansar. Esta conversa não terminou, mas precisa de tempo.

Paulinho assentiu, agradecendo profundamente por aquela pequena abertura. Sabia que o caminho ainda seria difícil, mas agora havia uma esperança, e ele faria tudo para garantir que Aninha tivesse uma chance de sobreviver.

Saiu da casa com a promessa de voltar no dia seguinte. Ao entrar no carro, sua mente começou a ser invadida por dúvidas. "Será que Mariana é mesmo a irmã de Aninha? A idade não parece bater. Será que o Sr. Frederico mentiu mais uma vez? Por que ele faria isso?" Essas perguntas agitavam os pensamentos de Paulinho enquanto ele dirigia em direção ao hotel. O que aconteceria se ela não fosse quem ele esperava? E se toda essa busca fosse em vão? Essas incertezas se misturavam ao alívio temporário de ter ao menos conseguido falar com Jandira e sua filha.

Ao chegar ao hotel, Paulinho tentou digerir as várias possibilidades que poderiam estar acontecendo. Sentou-se na beira da cama, com o quarto iluminado apenas pela luz fraca do abajur e pegou o telefone para ligar para Marta, buscando notícias de Aninha. A amiga, com voz calma, informou que o quadro de Aninha permanecia o mesmo.

— Ela está estável, mas muito frágil. Os médicos dizem que devemos continuar tendo fé. Pelo menos, sua filha tem se alimentado bem, e todos no hospital estão surpresos com o progresso.

Essas palavras deram um breve alívio a Paulinho, especialmente após o dia cansativo que havia enfrentado, sabia que a resolução desse mistério ainda estava distante.

No dia seguinte, no horário combinado, Paulinho voltou à casa de Jandira. Ao chegar, foi recebido com um sorriso simpático por Jandira, que o convidou calorosamente para tomar um café. O aroma acolhedor do café fresco preenchia a pequena cozinha, e uma mesa simples, porém convidativa, estava posta, com uma variedade de quitutes, incluindo bolachas de nata que Jandira e Mariana haviam preparado. Mariana, com um sorriso aberto, já estava sentada à mesa, aguardando para tomar o café da manhã com eles. Paulinho, apesar de nervoso, sentiu-se um pouco mais à vontade diante da hospitalidade.

Quando se sentou, o ambiente se tornou silencioso por um instante. Ele não sabia exatamente como iniciar a conversa sobre o que elas haviam decidido. Seu coração batia forte, mas mantinha a esperança de que receberia uma resposta positiva. Jandira, percebendo o desconforto do rapaz, resolveu quebrar o silêncio.

— Bem, Paulinho, nós duas ficamos até tarde ontem conversando e pensando em como contar a verdade para você. Mariana é minha filha mais nova, e ela sabe tudo sobre meu passado, e você merece saber também, para entender o que realmente aconteceu e por que as coisas são como são.

Paulinho, atento a cada palavra, ficou triste e apreensivo, mas seu coração ainda carregava uma pequena centelha de esperança. Ele sabia que aquela verdade, por mais dolorosa que fosse, poderia finalmente trazer as respostas que tanto procurava. Jandira então começou a contar sua história, uma narrativa que Paulinho sabia ser cheia de cicatrizes.

— Eu era jovem e me apaixonei por um rapaz que era filho de um fazendeiro muito importante na região. Minha mãe sempre dizia que aquilo não daria certo, mas, cega de amor, eu acreditava que ele me amava de verdade. Porém, os pais dele o pressionavam a não se envolver comigo. Eles achavam que eu não era boa o suficiente para a família deles.

Ela suspirou, seu olhar perdido em memórias distantes. Paulinho podia ver a dor em seus olhos.

— Um dia, resolvemos fugir por uma noite. Achamos que isso os faria perceber que não podiam nos separar. No dia seguinte, voltamos. Minha mãe ficou aliviada por me ver, mas, quando contei onde havia estado, ela ficou preocupada, dizendo que o pai dele nunca aceitaria isso e que ele poderia mandar me matar.

Paulinho franziu a testa, surpreso pela severidade da situação. Jandira continuou: — Alguns dias depois, comecei a passar mal e fui ao médico com minha mãe. Foi aí que descobrimos que eu estava grávida. Minha mãe me proibiu de procurá-lo, mas eu estava determinada a contar a ele que seria pai. Quando finalmente consegui falar, ele ficou feliz e foi correndo contar aos pais. Pensávamos que, com a notícia da gravidez, eles finalmente nos deixariam casar, mas, em vez disso, os pais dele nos humilharam.

Paulinho sentiu o peso daquelas palavras. A história de Jandira era marcada pela rejeição e sofrimento.

— Os pais dele apareceram na minha casa e nos expulsaram da região. Minha mãe e eu ficamos tão assustadas que fugimos no amanhecer do dia seguinte, levando apenas algumas roupas. Fomos como mendigas, sem destino. Acabamos encontrando abrigo com uma mulher chamada Caridade, que nos acolheu e ofereceu comida e um lugar para dormir.

Jandira fez uma pausa, seus olhos brilhando com as lágrimas que tentava segurar. Paulinho sentiu-se tomado por compaixão, sabendo o quanto aquela história havia moldado a vida dela.

— Essa mulher, Caridade, nos ajudou mais do que poderíamos imaginar. No dia seguinte, nos ofereceu um café da manhã farto e nos apresentou ao seu irmão, Arthur, que estava de passagem pela região. Ele nos levou para a cidade de Pedra Linda e nos ajudou a conseguir emprego. Minha mãe trabalhou na cozinha de um restaurante, e eu fui atendente. Arthur sempre almoçava lá, e aos poucos começamos a nos aproximar.

Jandira sorriu levemente ao lembrar de Arthur.

— Ele sabia da minha gravidez e, mesmo assim, me pediu em casamento. Eu estava assustada, mas aceitei. Tivemos duas filhas a mais velha que ele assumiu como se fosse filha de sangue dele, que é professora, e Mariana.

Paulinho olhou para Mariana, que estava em silêncio, mas atenta à conversa.

— Então, Mariana não é a irmã de Aninha?

Jandira balançou a cabeça.

— Não. Sua busca não é por ela, mas há algo que você precisa saber sobre minha outra filha. Ela não teve filhos, mas sempre manteve contato comigo. Talvez ela possa te ajudar, mas precisa falar com ela. Vou te dar o endereço.

Paulinho, embora decepcionado por Mariana não ser quem ele esperava, sentiu uma nova faísca de esperança. Talvez essa outra filha pudesse ser a chave para salvar Aninha.

O destino parecia brincar com ele, mas não estava disposto a desistir. Com o novo endereço em mãos e uma despedida calorosa de Jandira e Mariana, partiu, determinado a seguir essa nova pista.

Paulinho agora sabia que o nome da pessoa que procurava era Marta. Ela era professora e, para sua surpresa, morava na mesma cidade que ele. Com o endereço em mãos, se sentia cada vez mais próximo de uma solução para o dilema que atormentava seu coração. Sua missão era clara: encontrar Marta, convencê-la a doar o órgão que poderia salvar a vida de sua amada Aninha. Esse era o último fio de esperança que restava para garantir uma chance de vida para Aninha.

Dirigindo pela estrada, Paulinho sentia a tensão em cada quilômetro percorrido. Ele olhava fixamente para a estrada, seus pensamentos vagando entre o medo e a determinação. "Aguenta firme, meu amor, estou chegando logo, tudo isso vai passar", sussurrou baixinho, como se Aninha pudesse ouvir sua voz. O cansaço que antes pesava sobre ele parecia se dissipar à medida que se aproximava da cidade, substituído por uma energia renovada e a esperança de que tudo daria certo.

Quando finalmente avistou a cidade, Paulinho respirou fundo, tentando manter o foco. Ele dirigiu direto até o endereço que tinha em mãos, ansioso para encontrar Marta e iniciar aquela difícil conversa. Porém, ao chegar à casa, foi recebido por um senhor de idade que o olhou com curiosidade.

— Boa tarde. No que posso lhe ajudar? — perguntou o homem, com uma expressão simpática.

Paulinho, ainda recuperando o fôlego da longa viagem, respondeu: — Estou procurando uma mulher chamada Marta. Disseram-me que ela mora aqui.

O homem franziu o cenho e coçou o queixo, parecendo pensar por um momento.

— Ah, sim. Marta morou aqui, mas já faz alguns anos que ela se mudou. Comprou uma casa nova e saiu daqui.

Aquela informação caiu como uma pedra no peito de Paulinho. Ele sentiu um aperto no coração, e o desespero ameaçou tomar conta. No entanto, recusando-se a se deixar abater, ele rapidamente perguntou: — O senhor, por acaso, sabe o novo endereço dela?

O homem balançou a cabeça, meio arrependido de não poder ajudar mais.

— Infelizmente, não. Mas sei que ela continua lecionando. Ela é professora, dá aulas numa escola aqui perto. Se você perguntar na escola, eles podem te informar.

Paulinho, ainda abalado, agradeceu ao senhor e se despediu. No entanto, enquanto ele se afastava, algo começou a se conectar em sua mente. O nome da escola soava familiar era a mesma escola onde Aninha trabalhava! Ele não havia percebido isso no início, distraído pelo turbilhão de emoções, agora tudo fazia sentido.

Com essa nova pista, Paulinho decidiu que sua próxima parada seria na escola. Ao chegar, estacionou o carro e foi recebido pelo som de risos e conversas de crianças no pátio. Havia algo reconfortante naquele ambiente, como se o caos de sua vida por um momento ficasse em segundo plano. Ele se dirigiu até a recepção e, com a voz ligeiramente trêmula, pediu informações sobre Marta.

A recepcionista, uma mulher jovem e atenciosa, olhou em seus registros e, com um sorriso, disse: — Sim, Marta leciona aqui. Ela está dando aula neste momento, mas posso pedir que você espere por alguns minutos. Logo o intervalo começará, e ela poderá falar com você.

Paulinho agradeceu e se sentou na pequena sala de espera. Enquanto aguardava, seu coração batia acelerado. Sabia que a conversa que estava prestes a ter seria difícil. Ele não podia prever a reação de Marta, mas esperava que ela fosse compreensiva e se sensibilizasse com a situação. Ele precisava de toda a ajuda possível, e não havia espaço para falhas.

Minutos depois, Paulinho ouviu o som do sinal da escola, e logo um fluxo de crianças e professores começou a preencher os corredores. A jovem recepcionista se aproximou e o guiou até a sala dos professores, onde Marta estava. Quando ela apareceu, Paulinho ficou surpreso ao ver uma mulher de aparência tranquila, com um sorriso amável, muito parecida com Aninha. Havia algo familiar em seus olhos, como se o destino já tivesse traçado aquele encontro há muito tempo.

— Marta? — ele perguntou, com a voz mais firme do que esperava.

Ela assentiu e, curiosa, o convidou a se sentar.

— Sim, sou eu. Em que posso ajudá-lo?

Paulinho respirou fundo antes de começar a falar.

— Meu nome é Paulo, e eu estou aqui porque você é a única esperança que resta para salvar a vida de alguém muito importante para mim. Eu preciso te contar uma história....

Então narrou toda a jornada que tinha vivido com Aninha, o sofrimento dela no hospital, a busca incessante por uma solução e como ele havia chegado até ali, na esperança de que ela pudesse ser a chave para salvar a vida da esposa. Marta o escutou em silêncio, seus olhos suavemente marejados, absorvendo cada palavra com atenção.

Após ouvir toda a história, ela ficou em silêncio por alguns instantes, processando cada palavra com atenção. Seus olhos mostravam uma mistura de empatia e confusão, enquanto buscava entender a situação em que se encontrava. Finalmente, ela quebrou o silêncio, falando com uma voz calma, porém firme: — Eu sinto muito pelo que você e sua esposa estão passando, mas acho que cometeu um engano. Meu nome é Marta, mas a que você está procurando não sou eu. Deve ser a Marta do terceiro ano. Coincidentemente, ela tirou uma licença recentemente para ajudar uma amiga que está passando por um problema de saúde; se não me engano, é algo parecido com o que você descreveu.

Paulinho ficou surpreso com a revelação. A coincidência parecia absurda, ao mesmo tempo oferecia uma nova esperança. Com o coração acelerado, ele agradeceu e foi diretamente à secretaria da escola para tentar obter o endereço da outra Marta. Ele contou brevemente sua história para a secretária e fez a solicitação de contato. A atendente, percebendo a urgência na sua voz, rapidamente verificou os registros e forneceu o endereço.

Quando Paulinho olhou o papel com o endereço em mãos, seu coração quase parou. Ele reconheceu aquele endereço imediatamente. Era o mesmo endereço do seu melhor amigo e da melhor amiga de Aninha. Por um momento, riu incrédulo, com lágrimas nos olhos.

"Isso não pode ser verdade... Deve haver algum engano. Será que estão brincando comigo?", sussurrou para si mesmo, sentindo uma mistura de choque e esperança.

No entanto, era verdade. Tudo apontava para que aquela Marta fosse realmente a pessoa que ele procurava. Sem perder mais tempo, Paulinho dirigiu diretamente ao hospital, onde sabia que encontraria a amiga, agora com a suspeita crescente de que ela era sua cunhada. Ao chegar, entrou apressado e, ao avistar Marta, correu até ela, a abraçando fortemente. Surpresa, ela correspondeu ao abraço, mas perguntou, confusa: — Paulinho, o que está acontecendo? Por que essa alegria toda? Você está me assustando!

Ainda com a voz trêmula e o coração acelerado, ele perguntou: — Antes de mais nada, sua mãe se chama Jandira?

Marta deu um passo para trás, surpresa com a pergunta.

— Sim, minha mãe se chama Jandira. Mas por que está me perguntando isso?

Ela olhou para o rosto de Paulinho, que estava visivelmente emocionado.

Ele, com os olhos brilhando, mal conseguia conter a felicidade.

— Marta, você... você é a irmã de Aninha!

Marta riu nervosamente, balançando a cabeça.

— Você está ficando doido? Que história é essa? Eu e Aninha irmãs? Isso não faz o menor sentido!

Paulinho fez um gesto para que ela se sentasse no sofá da recepção do hospital.

— Por favor, sente-se e me ouça com atenção. Eu preciso te contar tudo o que descobri nos últimos dias.

Então começou a contar desde o início, detalhando todas as revelações que havia obtido, incluindo a história que Jandira havia contado sobre o passado. Ao descrever como tudo parecia se encaixar, Paulinho via a expressão de surpresa nos olhos de Marta se transformar em uma mistura de choque e reconhecimento.

— Veja só como a vida dá voltas — disse, rindo nervosamente. — Você esteve tão perto de Aninha todo esse tempo, e ninguém jamais suspeitou que vocês duas eram irmãs. Nem mesmo eu! É como se o destino tivesse preparado tudo isso.

Marta ficou em silêncio por alguns segundos, olhando fixamente para o chão. Quando finalmente falou, sua voz estava embargada de emoção.

— Agora que você diz isso... desde que conheci Aninha, senti algo estranho. Havia uma conexão entre nós, algo que não consegui explicar. Eu gostei dela desde o primeiro instante, como se fosse uma irmã. mas nunca imaginei que isso pudesse ser real.

Ela sorriu, tentando conter as lágrimas.

— Talvez, no fundo, meu coração já soubesse, mas eu nunca quis dar voz a esse sentimento.

Com a notícia de que ela e Aninha poderiam ser irmãs, Marta não hesitou mais. Ela se levantou imediatamente e, sem precisar que Paulinho dissesse mais nada, foi até o médico responsável. Com determinação na voz, ela disse: — Eu quero fazer o exame. Preciso verificar se sou compatível para doar a medula para Aninha.

O médico, percebendo a urgência e a importância do pedido, a encaminhou para os procedimentos necessários. Paulinho, nervoso, aguardava no corredor do hospital, torcendo para que essa fosse a solução que ele tanto buscava. Cada minuto parecia uma eternidade.

Finalmente, após um longo período de espera, o resultado do exame chegou. O médico se aproximou de Marta e Paulinho, com uma expressão séria no rosto.

— Infelizmente, os resultados mostram que Marta não é compatível para a doação.

A notícia caiu como uma bomba. Paulinho sentiu o chão desaparecer sob seus pés, sua última esperança escorrendo pelos dedos. Marta, apesar de decepcionada, colocou a mão no ombro de Paulinho e disse, com a voz serena: — Eu posso não ser compatível, mas agora que sabemos que sou irmã de Aninha, não vou desistir. Vamos continuar buscando por uma solução juntos. Somos uma família, e não vou abandoná-la.

Marta, sentindo-se mais empenhada do que nunca em salvar Aninha, não perdeu tempo. Após o exame que mostrou que ela não era compatível para a doação de medula, tomou uma decisão. Com determinação, foi falar com os médicos e perguntou se poderia convidar amigos e conhecidos para realizar exames, na esperança de encontrar alguém que fosse compatível e pudesse doar a medula para Aninha.

Os médicos, sensibilizados pela urgência do caso e pela dedicação de Marta, concordaram com a ideia.

— Quanto mais pessoas testadas, maiores as chances de encontrarmos um doador compatível — disse um dos médicos, apoiando a iniciativa.

Marta, com o aceite dos médicos em mãos, dirigiu-se ao laboratório do hospital e entregou o documento, autorizando que o hospital organizasse a coleta de sangue para todos que desejassem participar da campanha de doação. Sabendo que seria necessário o máximo de ajuda possível, começou a planejar a divulgação da campanha de forma ampla.

Como era muito conhecida na escola onde trabalhava, teve uma ideia. Decidiu pedir apoio à direção para divulgar a campanha. Ela foi até o diretor e, emocionada, explicou a situação de Aninha, que também era querida por muitos professores, alunos e pais. O diretor, compreendendo a gravidade da situação, concordou prontamente em ajudar.

— Vamos mobilizar toda a comunidade escolar, Marta. Aninha é uma pessoa muito querida por todos nós. Tenho certeza de que muitas pessoas estarão dispostas a ajudar — disse.

No mesmo dia, uma campanha foi lançada na escola. Cartazes foram espalhados pelos corredores, explicando a situação de Aninha e convidando a todos para irem ao hospital realizar o exame. Além disso, mensagens foram enviadas para os grupos de pais e professores, convocando voluntários para a doação de medula. Marta também usou as redes sociais para ampliar o alcance da campanha, recebendo um grande apoio de amigos, ex-alunos e colegas de trabalho.

No dia seguinte, logo pela manhã, Marta e Paulinho se dirigiram ao hospital, ansiosos para ver o resultado da campanha. Ao chegarem, ficaram surpresos e emocionados ao verem a quantidade de pessoas que haviam atendido ao chamado. A fila do laboratório estava enorme, com dezenas de pessoas esperando pacientemente para fazer a coleta de sangue e verificar a compatibilidade. Alguns voluntários chegaram a trazer mais amigos e familiares, aumentando ainda mais as chances de sucesso.

Entre os voluntários, estavam antigos colegas de trabalho de Aninha, pais de alunos, professores, e até pessoas que eles nunca tinham visto antes, mas que haviam sido tocadas pela história. Havia também uma antiga amiga de Aninha, chamada Clara, que tinha perdido o contato com ela há alguns anos. Quando Clara soube da situação, não pensou duas vezes antes de ir ao hospital.

— Eu e Aninha éramos muito próximas na época da faculdade — disse com os olhos cheios de lágrimas. — Não podia ficar de braços cruzados sabendo que ela precisava de ajuda.

O dia inteiro foi dedicado à coleta de sangue. Os técnicos do laboratório, cientes da urgência da situação, trabalharam incansavelmente para realizar os exames em todos os voluntários. Marta e Paulinho sabiam que a probabilidade de encontrar um doador compatível era baixa, mas também sabiam que cada nova pessoa testada aumentava as chances.

Durante os intervalos entre as coletas, foram até a sala de espera do hospital para conversar com os voluntários. Agradeciam a cada pessoa que havia tirado um tempo do seu dia para ajudar. Paulinho estava especialmente emocionado ao ver quantas pessoas tinham se mobilizado pela causa de Aninha.

Enquanto aguardavam os resultados dos primeiros exames, Marta conversou com uma colega da escola, chamada Vanessa, que também tinha comparecido para fazer o exame.

— Eu sempre soube que Aninha era especial, disse Vanessa. — Ela tem um coração enorme e sempre se importou com os outros. Não poderia deixar de vir aqui hoje para ajudar de alguma forma.

A empatia e a solidariedade das pessoas davam forças para Marta e Paulinho continuarem. Eles sabiam que a luta seria difícil, mas o apoio da comunidade e de tantas pessoas queridas lhes trouxe uma renovada sensação de esperança. Enquanto as horas passavam, Paulinho sentia que, embora o caminho à frente ainda fosse incerto, não estavam mais sozinhos nessa jornada.

À medida que o dia avançava, as notícias da campanha começaram a se espalhar ainda mais pela cidade. Várias rádios locais divulgaram o apelo, até mesmo pequenos jornais publicaram notas sobre a necessidade urgente de um doador de medula para Aninha. A solidariedade tomou conta da cidade, com pessoas de diversos bairros indo ao hospital no final da tarde para participar dos exames.

À noite, quando o movimento no hospital começou a diminuir, Marta e Paulinho finalmente se sentaram para descansar um pouco. Estavam exaustos, mas cheios de gratidão. O que começou como uma simples ideia havia se transformado em uma grande corrente de solidariedade.

— Pode ser difícil, disse Marta, olhando para Paulinho — mas não é impossível. Agora, mais do que nunca, acredito que vamos encontrar uma solução para salvar Aninha.

Ele assentiu, com os olhos marejados, sabendo que, embora o futuro fosse incerto, o amor e o apoio de tantas pessoas haviam renovado suas esperanças.

No dia seguinte, a campanha para encontrar um doador compatível para Aninha continuou com a mesma intensidade. Por três dias consecutivos, as filas no hospital pareciam intermináveis. O movimento incessante de pessoas se apresentando para fazer o exame de compatibilidade era uma prova de como a cidade inteira havia se mobilizado. Marta, que organizara a campanha, e Paulinho, que acompanhava cada passo ansiosamente, estavam impressionados com a solidariedade. Pessoas de todas as idades, famílias inteiras e grupos de amigos se reuniam em prol de uma única causa.

Entre os que se voluntariaram, estavam figuras que Paulinho e Marta não esperavam encontrar. Um dos médicos da campanha, o doutor Henrique, era um antigo colega de escola de Aninha, que a havia perdido de vista ao longo dos anos. Quando soube do caso, não hesitou em colaborar com a coleta de amostras e incentivou toda a equipe médica a dar seu melhor.

— Aninha sempre foi uma pessoa incrível — comentou em uma pausa entre as coletas. — Saber que estamos tentando salvar a vida dela me enche de propósito.

Outra pessoa inesperada a se juntar à campanha foi dona Celeste. Emocionada ao saber da situação de Aninha, mobilizou sua antiga turma de alunos adultos para irem ao hospital fazer o teste.

— Aninha é uma das melhores pessoas que já conheci. Ela me ajudou tanto nos projetos sociais que organizamos para a comunidade. Não poderia ficar de fora neste momento, disse, com os olhos brilhando de emoção.

As redes sociais da cidade também explodiram com mensagens de apoio. Vídeos de moradores incentivando as pessoas a irem ao hospital viralizaram, e as emissoras de rádio e TV locais estavam cobrindo a campanha. Até mesmo empresários da região ofereceram transporte gratuito para quem quisesse ir ao hospital e não tivesse meios de locomoção. A cidade estava unida por uma causa maior: salvar a vida de Aninha.

Certa noite, após mais um dia intenso de mobilização, Paulinho estava sentado ao lado da cama da esposa. Segurava sua mão delicadamente enquanto ela dormia. A expressão serena no rosto dela, apesar de toda a fragilidade, enchia o coração dele de esperança e amor. Ele se sentia exausto, mas sabia que não podia parar. Aninha precisava dele, assim como ele precisava dela.

Quando ela acordou, Paulinho decidiu contar todas as novidades. Com a voz suave, começou a descrever tudo o que havia acontecido nos últimos dias, especialmente sobre a mobilização das pessoas para fazer os exames.

— Você não imagina o quanto todos te amam, disse com um sorriso terno. — A cidade inteira está se movendo por você, meu amor. As filas para o exame não param de crescer. É impressionante ver como tantas pessoas estão dispostas a ajudar.

Aninha ouvia cada palavra com atenção; à medida que Paulinho falava, seus olhos se enchiam de lágrimas de gratidão. Ela mal podia acreditar que tantas pessoas, muitas das quais ela mal conhecia, estavam dispostas a fazer tanto por ela. Seu coração parecia que ia explodir de felicidade.

— Eu... eu não sei nem o que dizer, amor — respondeu, com a voz embargada. — Saber que sou tão querida, que tantas pessoas se importam... Isso me dá forças para continuar lutando.

Embora soubesse que as chances de encontrar um doador compatível eram pequenas, Aninha se sentia renovada. A esperança, que às vezes parecia escorregar entre seus dedos, voltava com força total. O sorriso, que nunca desaparecera completamente de seu rosto, parecia mais brilhante do que nunca.

Enquanto Paulinho continuava contando sobre os últimos dias, Aninha se lembrou de amigos que não via há muito tempo e que agora estavam se mobilizando para ajudá-la.

— Clara veio aqui, sabia? — disse Paulinho. — Ela fez o exame e está torcendo muito para ser compatível.

Aninha sorriu, emocionada.

— Clara sempre foi incrível. Não posso acreditar que ela veio... Isso é tão especial.

Paulinho mencionou também outros nomes familiares

— Vanessa também veio, até dona Marlene, a vizinha da sua infância, passou aqui para deixar uma mensagem de apoio. Parece que todo mundo que já cruzou seu caminho está aparecendo para ajudar de alguma forma.

Aninha sorriu ao ouvir os nomes de pessoas tão queridas, pessoas que marcaram sua vida de uma forma ou de outra. Era como se, de repente, sua história estivesse sendo revisitada e cada pessoa importante estivesse retornando para dar um toque de carinho e solidariedade. Isso a fazia se sentir especial e profundamente amada.

Paulinho falou sobre a ajuda que vinha de lugares inesperados.

— Até o prefeito da cidade ficou sabendo da campanha e enviou uma equipe para organizar melhor as filas e dar suporte aos voluntários. Ele disse que vai disponibilizar uma estrutura temporária no ginásio municipal se o hospital não der conta do volume de pessoas que estão querendo fazer o teste.

A essa altura, Aninha já não conseguia conter as lágrimas.

— É incrível. Nunca imaginei que tantas pessoas fariam isso por mim, eu sou uma só, Paulinho... Por que tudo isso? — perguntou ela com um misto de humildade e surpresa.

Paulinho sorriu, enxugando as lágrimas do rosto dela.

—Você não é uma só, Aninha. Você é alguém especial que tocou a vida de tantas pessoas com sua bondade e generosidade. Agora é a vez de todos retribuírem um pouco do que você fez por eles.

Aquela noite foi diferente das outras. Aninha, que já havia enfrentado momentos de desânimo e cansaço, sentia uma nova energia percorrer seu corpo. Ela sabia que ainda havia um longo caminho pela frente, mas agora estava cercada por um amor e uma solidariedade tão fortes que sentia como se pudesse enfrentar qualquer coisa.

— Vamos conseguir, amor, eu sei que vamos — disse, apertando a mão dele com um pouco mais de força.

Paulinho sorriu e assentiu, sentindo o mesmo no fundo do coração.

— Sim, vamos conseguir, respondeu ele, com a certeza de que, com tanta gente ao lado deles, a cura da amada era apenas uma questão de tempo.

Ele começou a falar com mais detalhes sobre o empenho de Marta na campanha de mobilização.

— Marta tem sido incansável, Aninha. Ela está fazendo tudo o que pode. Mobilizou a escola, os amigos, até os médicos, ela não descansou um só minuto — disse, admirando a dedicação de Marta. — Graças a ela, conseguimos fazer tantas pessoas se juntarem à campanha. Ela até trouxe antigos colegas que não víamos há anos para fazerem os exames.

Aninha ouvia tudo atentamente, seus olhos se enchendo de lágrimas. Entre tantas novidades e surpresas, uma em particular mexia profundamente com suas emoções: a revelação de que Marta, sua amiga fiel, era, na verdade, sua irmã biológica. Aninha ficou em silêncio por alguns instantes, tentando processar essa nova realidade.

— Eu... não sei se choro ou se sorrio — disse com a voz embargada. — Saber que Marta é minha irmã... isso me deixou tão feliz, Paulinho. É como se uma parte de mim, que eu nem sabia que estava faltando, agora estivesse completa.

As palavras saíam devagar, como se ela ainda estivesse tentando compreender a magnitude dessa revelação.

— Sempre senti algo especial quando conheci Marta. Era uma sensação que não conseguia explicar. Parecia que ela já fazia parte da minha vida, mesmo antes de saber disso.

Paulinho segurou a mão de Aninha com ternura, permitindo que ela expressasse seus sentimentos.

— Eu me lembro bem de quando vocês se conheceram — comentou ele, sorrindo ao relembrar aquele momento. — Foi uma conexão imediata, como se vocês já se conhecessem de outras vidas.

Aninha sorriu, ainda emocionada.

— É verdade, Marta sempre esteve ao meu lado, me apoiando em tudo. Desde o início, ela me tratou com tanto carinho e dedicação. Agora faz sentido, agora entendo por que sempre senti que ela era mais do que uma amiga. Ela sempre foi minha irmã, só que nós não sabíamos.

Enquanto Aninha falava, uma enfermeira entrou no quarto para verificar os sinais vitais dela. Paulinho aproveitou o momento para refletir sobre tudo o que estava acontecendo. A revelação de Marta como irmã de Aninha parecia mais um milagre em meio a tantos desafios que eles vinham enfrentando. Era como se o destino estivesse finalmente revelando seus mistérios, trazendo à tona verdades ocultas que os conectavam ainda mais.

— Você sabe que Marta também está muito emocionada com essa descoberta, né? — perguntou Paulinho depois que a enfermeira saiu. — Ela me disse que, quando te conheceu, sentiu uma conexão especial. Mas, assim como você, nunca imaginou que eram irmãs.

Aninha balançou a cabeça, concordando.

— Eu quero falar com ela, Paulinho. Quero que saiba o quanto estou feliz por descobrir que somos irmãs. Quero agradecer por tudo o que ela fez por mim, por ter estado ao meu lado esse tempo todo sem nem saber de nossa ligação de sangue. Ela sempre me amou, e agora eu sei que esse amor é ainda mais profundo do que eu imaginava.

Paulinho, compreendendo o desejo da esposa, sugeriu: — Que tal chamarmos Marta para cá amanhã? Tenho certeza de que ela vai ficar emocionada em ouvir isso.

Aninha sorriu e assentiu, o coração cheio de esperança e amor. Ela sabia que, apesar de todos os desafios, havia muitas bênçãos inesperadas ao longo do caminho.

No dia seguinte, Marta chegou ao hospital, trazendo consigo mais novidades sobre a campanha. A sala de espera do hospital estava cheia de pessoas que haviam vindo se voluntariar para os testes. A mobilização não parava de crescer, mas, antes de contar os detalhes, foi direto ao quarto de Aninha. Quando entrou, os olhos das duas se encontraram, e Aninha, mesmo ainda frágil, abriu um sorriso caloroso.

— Marta — começou, com a voz suave, mas cheia de emoção. — Eu não sei nem como começar a agradecer. Saber que somos irmãs significa tanto para mim. Sempre senti que você era parte da minha vida de uma maneira especial.

Marta, com os olhos marejados, se aproximou e segurou as mãos de Aninha.

— Eu também senti isso, Aninha. Desde o primeiro dia, foi como se algo me ligasse a você. Agora que sabemos que somos irmãs, tudo faz sentido. Estou tão feliz por termos nos encontrado, e prometo que estarei sempre ao seu lado, não importa o que aconteça."

As duas se abraçaram, e Paulinho, que observava em silêncio, sentiu o coração aquecer. Ele sabia que, apesar das adversidades, o amor e a união que cercavam Aninha eram forças poderosas que ajudariam na sua recuperação.

Naquela mesma tarde, uma nova onda de voluntários chegou. Entre eles, João, um amigo de Aninha dos tempos de faculdade, que havia se afastado por conta da vida corrida, mas que, ao saber da situação, não hesitou em vir ao hospital.

— Eu precisava estar aqui, Aninha — disse João, ao entrar no quarto. — Você sempre foi uma grande amiga para mim, agora é a minha vez de retribuir.

Aninha ficou surpresa e feliz ao vê-lo.

— João! Eu não esperava te ver. Isso significa muito para mim.

Além de João, várias outras pessoas da comunidade, que haviam sido impactadas pelo trabalho e carinho de Aninha, também chegaram ao hospital para oferecer apoio, fazer testes ou simplesmente dar palavras de conforto.

No final daquele dia, os médicos vieram com mais notícias. Nenhum dos testes feitos até o momento havia encontrado um doador compatível, mas eles estavam otimistas. A mobilização continuava crescendo, e cada vez mais pessoas faziam questão de participar.

— As chances podem ser pequenas — disse o doutor Henrique — mas não vamos desistir. Quanto mais gente fizer o teste, maiores são as chances de encontrarmos alguém compatível.

Aninha estava em repouso em casa após ser liberada pelos médicos para aguardar o doador de medula em um ambiente mais tranquilo, longe dos riscos que o hospital poderia oferecer. O cansaço acumulado parecia pesar mais a cada dia, mas, ao mesmo tempo, seu coração permanecia aquecido pela onda de solidariedade e amor que a cercava. Ela sabia que, independentemente do que o futuro reservasse, nunca estaria sozinha. Paulinho estava constantemente ao seu lado, incansável em sua dedicação. Sua irmã, Marta, mostrava-se uma companheira inestimável, sempre presente nos momentos de maior necessidade, oferecendo conforto e força.

Além deles, amigos, vizinhos e conhecidos se uniam por sua causa, oferecendo apoio de todas as formas possíveis. Essa rede de afeto e empatia dava a ela as forças necessárias para continuar sua luta, mesmo quando o peso das circunstâncias parecia esmagador.

A cada novo amanhecer, Aninha compreendia melhor a fragilidade da vida. Contudo, também percebia como a esperança tinha raízes profundas, capazes de resistir até as mais ferozes tempestades. E, apesar das dificuldades que pareciam crescer diante dela como uma montanha impossível de escalar, a esperança prevalecia. O sorriso de Aninha, mesmo em momentos de cansaço extremo, ainda iluminava aqueles ao seu redor. Esse sorriso, cheio de luz e vida, tinha o poder de acalmar os corações aflitos e inspirar coragem nas pessoas que a acompanhavam em sua jornada.

Paulinho, observando-a de perto, misturava admiração e preocupação. Ele conhecia sua força e determinação como ninguém mais. Sabia o quanto ela ainda sonhava, mesmo em meio a tanto sofrimento. No entanto, algo na expressão dela o inquietava profundamente. Por trás da serenidade que Aninha tanto se esforçava para mostrar, ele percebia uma dor silenciosa, disfarçada apenas para não sobre carregá-lo. Ela reconhecia o quanto ele estava fazendo para ajudá-la, todo o esforço e sacrifício que estava disposto a realizar. Paulinho a amava acima de qualquer coisa, e Aninha sabia que ele faria o impossível para vê-la bem.

A verdade era que Aninha também estava sofrendo, e muito. Ela o amava tanto que faria qualquer coisa para poupá-lo de mais angústias. Não queria que o marido carregasse o peso daquela busca incerta, que, naquele momento, parecia quase impossível de se concretizar. Enquanto ela se esforçava para manter a fachada de tranquilidade, Paulinho começou a sentir o peso das suas próprias emoções. Deixou o quarto em silêncio, tentando não preocupá-la, mas, assim que chegou ao corredor vazio, as lágrimas que tanto lutava para segurar começaram a escorrer silenciosamente por seu rosto. O alívio de liberar a dor que guardava no peito fez com que ele se sentisse um pouco mais leve, mas a preocupação persistia latente, como uma sombra que o acompanhava.

Foi nesse momento que Miguel apareceu. Ele percebeu a tensão no ar e, sem hesitar, aproximou-se. Com um abraço forte e reconfortante, tentou acalmar o amigo. Até aquele instante, Paulinho vinha segurando suas emoções, mas a presença solidária do amigo o fez desabar. Miguel, sempre gentil e compreensivo, sabia o quanto aquela situação estava pesando.

— Estou com você, irmão — sussurrou, mostrando que ele não estava sozinho nessa batalha. Como sempre, Miguel se revelava um pilar de apoio, disposto a fazer tudo o que estivesse ao seu alcance para ajudar.

Enquanto os dois amigos compartilhavam aquele momento de cumplicidade, Marta percebeu que Aninha havia se afastado silenciosamente. Intrigada, levantou-se discretamente e saiu do quarto para procurá-la. Ao encontrá-la no corredor, parada em silêncio, Marta compreendeu de imediato o que se passava. Sem precisar de palavras, aproximou-se e a envolveu em um abraço apertado, transmitindo conforto e apoio.

— Estamos juntas nessa, Aninha. Você é mais forte do que imagina, disse com um sorriso terno, enquanto limpava as lágrimas que corriam pelo rosto da irmã.

Naquela noite, o ambiente no hospital estava tomado por sentimentos conflitantes — amor, dor, esperança e medo — e repleta de solidariedade. Cada um, à sua maneira, tentava lidar com as dificuldades da melhor forma que podia. Aninha sabia que, com todos ao seu lado, tinha motivos de sobra para continuar lutando. Paulinho, apesar do peso imenso que carregava, sabia que o amor e a amizade que o cercavam eram as maiores forças que ele possuía para superar qualquer obstáculo.

No dia seguinte, a pequena Maria finalmente recebeu alta. A emoção era palpável, e todos estavam ansiosos para levá-la para casa. Marta estava presente, assim como Paulinho e Mirtes. Eles foram juntos ao hospital para buscar a menina, e a alegria era evidente em seus rostos enquanto caminhavam pelos corredores do hospital. Maria, nos braços de Paulinho, olhava ao redor com seus olhinhos curiosos, ainda sem entender a magnitude do momento. A menina era a imagem da pureza e inocência, trazendo um brilho especial à vida daqueles que a cercavam.

Ao chegarem com Maria nos braços, foi como se um raio de sol tivesse atravessado a escuridão que pairava sobre a família. Todos estavam emocionados, e a sensação de vitória preenchia o ar. Marta foi a primeira a sugerir que fizessem uma pequena celebração.

— Devíamos fazer uma festa, nem que seja só para nós, para marcar este dia tão especial — disse ela, com um sorriso esperançoso no rosto.

Mirtes, sempre carinhosa, concordou, acrescentando: — Maria é uma bênção, e precisamos agradecer por sua saúde.

O clima de felicidade estava prestes a contagiar a todos, mas a lembrança de Aninha, que ainda enfrentava sua própria batalha de saúde, caiu sobre eles como um balde de água fria.

O silêncio se instalou, e as expressões alegres começaram a se desvanecer. Paulinho, que até então segurava Maria com um sorriso orgulhoso, abaixou a cabeça por um momento, sentindo o peso da saúde frágil de Aninha. Ele sabia que, embora tivessem motivos para comemorar a recuperação de Maria, a batalha de Aninha contra a doença ainda estava longe de terminar. O retorno de sua filha ao lar era uma vitória, mas incompleta sem a certeza de que sua esposa também venceria sua própria luta.

Quando Aninha, que estava em repouso, pegou Maria nos braços, ela sentiu uma onda de amor e esperança que aquecia seu coração. Por um breve instante, os problemas pareciam desaparecer. Aninha respirou fundo, olhando para sua filha com amor e determinação, e disse: — Não importa festa agora, o que realmente importa é que nossa princesa está aqui, nos trazendo um pouco de alegria no meio dessa tempestade.

Suas palavras, carregadas de emoção, refletiam o alívio de ter sua filha ao seu lado, mas também o peso que sua própria saúde fragilizada lhe impunha. Ela sabia que o retorno de Maria era um passo importante, mas sua mente ainda estava preenchida por incertezas e preocupações sobre o futuro.

Nesse momento, Joaquim apareceu à porta. Ele carregava consigo um presente especial — uma pequena manta bordada à mão para Maria. Joaquim, com seu jeito simples e coração generoso, entrou com um sorriso acolhedor. Ele olhou para Paulinho e, com a sabedoria que só os anos trazem, disse: — Essa menina é um raio de esperança, Paulinho. Ela chegou em um momento difícil, mas nos lembra que a vida segue, e que ainda temos muito pelo que lutar.

As palavras de Joaquim tocaram profundamente a todos. Marta, emocionada, aproximou-se dele e o abraçou com gratidão, reconhecendo o carinho que sempre demonstrava pela família. Mirtes, com seu instinto materno aguçado, aproximou-se de Paulinho, segurando suas mãos com firmeza. Ela olhou profundamente nos olhos do filho, transmitindo toda a força e apoio que ele tanto precisava.

— Filho... — começou ela, com a voz suave e reconfortante — a chegada de Maria é um lembrete de que, mesmo nas tempestades mais difíceis, a esperança nunca se apaga. Você e Aninha são fortes, e essa menina é a prova de que dias melhores virão.

Paulinho assentiu, sentindo as lágrimas começarem a se formar em seus olhos, mas ele as conteve, determinado a se manter firme por sua família. Maria, aconchegada em seus braços, era a prova viva de que, apesar de todas as adversidades, havia razões para sorrir. O amor que sentia por Aninha estava refletido no amor que agora nutria por sua filha, e ele sabia que, com cada pequeno passo que davam juntos como família, eles se aproximavam de dias melhores.

Naquela tarde, em vez de uma grande celebração, eles optaram por um momento de intimidade, apenas entre os mais próximos. Reunidos ao redor de Maria, sentaram-se na sala de estar, onde compartilharam histórias e risadas suaves, tentando encontrar algum alívio em meio à turbulência. Marta trouxe alguns doces que havia preparado na noite anterior, enquanto Joaquim, sentado em uma cadeira próxima à janela, começou a contar histórias de quando Paulinho e Aninha eram mais jovens. A casa, que por dias estivera envolta em um manto pesado de incerteza, parecia reviver, aquecida pela presença de Maria e pelo amor que ainda unia todos ali.

Apesar de não terem feito uma grande festa, todos sabiam que aquele momento era, de fato, uma vitória. Uma pequena vitória em meio a tantas batalhas, mas uma que dava fôlego e renovava as esperanças de que, em breve, Aninha receberia a tão esperada doação de medula e estaria completamente curada. Então, sim, a alegria seria plena, e a família poderia finalmente celebrar de verdade. Com Maria nos braços e o amor ao redor, sabiam que estavam um passo mais próximos de verem a felicidade completa retornar àquela casa.

Passaram o fim de semana em uma montanha-russa de emoções: alegria pela alta de Maria, tristeza pela saúde delicada de Aninha e esperança quanto aos resultados dos exames de compatibilidade. Na segunda-feira, receberiam as respostas dos testes realizados até aquele momento. Muitos haviam se voluntariado para fazer o exame, e, embora soubessem que as chances de encontrar um doador compatível eram baixas, havia uma remota esperança. Essa fagulha de otimismo mantinha a família unida, mas, ao mesmo tempo, a ansiedade corroía Paulinho por dentro.

Enquanto os outros tentavam se concentrar no lado positivo, Paulinho sentia o peso de suas responsabilidades como uma nuvem escura sobre seus ombros. Ele não falava muito, mas por dentro seu pensamento se voltava constantemente para a possibilidade de os exames não revelarem um doador compatível. "Como vou dar essa notícia para Aninha?", se perguntava. "Como ela reagirá?" Durante todo o fim de semana, foi torturado psicologicamente por esses pensamentos, tentando manter a compostura enquanto sua mente o arrastava para o lado mais sombrio das possíveis notícias.

Na segunda-feira, no horário marcado, ele já estava no hospital. Seu coração batia acelerado, andava de um lado para o outro na sala de espera, tentando se acalmar, mas sem sucesso. A ansiedade parecia aumentar a cada minuto que passava. Ele olhava para o relógio constantemente, como se o tempo estivesse em câmera lenta. Marta e Miguel chegaram logo depois para apoiá-lo, percebendo sua aflição. Marta, sempre prática, o abraçou e disse: — Estamos aqui com você. Não importa o que aconteça, vamos enfrentar isso juntos. Miguel foi até a lanchonete e trouxe um café, na esperança de acalmar os nervos do amigo.

Enquanto esperavam, Paulinho não conseguia parar de imaginar como seria se encontrassem um doador. Ele traçava mentalmente planos para conhecer a pessoa, agradecer-lhe pessoalmente, e, quem sabe, torná-la uma parte da família, já que estaria salvando a vida de Aninha. Ao mesmo tempo, outro pensamento insistia em tomar conta de sua mente: "E se não encontrarem ninguém compatível? O que vamos fazer? Como vou contar isso para Aninha?". O conflito interno era esmagador.

Finalmente, doutor Henrique apareceu no corredor. Todos ficaram em alerta, levantando-se de seus assentos com olhares apreensivos, esperando por uma boa notícia. O médico, com sua expressão neutra, começou a falar: — Bem, ainda há muitas pessoas interessadas em fazer o exame, e isso é um bom sinal. Elas já estão marcadas para começar os exames amanhã.

Paulinho, por um instante, sentiu uma leve onda de alívio ao ouvir que mais exames seriam realizados. Sua mente voou longe, imaginando que, entre essas novas pessoas, poderia estar o doador tão aguardado.

No entanto, a sensação de alívio foi passageira. Doutor Henrique prosseguiu: — Infelizmente, dos testes que foram realizados até agora, nenhum se mostrou compatível.

Ao ouvir essas palavras, o coração de Paulinho despencou. O chão parecia se abrir sob seus pés, e ele desabou em lágrimas.

— Não vou desistir — disse entre soluços. — Aninha é tudo para mim. Eu daria a minha vida por ela, se fosse possível.

Marta, profundamente emocionada ao ver o sofrimento do cunhado, tentou manter a calma, mas também foi dominada pela emoção.

— Nós estaremos sempre ao lado da minha irmã — disse com a voz embargada.

Não aguentando a intensidade do momento, Marta saiu pelo corredor do hospital. As lágrimas que ela tentava conter finalmente rolaram pelo seu rosto.

Miguel, percebendo o estado de Marta, foi atrás dela para oferecer apoio, enquanto Paulinho ficou com a mãe, que também estava profundamente afetada pela notícia. Mirtes, com seu jeito sereno e forte, segurou as mãos do filho, oferecendo um abraço reconfortante.

— Vamos encontrar uma solução, meu filho — disse, com uma voz suave, mas determinada. — Não podemos perder a fé agora.

Enquanto Marta caminhava pelo corredor, sentiu um forte desejo de falar com sua mãe. Fazia algum tempo desde que elas haviam conversado, e a saudade bateu forte. Ela ligou para Jandira. Assim que sua mãe atendeu, Marta desabafou: — Mãe, estou desesperada. Lembra daquela amiga que te falei, aquela de quem gosto tanto? Ela é minha irmã, e agora estou vendo o quanto ela está sofrendo. Não sei o que fazer.

Jandira, do outro lado da linha, ficou surpresa ao ouvir o desabafo da filha.

— Minha filha, eu me lembro da sua amiga. Mas o que aconteceu?

Marta, com a voz embargada e cheia de emoção, explicou rapidamente sobre a campanha para encontrar um doador de medula compatível com Aninha. Até aquele momento, nenhum dos exames havia revelado compatibilidade, e a tristeza no tom de sua voz era inconfundível.

Jandira, percebendo o quanto a filha estava angustiada, tentou acalmá-la.

— Minha filha, ouça com atenção. Vocês já pensaram em fazer o exame também? Talvez você ou sua irmã Mariana possam ser compatíveis.

Essa sugestão fez Marta parar por um instante e refletir.

— Eu já fiz o exame, e infelizmente não sou compatível.

Sua mente, no entanto, começou a trabalhar rapidamente, processando as palavras da mãe. Uma ideia tomou forma, e ela perguntou com uma nova esperança: — Mãe, será que você e a Mariana poderiam fazer o exame? Talvez uma de vocês possa ser a solução que estamos buscando.

Jandira respondeu sem hesitar: — Claro que sim, filha. Fale com os médicos e veja se é possível. Eu e sua irmã faremos o exame, e quem sabe, Deus nos ajude a sermos compatíveis.

Marta, sentindo uma onda de esperança que há muito tempo não sentia, respondeu com gratidão: — Vou falar com os médicos agora e te ligo assim que souber de algo.

Com uma nova determinação, voltou para a sala de espera, onde Paulinho e Miguel estavam sentados, ainda profundamente abalados com a notícia de que nenhum doador havia sido encontrado até aquele momento. Paulinho estava desolado, lutando contra o desespero. Marta se aproximou, com uma nova energia, e disse: — Minha mãe e minha irmã Mariana vão fazer o exame.

Um brilho de esperança surgiu em seus olhos, enquanto compartilhava a novidade.

Paulinho, que até então estava à beira do desespero, levantou a cabeça e olhou para Marta. Havia um novo ar de expectativa em seu olhar. A possibilidade de um novo caminho o fez se sentir um pouco mais leve, e uma ponta de esperança começou a renascer em seu coração.

— Talvez essa seja a resposta que estávamos esperando — ele murmurou, agarrando-se a essa nova possibilidade.

Marta, com o coração acelerado, não perdeu tempo e foi imediatamente procurar dr. Henrique. Ao encontrar o médico, ela explicou que sua mãe havia se oferecido, com sua irmã Mariana, para fazer o exame de compatibilidade. Dr. Henrique, percebendo a importância dessa nova possibilidade, foi compreensivo e prontamente deu autorização para que ambas realizassem o exame no laboratório da cidade onde moravam, que era conveniado com o hospital. Marta, com um sorriso de alívio, agradeceu e saiu rapidamente, ansiosa para compartilhar a notícia com sua mãe.

Marta pegou o celular e, com dedos trêmulos, ligou para Jandira.

— Mãe, tenho boas notícias! O médico autorizou vocês a fazerem o exame no laboratório da cidade. Não precisam vir até aqui! — disse, com a voz transbordando de esperança.

Do outro lado da linha, Jandira respirou aliviada por ver que, ao menos por um momento, havia acalmado o coração de sua filha.

— Graças a Deus, filha. Vamos fazer o exame o mais rápido possível. Se for da vontade de Deus, seremos compatíveis.

No entanto, mesmo com a esperança, Jandira sentiu um frio na espinha. A possibilidade de não serem compatíveis a assombrava. Ela sabia o quanto isso poderia devastar Marta e a própria Aninha. Além disso, um pensamento incômodo cruzou sua mente: se ela fosse compatível, teria que doar a medula para salvar a vida da filha de alguém que, no passado, lhe causou tanto sofrimento.

Jandira foi expulsa da região pelo avô de Aninha, no momento mais vulnerável de sua vida, quando estava grávida e precisava de ajuda. As memórias desse tempo difícil surgiram com intensidade, mas ela logo as afastou. Ela refletiu profundamente e, com o coração mais leve, percebeu que Aninha não tinha culpa alguma. A menina nem havia nascido na época em que o avô tomou aquelas decisões cruéis. Jandira, sempre uma mulher determinada, concluiu que seu dever era ajudar a salvar Aninha e trazer consolo ao coração de Marta.

Na manhã do dia marcado para os exames, Jandira e Mariana chegaram ao laboratório. A recepcionista, já avisada pelo hospital, as atendeu rapidamente.

— Está tudo autorizado. Vamos iniciar a coleta de sangue — disse a mulher, com um sorriso acolhedor.

As duas, embora ansiosas, mantinham uma postura de calma. Elas sabiam que esse exame poderia ser um divisor de águas.

Enquanto esperavam a coleta, Mariana, que até então tinha permanecido mais calada, finalmente expressou seus sentimentos.

— Mãe, e se não formos compatíveis? Eu estou tão nervosa. A Aninha é como se fosse minha irmã, mesmo que eu tenha descoberto isso só agora, e não quero vê-la sofrer.

Jandira, olhando nos olhos da filha, respondeu com serenidade:
— Filha, temos que confiar. Vamos fazer nossa parte e deixar o resto nas mãos de Deus. Tudo vai dar certo.

Após a coleta de sangue, ambas foram informadas de que o material seria enviado diretamente ao hospital para análise. Marta, que as esperava ansiosa do outro lado, recebeu a ligação da mãe confirmando que tudo havia sido feito conforme planejado.

— Agora é aguardar, filha. O que estiver ao nosso alcance, faremos — disse Jandira, tentando acalmar a ansiedade de Marta.

O estado de saúde de Aninha se agravou e ela foi levada com urgência para a UTI do hospital. Paulinho, na sala de espera, estava inquieto. A cada minuto que passava, a tensão aumentava. Seu melhor amigo, como sempre, não deixava seu lado, percebendo o quão desgastante era aquele momento. Com uma voz serena, mas firme, Miguel tentou acalmar o amigo mais uma vez.

— Paulinho, estamos todos fazendo o possível. Agora é questão de paciência. Você sabe o quanto Aninha é guerreira. Não podemos perder a esperança.

Paulinho, com o coração apertado, esboçou um sorriso fraco, ainda que suas emoções estivessem à flor da pele. Ele sabia que Miguel tinha razão, mas a incerteza o corroía por dentro. O que mais lhe doía era imaginar como Aninha reagiria se não encontrassem um doador a tempo. Cada pensamento sombrio era uma batalha mental que ele travava em silêncio. Entretanto, ao ouvir que Jandira e Mariana já haviam feito o exame de compatibilidade, Paulinho sentiu uma nova onda de esperança emergir. Talvez a resposta viesse de onde ele menos esperava.

Naquele dia, o hospital parecia estar impregnado com a mesma tensão que Paulinho sentia. Os corredores estavam repletos de outras famílias, pacientes, e rostos ansiosos, todos à espera de notícias de seus entes queridos. Mas, para Paulinho, nada mais importava além da recuperação da esposa. Ele estava focado apenas em um objetivo: vê-la bem de novo.

Pouco tempo depois, Marta chegou com um ar de cansaço, mas com um resquício de esperança nos olhos, ela se aproximou de Paulinho e Miguel, que aguardavam ansiosamente.

— Agora só nos resta esperar os resultados. Minha mãe e Mariana já fizeram o exame — disse, sentando-se ao lado deles.

Enquanto isso, a equipe médica estava ocupada analisando os exames anteriores e preparando-se para receber os novos resultados. Dr. Henrique, o médico responsável pelo caso de Aninha, já havia criado um vínculo com a família ao longo dos dias e fazia questão de mantê-los informados. Ele compreendia o quanto aquela espera era angustiante, mas permanecia calmo e profissional. Sua presença transmitia uma certa tranquilidade à família, mesmo nos momentos mais difíceis.

À medida que o dia avançava, as horas pareciam se arrastar. Paulinho não conseguia esconder sua inquietação, andando de um lado para o outro, incapaz de relaxar. Miguel, embora tenso, fazia o possível para mantê-lo estável.

— Vamos, amigo, precisamos ser fortes por ela. Estamos todos juntos nessa — dizia, tentando dar força a Paulinho.

Ao final do dia, quando a exaustão começava a tomar conta, Marta recebeu uma mensagem de sua mãe, Jandira. Ao ler as palavras, ela não pôde evitar um sorriso leve, algo que há tempos não mostrava.

— Estamos em oração, filha. A esperança é a última que morre. Estamos com vocês.

As palavras simples, mas cheias de amor e fé, trouxeram um alento não só para Marta, mas também para Paulinho, que sentiu seu coração se aquecer, ainda que brevemente.

Naquela noite, embora o medo e a incerteza pairassem no ar, a esperança que Jandira mencionara serviu de combustível para que todos mantivessem a fé viva. Marta, Paulinho, Miguel e toda a família sabiam que o caminho ainda era incerto, mas acreditavam que a solução estava mais próxima do que imaginavam.

Aninha, novamente de volta à sua casa, aguardava ansiosamente por um doador de medula. Ela estava cansada das idas e vindas ao hospital, que pareciam intermináveis, mas não deixava de manter a esperança. O tempo parecia escorregar pelas suas mãos, mas ela se agarrava a cada fio de fé. Observando Maria brincar no chão da sala, suspirou.

— Filha, que pena, acho que não vou conseguir brincar com você no quintal, assim como eu e seu pai fazíamos quando éramos crianças.

A lembrança trouxe um sorriso suave ao seu rosto, e ela começou a contar para a pequena Maria sobre as aventuras que viveu ao lado de Paulinho.

Maria, ainda muito pequena para entender plenamente, sorria, e isso era suficiente para Aninha continuar. Cada sorriso da filha a incentivava a mergulhar mais fundo nas recordações.

— Seu pai e eu passávamos horas correndo no quintal, inventando histórias de cavaleiros e princesas era mágico.

Mirtes observava a cena à distância. Ela presenciara muitas dessas aventuras e, vendo sua nora tão frágil, recordando aqueles momentos felizes, não pôde conter as lágrimas. Saiu discretamente para que Aninha não percebesse sua emoção e, no corredor, deixou que as lágrimas corressem livremente pelo rosto. O peso da incerteza sobre o futuro da nora a consumia.

Quando Paulinho chegou e viu o estado emocional de sua mãe, sentiu um calafrio percorrer sua espinha. Ele a segurou pelos ombros e, com uma voz trêmula, perguntou: — Mãe, o que houve? A saúde de Aninha piorou?

Mirtes tentou conter as lágrimas, mas suas emoções eram mais fortes.

— Filho, vá até o quarto e veja com seus próprios olhos.

Paulinho, temendo o pior, tirou os sapatos e subiu silenciosamente as escadas. Ao olhar pela fresta da porta entreaberta, viu Aninha no quarto, contando suas aventuras de infância para Maria. Ele ficou aliviado ao vê-las juntas, mas o tom de voz melancólico de Aninha o fez perceber a gravidade da situação. Voltou ao encontro da mãe, com os olhos cheios de lágrimas.

— Eu não sei o que vou fazer, mãe, mas sei o que precisa ser feito.

Paulinho decidiu ir ao hospital buscar respostas com o dr. Henrique sobre os exames de Jandira e Mariana. Chegando lá, foi informado que os resultados só estariam prontos no dia seguinte. Sentindo o peso da demora, foi encontrar Marta e Miguel, seus pilares de apoio durante todo esse processo. Ao contar o que havia visto e sentido, Marta desabou em lágrimas.

— Minha irmã... isso que ela disse para Maria... será que realmente acredita que seus dias estão contados?

Miguel, que sempre foi a rocha emocional do grupo, também não conteve as lágrimas. Ver os amigos tão abalados o fez sentir a profundidade daquela dor. Paulinho, que nunca tinha visto Miguel chorar, abraçou os dois e chorou com eles.

Marta, enxugando as lágrimas, disse com uma firmeza que surpreendeu Paulinho: — Não vamos abandonar minha irmã. Tenho certeza de que esta semana trará algo bom. Sinto isso.

Miguel concordou com a cabeça.

— Eu também acredito nisso. Não passaremos desta semana sem uma resposta.

Paulinho olhou para eles e, apesar do caos em sua mente, decidiu confiar nas palavras da cunhada.

— Amanhã. Amanhã teremos uma boa notícia.

No dia seguinte, bem cedo, Paulinho, Marta e Miguel foram ao hospital. A recepcionista informou que o dr. Henrique ainda não havia chegado. Cada um sentou-se em uma poltrona na sala de espera, ansiosos. Paulinho não tirava os olhos do relógio, cada minuto parecia uma eternidade. Marta, inquieta, começou a imaginar cenários perturbadores, enquanto Miguel tentava manter a calma.

Depois de um tempo que pareceu uma eternidade, a recepcionista chamou Paulinho e informou que o médico não poderia atender naquele dia por causa de uma emergência. O chão parecia se abrir sob seus pés. Paulinho e Marta sabiam que cada minuto perdido era crucial para a sobrevivência de Aninha, e a frustração os consumia. Voltaram para casa, mas a noite foi longa. Paulinho não conseguia dormir, atormentado por pensamentos sombrios.

Na manhã seguinte, ele foi à casa de Marta e Miguel para buscá-los antes de voltar ao hospital. Miguel o recebeu e o convidou a tomar café enquanto sua esposa, Marta, se arrumava.

— Estamos quase lá, Paulinho. Hoje teremos uma resposta, seja ela qual for.

As palavras de Miguel eram reconfortantes, mas não conseguiam silenciar a angústia no coração de Paulinho. Quando Marta finalmente saiu do quarto, ela disse com um sorriso confiante: — Vamos buscar a vitória hoje.

Chegando ao hospital, foram informados que o dr. Henrique os atenderia em breve. A ansiedade crescia, Paulinho mal conseguia controlar sua mente inquieta. Marta tentava manter a fé: — Paulinho, você tem sido um verdadeiro herói nessa jornada. Não desanime agora. Eu sinto que hoje será um dia diferente.

Quando o dr. Henrique finalmente apareceu, com uma pasta nas mãos, algo no ar parecia diferente. Eles o observaram atentamente, cada um lidando com seus próprios pensamentos. O médico começou a falar: — Vocês não têm ideia de quantas pessoas vieram aqui para fazer os exames graças à campanha. Foi um verdadeiro sucesso. Quase metade da cidade se mobilizou, sem contar as pessoas das cidades vizinhas. Tivemos uma quantidade enorme de exames realizados.

Paulinho, que tentava manter a calma, começou a sentir uma forte dor de cabeça.

— Por favor, doutor, vá direto ao ponto.

O médico fez uma pausa dramática, olhou para eles e disse: — Duas pessoas da mesma família são compatíveis.

As palavras ecoaram como um raio. Marta deu um grito de alegria, assustando todos na sala. Quando o dr. Henrique mencionou os nomes — Jandira e Mariana —, ela caiu em lágrimas.

— Minha mãe e minha irmã. Não pode ser! É um milagre!

Paulinho, tomado por uma onda de emoção, chorava sem conseguir dizer uma palavra. Miguel, sempre calmo, perguntou: — Precisamos de mais algum exame para confirmar?

O médico respondeu: — Sim, vamos fazer uma nova coleta para termos certeza, mas tudo indica que temos as doadoras.

Marta pegou o celular com mãos trêmulas e discou o número da mãe. Assim que o aparelho deu o segundo toque, Jandira atendeu com rapidez, como se estivesse grudada ao telefone, esperando ansiosa pela ligação da filha. Marta sentiu o calor na voz da mãe do outro lado da linha, e, antes mesmo de conseguir falar algo, Jandira perguntou: — E então, minha filha? Como estão os resultados dos exames?

Marta respirou fundo, tentando organizar os pensamentos e as palavras. Sabia que aquela notícia mudaria tudo. Com a voz trêmula, respondeu: — Mãe, a senhora não vai acreditar...

Houve um breve silêncio, enquanto Jandira, percebendo a hesitação na voz da filha, ficava ainda mais tensa. Pela entonação de Marta, ela já podia imaginar que se tratava de algo importante. Tentando manter a calma, falou com um leve sorriso de esperança na voz: — Pelo seu tom, tenho certeza que apareceu um doador. Acertei?

Marta fez uma pausa dramática antes de soltar a notícia.

— Mãe, apareceram duas pessoas compatíveis!

Do outro lado da linha, Jandira respirou aliviada, mas também se surpreendeu. Duas pessoas compatíveis? Era algo raro. Sua voz refletiu a emoção do momento.

— Que maravilha, filha! Fico tão feliz por Aninha. Ela merece essa chance. Mas... quem são essas pessoas?

A pergunta de Jandira trouxe um peso que Marta ainda não havia revelado. Havia mais por trás dessa notícia do que ela imaginava. Com a voz mais grave, Marta perguntou:

— Mãe, a senhora está em pé ou sentada?

— Estou sentada. Pode falar, minha filha. — Jandira respondeu com certa preocupação, sentindo que algo importante estava por vir.

Marta engoliu seco e revelou a verdade: — Mãe... a senhora e a Mariana são compatíveis. Vocês podem doar a medula para salvar a vida da Aninha.

Por um instante, o mundo pareceu parar para Jandira. Um calafrio percorreu seu corpo, e ela ficou em silêncio, absorvendo a informação. Sabia que aquela era uma notícia boa, especialmente para Marta, que finalmente poderia ficar em paz sabendo que Aninha teria uma chance de sobreviver. Ao mesmo tempo, Jandira sentiu o peso da responsabilidade que lhe caía sobre os ombros. Salvar a vida de alguém exigiria um sacrifício físico, emocional e, principalmente, pessoal.

Esse momento a fez voltar no tempo. As lembranças do passado invadiram sua mente como uma tempestade. Ela se lembrou de tudo que a família de Aninha havia feito com ela. Os anos de humilhação, de desprezo e de arrogância por parte do avô, estava vivo em sua memória. Sentiu medo. Medo de que o passado voltasse para assombrá-la, medo de que seu sacrifício pudesse custar sua própria vida. Ao mesmo tempo, não conseguia ignorar o fato de que sua ação salvaria uma vida inocente e, acima de tudo, traria felicidade para sua filha.

Enquanto refletia, Jandira murmurou baixinho, como se conversasse consigo mesma: "Marta sempre foi uma filha tão boa, nunca me deu trabalho. Sempre dedicada e carinhosa. Eu faria qualquer coisa por ela. Se isso vai fazer minha filha feliz, deixarei de lado meu orgulho. Não vou pensar em vingança ou mágoas do passado, vou pensar em salvar uma vida".

Ela tomou uma decisão naquele momento. O silêncio foi longo, mas não era um silêncio de incerteza. Era o silêncio de alguém que havia tomado uma grande decisão e estava processando as consequências.

Quando Jandira finalmente voltou a falar, sua voz estava calma e resoluta.

— Marta, vamos acertar os detalhes. Como será feito? O que precisamos fazer agora?

Marta, aliviada por sentir a aceitação na voz da mãe, explicou: — Paulinho se prontificou ir de carro buscar a senhora e a Mariana amanhã, para refazermos os exames no hospital onde será feito o transplante de medula para Aninha. Tudo está sendo organizado.

Houve uma breve pausa antes de Marta perguntar com delicadeza: — Mãe, posso confirmar com Paulinho para ele buscar vocês amanhã?

Jandira sorriu levemente, sentindo o peso da decisão, mas também o alívio de saber que estava fazendo a coisa certa, não apenas por Aninha, mas também por sua própria filha. Respondeu com serenidade: — Sim, filha, pode combinar com ele. Estaremos prontas.

Paulinho e Miguel viajaram a noite inteira para não perder tempo. A estrada parecia interminável, mas o pensamento de ajudar Aninha mantinha ambos determinados. O carro cortava a escuridão, com apenas as luzes dos faróis iluminando o caminho. Quando finalmente começaram a ver os primeiros raios de sol no horizonte, sentiram um misto de alívio e renovação. O céu, tingido de um alaranjado suave, anunciava o início de um novo dia, como se a natureza estivesse sinalizando que uma nova etapa estava para começar.

— Está vendo, Miguel? É como se a vida estivesse renascendo com esse sol — disse Paulinho, com um sorriso cansado no rosto, mas com esperança renovada no coração.

Miguel, que estava sentado no banco do passageiro, concordou, olhando em direção ao horizonte.

— Sim, e acho que é um bom presságio. Temos que acreditar que tudo vai dar certo.

Eles chegaram à cidadezinha onde Jandira morava e seguiram direto para o endereço que Paulinho já conhecia. Ao estacionarem na frente da casa simples e acolhedora, Jandira já os aguardava do lado de fora. Ela parecia tranquila, estava com um sorriso caloroso no rosto, como quem aguardava velhos amigos.

— Vocês chegaram bem na hora certa, o café já está pronto! — disse com simpatia, convidando os dois a entrarem. Eles se entreolharam, aliviados pela recepção calorosa. Estavam cansados da viagem, mas o aroma de café fresco e o ambiente acolhedor os fizeram se sentir imediatamente em casa.

A mesa estava posta com um café simples, mas repleto de afeto. Havia pão caseiro, bolo de fubá e café quente. Paulinho se sentou à mesa com Miguel e Jandira, enquanto Mariana observava da cozinha, ainda um pouco tímida, mas também oferecendo um sorriso amigável.

Ao se acomodar, Paulinho sentiu um fluxo de memórias invadirem sua mente. Ele olhou para Miguel e, em um tom reflexivo, começou a contar a história de sua primeira vinda àquela casa.

— Lembro bem a primeira vez que estive aqui. Foi uma jornada longa, cheia de altos e baixos. — Ele deu uma pausa, bebendo um gole de café. — Algumas pistas que tive foram fáceis, outras foram tão confusas que achei que nunca chegaria. — Ele olhou para Miguel, que o escutava atentamente. — Mas toda vez que eu pensava em voltar atrás, me vinha a imagem de Aninha. Era como se o amor que eu sinto por ela me desse forças. Cada passo difícil parecia menos pesado quando eu lembrava do que estava em jogo.

Miguel assentiu, compreendendo a profundidade das palavras de Paulinho. O amigo sabia o quanto Aninha significava para ele.

— Não posso imaginar como deve ter sido difícil, mas é incrível ver como você superou tudo por ela — comentou admirado.

Paulinho continuou, com os olhos fixos na xícara de café, relembrando detalhes daquela viagem.

— Quando finalmente cheguei aqui, me lembro da recepção de Jandira. Ela me olhou com aqueles olhos que pareciam cansados, mas cheios de bondade. Tivemos uma longa conversa, e foi ali que percebi a força dessa mulher. Ela me contou sobre sua vida, tudo o que passou, e eu senti a dor que ela carregava no coração. Ao mesmo tempo, senti o amor imenso que ela tem pelas filhas. Foi uma mistura de emoções que me marcou profundamente.

Jandira sorriu com os olhos marejados, lembrando-se daquele dia. Era raro que alguém entendesse o quanto ela havia sacrificado, mas Paulinho parecia compreender.

— Você é um bom rapaz, Paulinho — disse suavemente. — E naquele dia que percebi o quanto você se importava com Aninha.

— Lembro também de quando Mariana chegou — continuou Paulinho. — Ela estava assustada. Eu podia ver em seus olhos que estava com medo e, por um momento, achei que estivesse brava comigo, mas logo percebi que ela estava apenas tentando proteger a mãe. — Paulinho lançou um olhar para Mariana, que sorriu timidamente. — No fundo, Mariana é uma menina doce. Ela só queria garantir que a mãe estivesse segura.

Mariana se aproximou mais da mesa, oferecendo mais café para os dois viajantes, enquanto Paulinho relembrava outro detalhe daquele dia.

— E como esquecer o bolo que comi aqui? — disse com uma risada leve. — Jandira fez o melhor bolo de fubá que já provei.

— Ah, não é pra tanto! — falou Jandira, rindo.

— Se ele está elogiando o bolo até hoje, deve ser bom mesmo! — disse Miguel, brincando.

— Além do bolo, outra coisa ficou marcada em mim — continuou Paulinho, em um tom mais sério. — Foi a história de sua vida. O sofrimento, as dificuldades, mas também o carinho e o orgulho que ela tem pelas filhas. Quando Jandira me deu o endereço de Marta, me falou com tanto amor e admiração. Lembro que disse que Marta era professora e que amava o que fazia. Foi nesse momento que percebi o quanto essa família era especial.

O ambiente na sala estava leve, cheio de emoções compartilhadas. Paulinho, Miguel, Jandira e Mariana estavam unidos por um objetivo maior: ajudar Aninha. Naquele momento, sentiam-se mais conectados do que nunca, como se cada um tivesse um papel essencial nessa história.

Após terminarem de tomar o café, Paulinho se levantou da mesa, olhando para Jandira e Mariana com um semblante de preocupação e, ao mesmo tempo, com determinação. Ele sabia que a viagem seria longa, mas não podia permitir que o medo tomasse conta naquele momento crucial.

— Vocês estão prontas? — perguntou, com um tom sério, mas suave. — A viagem é longa; eu dirigi a noite toda, agora é a vez do Miguel nos conduzir.

Miguel assentiu com um sorriso encorajador, pronto para assumir o volante. Ele sabia que Paulinho estava exausto, tanto física quanto emocionalmente, e que precisava de um momento de descanso para enfrentar o que ainda estava por vir.

Jandira e Mariana se entreolharam, sabiam da importância daquela jornada. Jandira, silenciosa, carregava no olhar uma mistura de ansiedade e esperança. Mariana, por sua vez, tentava disfarçar o nervosismo, agarrando a alça da mala com força, como se aquilo lhe desse alguma segurança. Sem muitas palavras, elas pegaram suas malas, e Miguel e Paulinho as ajudaram a colocá-las no porta-malas do carro.

— Tudo vai dar certo — disse Miguel, tentando quebrar a tensão no ar.

— É o que todos esperamos — respondeu Paulinho, com um leve sorriso, tentando demonstrar otimismo apesar de seus próprios temores.

Todos entraram no carro, Miguel, assumiu o volante e deu a partida. O motor roncou suavemente enquanto eles seguiam em direção à estrada. O sol já estava alto no céu, e a estrada diante deles parecia infinita, cortando paisagens que se perdiam no horizonte.

No caminho, Paulinho ligou para Marta. O tom da sua voz, embora controlado, deixava transparecer a mistura de emoções que o dominava.

— Marta, — começou ele, enquanto o carro avançava pela estrada — estamos a caminho. Já pegamos sua mãe e sua irmã e estamos indo para o hospital. Elas vão repetir os exames.

Do outro lado da linha, Marta respirou fundo, aliviada por saber que tudo estava correndo como planejado.

— Obrigada, Paulinho! Sabia que você daria um jeito. Estou orando para que tudo corra bem — respondeu com um tom emocionado. — Não sei como agradecer.

Paulinho sorriu, embora Marta não pudesse ver.

— Você não precisa agradecer. Só queremos salvar a Aninha, e, se esses exames confirmarem, teremos uma chance real.

Enquanto desligava e guardava o celular, Paulinho não conseguia afastar um pensamento incômodo que vinha lhe atormentando desde o momento em que soube dos resultados do primeiro exame. Ele olhou para a estrada à frente, perdido em seus próprios pensamentos. Havia algo que não conseguia ignorar.

"Por que será que os dois únicos exames realizados no BioSaúde Análises Clínicas, o laboratório conveniado na cidade de Jandira, foram compatíveis? Será que houve algum erro?", Paulinho se perguntava, sentindo um nó apertar em seu estômago. Ele sabia que deveria estar focado em ser positivo, mas não conseguia afastar essa pequena desconfiança. "É muita coincidência, as duas serem compatíveis e, além disso, serem mãe e filha. Pode ser sorte, mas pode também ser algum erro no processo."

Ele olhou pela janela, o cenário passando rapidamente enquanto a estrada se estendia à frente deles. Ao seu lado, Miguel dirigia com calma, concentrado na direção, sem perceber o turbilhão de pensamentos que se passava na cabeça de Paulinho.

"Esse laboratório é conveniado, e eu nem sei se posso confiar plenamente nos resultados", refletia. Ele se lembrou do outro laboratório, o BioVida Diagnósticos, dentro do hospital, onde haviam sido realizados milhares de exames. Nenhum deles tinha dado compatível, e isso o deixava ainda mais inquieto. "Como é possível que, em meio a tantos exames feitos no BioVida, nenhum tenha mostrado compatibilidade, enquanto no BioSaúde, os únicos dois exames, justamente de mãe e filha, foram compatíveis?"

A mente de Paulinho estava em um verdadeiro labirinto de dúvidas. Ele sabia que o tempo era crucial, mas não conseguia afastar o medo de que algo estivesse errado com os resultados. Seria prudente confiar cegamente? Ele não queria colocar em risco a vida de Aninha, nem de Jandira ou Mariana. A viagem, que deveria ser um momento de esperança, estava se tornando uma tortura mental para ele.

Enquanto esses pensamentos o atormentavam, Jandira, no banco de trás, parecia tranquila, observava tudo em silêncio. Ela sabia que Paulinho estava preocupado e sentia que havia algo mais em jogo do que ele estava dizendo. No entanto, preferiu não comentar, pelo menos por enquanto.

Mariana olhava pela janela, tentando conter sua própria ansiedade. Sabia que seria uma das possíveis doadoras, e isso a deixava apreensiva. Ela não falava muito, mas sua mente estava repleta de pensamentos sobre o que o futuro traria.

A viagem continuava, e o silêncio no carro era quebrado apenas pelo som suave do motor e pelo ocasional comentário de Miguel, que tentava manter o clima mais leve.

— Quando chegarmos lá, tudo vai fazer sentido — disse Miguel em certo momento, como se estivesse lendo os pensamentos do amigo.

— Espero que sim — respondeu Paulinho, sem desviar o olhar da estrada. Embora suas palavras fossem de esperança, suas preocupações ainda pesavam sobre ele como uma sombra.

Chegaram à cidade no momento em que o sol se escondia por trás das montanhas, tingindo o céu de tons alaranjados e púrpura. As luzes das ruas já estavam acesas, marcando a transição do dia para a noite. Paulinho, no banco do passageiro, sentia o peso do cansaço em seus ombros. Ele não conseguia dormir nos últimos dois dias, mas havia algo mais além do desgaste físico: a ansiedade e as dúvidas sobre os exames o mantinham inquieto. Ao menos, agora estavam de volta, e isso lhe dava um pequeno alívio.

Sem perder tempo, foram diretamente para a casa de Marta. Ela os aguardava com o jantar pronto. A mesa estava meticulosamente posta com pratos e talheres, arrumados com cuidado para cada um dos presentes. Quando Marta viu sua mãe, Jandira, e sua irmã, Mariana, descerem do carro, correu para abraçá-las, sentindo uma onda de alívio e alegria.

— Ah, que bom que vocês chegaram bem! — exclamou Marta, abraçando Jandira com força e logo em seguida envolveu Mariana em seus braços. — Eu estava tão ansiosa!

Miguel, exausto, se espreguiçou e olhou para Marta, que sorriu para ele com ternura.

— Miguel, por que você não vai tomar um banho enquanto eu levo minha mãe e minha irmã até o quarto delas? — sugeriu. — O jantar já está quase pronto, só faltam alguns detalhes.

— Ótima ideia — respondeu Miguel, soltando um suspiro de alívio. — Um banho vai me fazer muito bem.

Enquanto Miguel ia em direção ao banheiro, Marta conduziu Jandira e Mariana até o quarto onde elas ficariam hospedadas. Era um ambiente aconchegante, decorado com carinho. Havia uma cama de casal e outra de solteiro, além de um amplo armário de madeira polida para que pudessem guardar suas roupas.

— Aqui está o armário onde vocês podem organizar suas coisas — disse Marta, abrindo as portas de madeira e mostrando o espaço. — Vocês podem se acomodar com calma. O banheiro é logo ali, se quiserem tomar um banho antes de jantarmos.

Jandira olhou ao redor, impressionada com a delicadeza dos detalhes do quarto. As cortinas suaves, o perfume agradável que emanava do ambiente, e as roupas de cama bem arrumadas. Mariana, por sua vez, abriu um sorriso tímido ao se aproximar da cama de solteiro, já se sentindo à vontade.

— O quarto é lindo, minha filha — disse Jandira, emocionada. — Muito obrigada por tudo!

— Fiquem à vontade — falou Marta, sorrindo para ambas. — Vou esperar vocês na cozinha para o jantar, quero que estejam confortáveis.

Marta desceu as escadas e seguiu em direção à sala, onde pretendia conversar um pouco com Paulinho sobre a viagem. No entanto, ao entrar, ela o viu deitado no sofá, já adormecido. O cansaço havia finalmente vencido a batalha contra sua resistência, e ele parecia descansar profundamente, com os traços relaxados. Marta hesitou em acordá-lo, então decidiu deixá-lo dormir mais um pouco enquanto ela terminava de arrumar o jantar.

Na cozinha, ela se ocupava com os últimos preparativos. Estava tão focada que não percebeu quando Miguel entrou, já de banho tomado, vestindo roupas limpas.

— O cheiro está ótimo — comentou ele, com um sorriso, enquanto se aproximava de Marta. — Como estão as coisas por aqui?

— Está quase tudo pronto — respondeu ela, ajeitando os pratos na mesa. — Só estou esperando todos terminarem de se arrumar. Paulinho caiu no sono lá na sala, estava exausto.

— Ele precisa descansar — concordou Miguel, sentando-se em uma cadeira. — Dirigiu boa parte da viagem com a mente cheia de preocupações.

Não demorou muito, e Paulinho acordou repentinamente, um pouco desorientado. Ele se sentou no sofá, esfregando os olhos, e perguntou: — Onde está Aninha? Como ela está?

Marta foi até ele com um sorriso reconfortante.

— Fique tranquilo, Paulinho. Aninha está bem. Ela ficou tão feliz quando soube que você e Miguel foram buscar minha mãe e Mariana, que podem ser doadoras.

Paulinho se levantou, ainda meio grogue, mas aliviado com a notícia. Marta o chamou para se sentar à mesa.

— Vamos, venha jantar. Você precisa comer algo e descansar um pouco mais — disse enquanto o levava até a mesa. — Temos muito o que conversar.

Quando todos estavam reunidos à mesa, o clima ficou mais leve. Miguel contava histórias engraçadas da viagem, tentando animar o ambiente, enquanto Jandira e Mariana observavam, ainda se adaptando ao novo cenário. Marta, sempre atenciosa, servia a todos com um sorriso no rosto.

Conforme a conversa avançava, Paulinho decidiu abrir seu coração sobre suas preocupações.

— Algo me incomodou durante a viagem — começou ele, desviando o olhar para o prato por um momento. — Eu não consigo entender como os dois únicos exames feitos no laboratório BioSaúde, lá na cidade de vocês, deram compatíveis. É muita coincidência, principalmente porque nenhum dos outros exames feitos no BioVida, aqui no hospital, deram o mesmo resultado. Isso me deixou com uma pulga atrás da orelha.

Todos à mesa ficaram em silêncio por um instante, refletindo sobre as palavras de Paulinho. A preocupação em seu tom era evidente. Jandira, que até então estava quieta, resolveu falar.

— Eu entendo suas dúvidas, Paulinho — disse ela, olhando para ele com seriedade. — Mas acredito que, às vezes, o destino trabalha de formas misteriosas. Se há a chance de salvar a vida de Aninha, então vamos fazer tudo o que estiver ao nosso alcance. Repetir os exames vai tirar essas dúvidas.

Mariana, que sempre fora mais reservada, olhou para Paulinho e acrescentou: — Sei que é difícil acreditar em coincidências, mas, se houver qualquer chance de ajudarmos Aninha, vamos tentar.

Paulinho assentiu, sabendo que Jandira e Mariana estavam tão comprometidas quanto ele com a saúde de Aninha. A repetição dos exames traria as respostas que ele precisava, e até lá, teria que confiar no processo.

A conversa continuou, mais leve, com momentos de risadas, enquanto todos se preparavam mentalmente para os próximos passos. A esperança, mesmo que cercada de dúvidas, era o que os mantinha unidos naquela jornada difícil.

No dia seguinte, todos se reuniram cedo para irem juntos ao hospital realizar a coleta de sangue e verificar a compatibilidade de Jandira e Mariana com Aninha. A tensão no ar era palpável, mas o sentimento de esperança unia o grupo. Paulinho, Miguel, Marta, Jandira e Mariana embarcaram no carro e, em silêncio, seguiram em direção ao hospital. Quando chegaram, foram prontamente recebidos pela equipe médica e encaminhados para a sala de coletas. A enfermeira, uma mulher simpática chamada Clara, recebeu todos com um sorriso tranquilizador.

— Bom dia, pessoal! Vamos fazer as coletas e, dentro de dois dias, teremos os resultados. Se precisarem de algo, estou por aqui — disse, enquanto organizava os frascos de sangue.

Após a coleta, seguiram para o consultório do dr. Henrique. Ele os aguardava para discutir os próximos passos caso a compatibilidade fosse confirmada.

— Bom dia a todos! Espero que estejam bem — disse, olhando diretamente para Jandira e Mariana. — Vocês estão cientes de que, caso os exames confirmem a compatibilidade, iniciaremos o processo para a doação da medula. É um procedimento seguro, mas envolve alguns cuidados especiais. Quero que todos estejam tranquilas e informadas sobre o que vai acontecer.

Jandira assentiu, com uma expressão de determinação no rosto, enquanto Mariana se mexia desconfortavelmente na cadeira, absorvendo todas as informações.

— Estamos prontas, doutor — disse Jandira, com uma voz firme. — Se for para salvar a vida de Aninha, estamos dispostas a fazer o que for necessário.

— Excelente — respondeu o médico, sorrindo levemente. — Em dois dias teremos os resultados. Assim que estiverem prontos, entraremos em contato.

Depois da conversa com o médico, eles deixaram o hospital com um misto de ansiedade e esperança. Paulinho sugeriu que fossem até sua casa para que Jandira e Mariana conhecessem Aninha e a pequena Maria. Marta concordou, e todos seguiram para o carro.

Ao chegarem, ele os conduziu até o quarto onde Aninha estava descansando. Ao abrir a porta, uma luz suave do pôr do sol iluminava o rosto de Aninha, que parecia mais frágil, mas ainda com um sorriso caloroso no rosto ao ver todos ali.

— Oi, Aninha! — disse Jandira, aproximando-se com um olhar terno. Ela a abraçou com força, transmitindo o apoio que as palavras não podiam expressar. — Estamos aqui para ajudar. Você vai vencer essa batalha, querida. Fique tranquila!

Mariana observava Aninha com curiosidade. Sorriu e disse: — Você é realmente linda, agora entendo por que Paulinho é tão apaixonado. Ele não parou de falar de você durante toda a viagem. Acho que já está planejando o futuro de vocês, sabia?

Aninha sorriu, emocionada. — Obrigada, Mariana! Eu sou muito grata a todos vocês pelo esforço e dedicação. Significa muito para mim.

Aninha olhou carinhosamente para Jandira e Mariana, e então disse algo que pegou ambas de surpresa: — Marta me contou que você, Mariana, tem o sonho de ser professora. Eu gostaria de ajudá-la. Quando tudo isso passar, quero poder retribuir de alguma forma. Marta foi essencial no início da minha carreira, e agora eu posso fazer o mesmo por você.

Mariana, emocionada, sorriu com os olhos brilhando.

— Isso seria incrível! Mal posso esperar para que tudo se resolva e possamos seguir em frente.

Jandira, observando a troca de palavras entre as duas, decidiu mudar de assunto para algo mais leve.

— E onde está a pequena Maria? Estamos ansiosas para conhecê-la.

Aninha levantou-se lentamente e as conduziu até o quarto ao lado, onde Maria dormia tranquilamente em seu berço. O quarto tinha uma atmosfera tranquila, com móveis em tons pastel e cortinas de linho que balançavam levemente com a brisa que entrava pela janela.

Mariana olhou para o rostinho sereno de Maria e sorriu.

— Que menina linda! Não precisa acordá-la agora, teremos muitas oportunidades de vê-la acordada.

— Ela é um anjo — comentou Aninha, observando a filha com ternura. — E vocês podem vê-la quando quiserem.

Enquanto admiravam a pequena Maria, Mirtes entrou no quarto com uma bandeja de chá quente e biscoitos caseiros.

— Ah, que bom que estão todas aqui — disse com sua habitual simpatia. — Preparei um chá para vocês. Vamos sentar e conversar um pouco.

Aninha sorriu e apresentou Mirtes a Jandira e Mariana.

— Esta é Mirtes, minha sogra. Ela tem sido como uma mãe para mim desde que tudo isso começou. Cuida de mim como se eu fosse filha dela. E a Marta, além de ser minha amiga, descobri que é minha irmã biológica.

Jandira olhou para Mirtes com admiração.

— Eu já tinha ouvido falar de você, Mirtes. Muito obrigada por cuidar de Aninha e de todos aqui!

— É um prazer. Somos todos uma família agora e vamos fazer de tudo para que Aninha fique bem — respondeu Mirtes, com um sorriso acolhedor.

Todos se reuniram na sala de estar para tomar o chá. A conversa fluiu naturalmente, com histórias compartilhadas, risos e palavras de encorajamento. Paulinho, que estava ouvindo mais do que falando, observava a cena com gratidão. Ver sua família, amigos e o apoio incondicional de todos ao seu redor lhe dava forças para seguir em frente.

O sol já tinha se posto, e a noite avançava com uma atmosfera de tranquilidade. Todos sabiam que os próximos dias seriam decisivos, mas o carinho e a união daquelas pessoas faziam o desafio parecer menos assustador.

Mirtes, sempre cuidadosa, ofereceu um jantar leve antes que se retirassem para descansar. As conversas sobre o futuro de Aninha e Maria continuaram, e, pouco a pouco, o clima de esperança foi prevalecendo.

As duas noites que antecederam o anúncio dos resultados dos exames para saber se Jandira e Mariana eram compatíveis para doar a medula pareceram uma eternidade. A ansiedade pairava no ar, e todos sentiam o peso da expectativa. No dia programado para a divulgação dos resultados, Paulinho e Marta decidiram não ir ao hospital, pois o dr. Henrique havia informado que os resultados seriam comunicados por telefone. Assim, eles aguardavam ansiosamente que o hospital entrasse em contato.

Paulinho acordou bem cedo, o coração acelerado, e se acomodou no sofá, fixando o olhar no celular. A manhã passou lentamente, e a angústia foi crescendo à medida que os minutos se transformavam em horas. Ele se levantava a cada instante, indo até a janela para observar a movimentação na rua, como se a própria cidade estivesse ciente da gravidade da situação.

O relógio marcava quase meio-dia, e a inquietação tomou conta dele. A mente fervilhava com pensamentos conflitantes: "E se não der certo? E se não forem compatíveis?" A esperança lutava contra o medo, e o silêncio do telefone se tornava ensurdecedor. Justamente quando estava prestes a perder as esperanças, seu celular começou a tocar.

Paulinho atendeu imediatamente, mas, ao ouvir a voz de Marta, seu coração afundou. Ela estava chorando.

— Marta, o que aconteceu? — perguntou preocupado.

Marta estava tão emocionada que mal conseguia pronunciar as palavras. Depois de um longo silêncio, conseguiu se recompor e disse:
— Paulinho, não sei por que carga dos destinos, mas as duas são realmente compatíveis. Acabei de receber a informação. Estou no hospital, acabei de falar o dr. Henrique.

Um misto de alívio e alegria tomou conta de Paulinho, mas ele ainda tinha uma pergunta: — E agora, o que vai acontecer?

Marta respondeu, com a voz ainda trêmula:

— Ele vai conversar com as duas para ver quem vai doar a medula para salvar Aninha. É tudo muito rápido. Precisamos agir logo, já estou chegando aí.

Nesse momento, a presença de Miguel fez-se notar. Ele havia chegado sem avisar, preocupado com Paulinho. Ao perceber a conversa tensa, perguntou: — O que está acontecendo?

Paulinho, ainda recuperando o fôlego, explicou a situação. Miguel imediatamente se ofereceu para ir ao hospital com eles, pronto para apoiar qualquer decisão que fosse tomada.

— Precisamos ser fortes por Aninha — Miguel disse, com uma determinação que contagiou a todos.

Eles trocaram um olhar cúmplice, sentindo a força da amizade e a união que se formava. Com um propósito renovado, se prepararam para ir ao hospital, onde a vida de Aninha poderia mudar em questão de horas.

A expectativa estava no ar, e Paulinho sabia que, independentemente de quem doasse a medula, estavam todos juntos nessa luta. Ele só esperava que, ao final daquela jornada, a luz da esperança continuasse brilhando, iluminando o caminho para a cura de Aninha.

Paulinho acompanhou Marta, Jandira e Mariana ao hospital para se encontrarem com o dr. Henrique e discutirem os procedimentos necessários para o transplante de medula que poderia salvar a vida de Aninha. O médico, renomado por sua expertise e amplamente admirado pela comunidade pela paciência e maneira gentil de tratar seus pacientes, recebeu o grupo com um sorriso acolhedor. Ele sabia que era um momento delicado para todos, especialmente para Aninha, que vinha lutando com tanta determinação.

Dr. Henrique conduziu a reunião de forma calma e esclarecedora, explicando cada detalhe dos próximos passos. Ele falou sobre a importância do procedimento, os cuidados necessários e os riscos envolvidos.

— Embora seja um processo delicado — disse — com os avanços na medicina e com o apoio emocional que Aninha está recebendo, as chances de sucesso são boas. O que precisamos agora é manter a calma e seguir as orientações à risca.

Após fazer todas as recomendações, o médico anunciou que, devido às condições de saúde e idade de ambas, Mariana, a filha mais nova de Jandira, foi considerada a melhor candidata para ser a doadora da medula. Ao ouvir essa notícia, Mariana, que estava ansiosa e nervosa, respirou fundo e sorriu de maneira aliviada. Ela sentia a importância do momento e estava orgulhosa de poder contribuir para salvar a vida de Aninha.

— Eu nunca me senti tão feliz na vida — disse Mariana com os olhos brilhando.

Sua alegria era evidente, e isso encheu o coração de todos que estavam na sala. Seu semblante irradiava felicidade, e Jandira, embora preocupada com a filha mais nova, não podia esconder o alívio que sentia.

— Vamos fazer tudo certo, seguir as orientações do dr. Henrique e, em breve, Aninha estará bem — afirmou Marta, segurando a mão da mãe e de Paulinho, unindo forças em um gesto de união.

A volta para casa foi tranquila, mas cheia de expectativa. Paulinho, sempre observador, notava como o ambiente estava carregado de esperança, embora a ansiedade também estivesse presente. O silêncio do carro era quebrado de tempos em tempos por comentários de Jandira ou de Marta, que tentavam manter o clima leve, falando sobre o futuro, sobre os planos de todos após a recuperação de Aninha. Mariana, no banco de trás ao lado de Paulinho, não conseguia parar de sorrir, sentindo-se uma verdadeira heroína.

Ao chegarem, seguiram rigorosamente todas as orientações do dr. Henrique. Os dias que antecederam o transplante foram de preparação e oração. Todos estavam ansiosos e profundamente conectados pelo desejo de ver Aninha saudável novamente. Marta e Jandira, que ainda processavam o impacto da recente descoberta do parentesco com Aninha, conversavam longamente sobre o passado, tentando preencher as lacunas da história da família.

Finalmente, o dia do transplante chegou. O hospital estava preparado para receber Mariana, e toda a equipe médica estava à disposição para o procedimento, que seria cuidadosamente monitorado. Dr. Henrique estava confiante e passou essa confiança para a família. Paulinho, apesar da tensão, segurava a mão da esposa com força, transmitindo-lhe todo o amor e apoio que ele sempre demonstrara.

O procedimento ocorreu de forma tranquila, sem complicações. Mariana, ao acordar da anestesia, sorria, apesar do cansaço.

— Conseguimos — disse em voz baixa, sentindo o peso daquela missão cumprida.

Paulinho, ao lado de Aninha, não conseguia conter as lágrimas. Embora soubesse que ainda levaria alguns dias para saber se a medula seria aceita pelo corpo dela, aquele momento já representava uma vitória. A esperança estava mais viva do que nunca.

Todos estavam na expectativa, aguardando para verificar se a medula seria aceita e começaria a fazer efeito no organismo de Aninha. A cada visita ao hospital, o médico atualizava a família, reforçando que a recuperação exigiria paciência, mas que Aninha estava em boas mãos. Paulinho continuava ao lado dela, assim como Marta e Jandira, fortalecendo os laços familiares que, antes fracos e desconhecidos, agora eram a âncora que sustentava a todos.

Mariana, apesar do cansaço físico, estava sempre sorrindo. A sensação de ter feito algo tão importante para salvar uma vida a preenchia de uma alegria indescritível.

— Só resta agora esperar — disse Paulinho em uma das visitas. — Mas estamos juntos, e, com tanto amor em volta de Aninha, não tenho dúvidas de que ela vai sair dessa.

A esperança, que sempre fora uma luz frágil, brilhava mais forte do que nunca, iluminando o caminho de Aninha e de todos ao seu redor.

Após o primeiro mês da realização do transplante, dr. Henrique convocou o casal ao consultório para dar a notícia tão esperada. Com um sorriso no rosto, ele informou que a medula tinha sido aceita e que Aninha estava livre para viver sua vida normalmente. O alívio e a felicidade no rosto de Paulinho eram inegáveis. Ele se emocionou, abraçando Aninha com força, sentindo o peso de meses de incerteza finalmente se dissipar. Dr. Henrique, com os olhos brilhando de satisfação profissional, ofereceu palavras de encorajamento ao jovem casal, desejando-lhes uma vida longa e próspera.

Paulinho, tomado por uma alegria imensa, sentiu que esse momento merecia uma comemoração à altura. Assim que saíram do consultório, já começou a planejar uma festa para celebrar a saúde da amada. Sabendo da habilidade de Marta em organizar eventos, ele a procurou junto com Mirtes.

— Quero algo especial, algo que mostre o quanto somos gratos por este momento — disse, ainda emocionado.

Marta, sem hesitar, aceitou o desafio com um sorriso. Ela sabia que essa festa seria mais do que uma simples reunião; seria a celebração da vida, do amor e da superação. Mirtes, sempre dedicada e amorosa, prontamente se uniu à Marta para ajudar nos preparativos. Juntas, começaram a organizar todos os detalhes: o local, o cardápio, os convites, e cada pequena coisa que faria desse evento algo inesquecível.

A festa aconteceu em uma noite clara e estrelada, em um grande salão decorado com flores do campo, que Aninha sempre adorou. Cada mesa estava cuidadosamente arrumada com toalhas de linho branco e enfeites florais que davam ao ambiente um ar acolhedor e elegante. Os amigos e familiares começaram a chegar, todos trazendo não apenas presentes, mas também abraços calorosos e palavras de carinho. O som suave de uma música ao vivo preenchia o ar, criando a atmosfera perfeita para a celebração.

Joaquim também compareceu, ele não podia perder a oportunidade de celebrar com Aninha e Paulinho, afinal, tinha acompanhado de perto todos os momentos difíceis.

— Vocês merecem toda a felicidade do mundo — disse ao cumprimentar o casal.

Entre os convidados, além dos amigos mais próximos, estavam muitos dos moradores do vilarejo, onde Paulinho cresceu que torceram pela recuperação de Aninha durante todo o processo. O banquete foi digno de uma festa de renascimento, com pratos tradicionais e sofisticados preparados por Mirtes e uma equipe de cozinheiros locais. A mesa principal, onde Aninha, Paulinho, Marta e seus familiares se sentavam, era o centro das atenções. Todos queriam parabenizá-los pessoalmente, e as conversas fluíam de forma leve e descontraída.

No meio da festa, Paulinho fez questão de agradecer a todos presentes. Ele subiu ao pequeno palco improvisado, com um copo na mão, e pediu silêncio.

— Eu quero aproveitar este momento para agradecer a cada um de vocês — começou, com a voz embargada. — Agradeço a Deus por ter nos dado a força necessária, à minha mãe, por sempre estar ao meu lado, e à Marta, por ter sido incansável na organização dessa noite. E, claro, ao Dr. Henrique, que, com suas mãos abençoadas, nos deu o maior presente de todos: a vida da minha Aninha.

Os aplausos foram ensurdecedores, e Aninha, emocionada, não conteve as lágrimas. Ela se levantou e, ao lado do marido, agradeceu a todos.

— Eu nunca poderia imaginar que receberia tanto amor e apoio. Sou eternamente grata por cada oração, por cada palavra de carinho. Esta noite não é apenas minha, mas de todos nós que lutamos juntos — disse, enquanto abraçava Paulinho.

Quando a festa terminou, Jandira, que sempre manteve um relacionamento próximo com sua filha Marta que a havia estado ao lado de Aninha todo tempo, agradeceu a hospitalidade e se despediu. Ela estava feliz por ver que tudo estava bem, mas sentia que era hora de voltar para sua cidade, retomar sua vida.

— Vocês sempre terão um lugar no meu coração — disse ela ao partir.

Mariana decidiu ficar. Ela tinha planos maiores e sabia que, ao lado de sua irmã mais velha, teria o apoio necessário para perseguir seus sonhos.

— Quero entrar na faculdade e me tornar professora — confidenciou ela a Marta, que a acolheu com um sorriso orgulhoso. — Você vai ser incrível, irmã — respondeu Marta, sentindo-se ainda mais conectada à irmã naquele momento.

Ao final da noite, enquanto os últimos convidados iam embora, Paulinho e Aninha se encontraram sozinhos no jardim, sob a luz suave da lua. Ele a segurou pela mão e olhou em seus olhos com um sorriso sereno.

— Passamos por tanta coisa, mas estamos aqui. Juntos, mais fortes do que nunca — disse, acariciando o rosto dela.

Aninha, com os olhos cheios de gratidão, respondeu: — E isso é só o começo. Agora, temos uma vida inteira pela frente, e eu não poderia estar mais feliz, porque, além de nós dois, temos a pequena Maria, fruto do nosso amor, ao nosso lado.

Eles se abraçaram, enquanto a brisa leve balançava as árvores ao redor; naquele momento souberam que o futuro, por mais incerto que pudesse ser, seria sempre enfrentado com coragem, amor e união. A festa havia terminado, mas a nova jornada de suas vidas estava apenas começando.